ELEGANTE FEHLTRITTE

DUNKLE LIEBE IM GEHEIMBUND

ALTA HENSLEY

STASIA BLACK

NEWSLETTER

Um über Neuerscheinungen und Buchverkäufe auf dem Laufenden zu bleiben, abonnieren Sie den deutschen Newsletter von Stasia und den deutschen Newsletter von Alta.

DER ORDEN DES SILBERNEN GEISTES
Lädt hiermit

MR. MONTGOMERY KINGSTON

FÜR DIE VORBEREITUNG für das *Aufnahmerituals* am

SAMSTAG, DEM ACHTZEHNTEN SEPTEMBER
Um halb ein Uhr nachts
ein.

OLEANDER MANOR
109 Oleander Lane

Anwesenheitspflicht.

1

Montgomery

EINE ABSTAMMUNG von blauem Blut hat einen so dicken und erdrückenden Duft, dass sie nur ein wahrer Jünger erkennt. Man erkennt elegante Sünden, wunderschöne Lügen und außergewöhnliche Obsessionen. Der Gestank hat etwas von geerbter Bosheit, ausgeklügelte Rache, die von den Privilegierten gegenüber denen, die sie als weniger standesgemäß ansehen, gefordert wird und die verschwenderische Korruption, die sich über Jahrhunderte erstreckt, in denen man niemandem, außer sich selbst, Rechenschaft schuldig war.

Das Aroma von all dem konnte wirklich überwältigend sein.

Als ich die langen Flure von Oleander Manor hinunterging, lag der Geruch von teurem Bourbon, begehrten Zigarren und dem berauschenden Parfüm von Geliebten aus der Vergangenheit und Gegenwart in der Luft. Und obwohl viele sich wahrscheinlich von einer so außergewöhnlichen Aura eingeschüchtert fühlen würden, fühlte ich mich darin ganz wie zu Hause.

Elite.

Ich kann auch nicht aus meiner Haut.

Ich war der, zu dem ich von meinem ersten Atemzug an erzogen worden bin.

Der Name der Kingstons steht bereits seit den Zeiten meines Ur-Ur-Ur-Großvaters für Macht und Ansehen. Daran würde sich vorerst auch nichts mehr ändern, außer dass ich in Kürze an der Reihe sein würde, das Imperium zu übernehmen.

Ich habe auf diesen Tag gewartet... Darauf, dass die Einladung kam.

Ich wusste, dass es nicht so simpel sein würde, dass mein Vater mir eines Tages den Schlüssel für das Schloss überreichen würde. Es war mir klar, dass ich mir meinen Platz würde verdienen müssen und auch wenn ich bisher nicht gewusst hatte, was genau das heißen würde, verstand ich schließlich, dass der Orden des Silbernen Geistes sich bei mir melden würde.

„Meine Herren, ich sehe, Sie alle haben ihre Einladungen erhalten", sagte ich mit tiefer und lauter Stimme. Mir war es bereits als Kind beigebracht worden, dass man es andere wissen lässt, wenn man einen Raum betritt, denn es bedeutet, dass man das hat, was es braucht, um in der reichen Alpha Society der Südstaaten mithalten zu können.

Fünf Männer, die an einem runden Tisch saßen, drehten sich um und blickten in meine Richtung.

Beau Radcliffe war der erste, der etwas sagte, nachdem er entspannt einen Schluck aus seinem Glas mit Scotch getrunken hatte.

„Das würde ich niemals verpassen. Du bist der erste

aus unserem Jahrgang, der das Aufnahmeritual beginnt. Ich bin froh, dass wir dir dabei zusehen können, wie du es versaust. So können wir lernen, was wir besser nicht machen sollten."

Ich ignorierte seine Sticheleien und nahm stattdessen meinen Platz an dem runden Tisch aus Mahagoni aus Honduras ein, der für die Anwärter für den Orden reserviert war.

Wir waren zu sechst.

Bis zu diesem Abend hatten wir noch nicht das notwendige Alter erreicht, geschweige denn das Aufnahmeritual begonnen, dass uns zu Mitgliedern machen würde. Auch wenn ich tatsächlich der Ehrengast für diesen Abend war, sollte es nur noch eine Frage der Zeit sein, bis ich den *Kindertisch* würde verlassen dürfen.

„Hatten wir eine Wahl?", fragte Sully VanDoren, der sich noch ein bisschen tiefer auf seinen Stuhl zu fläzen schien, während er aus seinem Glas trank, als sei darin Wasser. Das Einzige, was an diesem Mann von Klasse sprach, war der teure Anzug, der perfekt zu den hinter ihm zugezogenen Vorhängen in tiefdunklem Rot und Gold passte, die so lang und schwer waren, dass sie bis zum Boden reichten.

Seine Mutter wäre aufgrund seines fehlendem Südstaaten-Charmes wohl zutiefst enttäuscht gewesen. Ich allerdings erwartete dieses unangepasste Verhalten von Sully. Offensichtlich hatte sich, seit wir vor sieben Jahren unseren Abschluss an der Darlington Preparatory Academy gemacht hatten, nur wenig geändert. Er hatte es dort von Anfang an gehasst und der Blick in seinem Gesicht verriet, dass er diese Welt für immer hassen würde.

„Wieso hast du die Einladung überhaupt angenommen?", fragte Beau, nicht, weil er ihn verurteilt hätte, sondern einfach aus Neugierde. „Es ist Jahre her, dass du dich in Darlington hast sehen lassen. Ich dachte, du wärest tot oder so."

„Oder so...", entgegnete Sully unverbindlich und streckte die Hand nach der Glaskaraffe aus, die mit einem Scotch gefüllt war, der zweifelsohne teurer wahr, als die durchschnittliche Monatsmiete in Georgia. „Aber heute geht es nicht um mich. Heute geht es her um Montogmerys Aufnahmeritual." Er hob sein Glas, so als würde er mir zuprosten. „Auf das, was du dir immer gewünscht hast. Was auch immer das sein mag."

„Ich möchte dasselbe, wie ihr alle, ansonsten wären wir wohl nicht hier.", sagte ich.

„Der schöne Montgomery. Der Captain des Football-teams, Klassenbester, im *Forbes Magazine* als einer der reichsten Männer unter dreißig geführt und einer der Könige von Darlington", zählte Sully mit einem Grinsen auf. „Und nun bist du der Erste von uns, der fünfund-zwanzig wird und dem somit eine weitere Ehre zuteil wird. Du hast wirklich Glück." Sein Sarkasmus war mir allerdings nicht entgangen.

„Sei nicht so ein Arschloch", war Walker St. Claire ein. „Keiner von uns ist schuld daran, dass du diesen Scheiß hier, deinen VanDoren Namen und Darlington als Ganzes, hasst. Aber unsere Abstammung und die Verbin-dung zum Orden, wird nicht einfach verschwinden, egal, wie sehr du es dir auch wünschst. Es ist, was es ist. Das ist, wer wir sind, egal ob du es magst, oder nicht. Und da Montgomery als erster von uns fünfundzwanzig geworden ist, fängt dieser Prozess und somit unsere Zeit in dieser Villa, gerade erst an. Können wir uns also einfach darauf einigen, dass wir nicht bitter wegen all dem hier sind?"

Ich wusste, dass Walker wie ich sein würde und dass er wie ich denken und sich genauso verhalten würde. Auch er lebte sein Leben wie ein wahrer Gentleman aus den Südstaaten, mit einem Reichtum, der ihm durch die Adern floss. Sein Vater war einer der Ältesten im Orden, genau wie mein Vater und wir beide waren uns dem Druck bewusst, der auf unseren Schultern lag, eines Tages in ihre Fußstapfen zu treten, bewusst.

„Hat irgendjemand eine Ahnung wie viel Zeit und Aufwand in dieses Aufnahmeritual investiert werden wird?", fragte Emmett Washington, während er auf seine Smartwatch blickte. „Ich habe einen Geschäftstermin und habe wenig Zeit dieses schaurige Spielchen..."

Er blickte sich im Raum um, sah hoch und grinste. Ein großer Kronleuchter aus Bakkarat-Kristallen und Messing hing an der über 4 Meter hohen Decke. Diese war darüber hinaus mit Stuck verziert, der aus Lehm, Ton, Pferdehaaren und Louisianamoos hergestellt worden ist.

„Ich weiß nicht einmal, wie ich das hier bezeichnen soll. Aber ich habe nicht viel Zeit übrig, die ich mit diesem etwas makabren Klassentreffen verschwenden möchte."

Es war schwer, unsere Umgebung nicht wahrzunehmen und vor allem, sich nicht davon beeindrucken zu lassen. Oleander Manor war eine der wenigen historischen Villen in Georgia, die nicht während des Bürgerkrieges abgebrannt worden waren. Die Geschichte der Südstaaten war hier so verankert, dass man quasi das Heulen der Geister hören konnte, ohne es überhaupt zu versuchen.

„Nun, es ist nicht wirklich *deine* Angelegenheit, bis du deine eigene Aufnahme hinter dir hast", erklärte ich Emmett. Seine Familie war zwar irgendwie neureich, aber sein Vater war vor mehr als einem Jahrzehnt in den Orden aufgenommen worden. Willkommen waren hier alle einflussreichen Männer mit Macht, allerdings nur Männer. Wir wollten ja nicht *allzu* fortschrittlich sein, nicht wahr?

„Wir alle arbeiten für unsere Väter, bis uns die Schlüssel in der Zeremonie übergeben werden. Also, wie Walker schon gesagt hat: lasst uns das Beste daraus machen." Ich griff nach dem Scotch und goss mir selbst einen Drink ein. „Ja, all das hier wird viel Zeit in Anspruch nehmen, aber die wird es wert sein. Wir werden bald alle noch viel reicher sein, als wir es sowieso schon sind."

„Was glaubst du, wie lange werden sie uns hier warten lassen, bevor sie uns in das weiße Zimmer bestellen?", warf Rafe Jackson ein, der einen ungeduldigen Gesichtsausdruck darbot. „Ich stimme Emmet zu, was das Geschäft angeht. Ich habe morgen früh einige Termine und ich möchte tatsächlich nicht die ganze verdammte Nacht lang wach sein."

Es wäre fair zu sagen, dass Rafe härter arbeiten musste, als wir alle zusammen. Sein Geld war nicht annähernd so alt und verwurzelt wie das, was wir alle erben würden und er musste sich täglich den Arsch aufreißen, damit der Name Jackson auf der Liste der Reichsten in Darlington County blieb.

Es war nicht einfach, auf diese Liste des reichsten und kaufkräftigsten Countys in Georgia zu kommen, aber wir alle hatten es geschafft. Rafe war unglaublich stur und würde nichts anderes akzeptieren als diesen Platz an dem runden Tisch, an dem wir uns gerade befanden, koste es, was es wolle.

Und das ging uns allen so.

Wir alle würden tun, was immer nötig war, um den Wohlstand zu sichern. Nicht nur für uns selbst, sondern auch für viele folgende Generationen.

So war es bei uns Blaublütigen.

„Ich hätte nie gedacht, dass ich jemals den Tag erleben würde, an dem Daddy Kingston dir die Zügel übergibt", sagte Sully mit dunklem Blick. „Ich hatte erwartet, dass er dich vielleicht damit gegen den Kopf schlagen würde. Aber dass er sie dir einfach lächelnd übergibt... niemals."

„Er hat nicht wirklich die Wahl", warf Walker ein.

Ich schnaubte, bevor ich einen Schluck von meinem Drink nahm. „Ich bin mir sicher, es bringt ihn fast um. Ich konnte die Erwartungen dieses Mannes nie erfüllen. Egal, wie viel Geld ich einbringe oder wie viel Macht ich für sein verdrehtes Imperium hinzugewonnen habe, irgendwie scheint es, als würde ich nie genug tun."

Ich blickte hinüber zu dem Portrait eines der Gründungsmitglieder, das über dem marmornen Kamin hing und hatte das Gefühl, dass seine wertenden Augen durch die meines Vaters ersetzt worden waren. „Aber Regeln sind Regeln. Der Orden des Silbernen Geistes hat seine Vorschriften, die über allem anderen stehen. Mein Vater kann die Tatsache, dass ich mit fünfundzwanzig nicht mehr nur an der Seitenlinie stehe, nicht ändern. Wenn ich das Aufnahmeritual bestehe, dann gehört die Firma mir. Komplett."

Es tat gut, die Worte laut auszusprechen. Unglaublich gut und ich hoffte aufrichtig, dass mein Vater es irgendwie geschafft hatte, uns auszuspionieren und somit diese Unterhaltung hören konnte.

So ist es, mein lieber Vater... Ich werde tun, was immer notwendig ist.

„Du schwingst ganz schön große Reden, aber wir alle wissen, dass das, was sie von uns verlangen, alles andere als normal ist", sagte Emmet. Als relativer Neuling hatte er immer gedacht, dass das ganze Ritual irre sei. Nicht, dass ihn das davon abhalten würde, selbst teilzunehmen, wenn seine Zeit kommen würde.

Rafe kicherte, während er erneut ungeduldig auf seine Uhr blickte. „Das ist eine Untertreibung."

Eine leere Flasche Scotch und eine weitere halbe Stunde, in der wir uns unterhielten, verging, als der Schuss einer Pistole im Garten endlich den Beginn des Abends ankündigte.

Ich atmete tief durch und versuchte mich daran zu erinnern, dass ich das alles schon einmal gesehen hatte.

Ja, wir waren Rekruten, aber wir waren bei genügend Zeremonien in der Villa als Zuschauer dabeigewesen, um genau zu wissen, was als nächstes kommen würde. Die meisten von uns haben ihre ersten Zähne auf den alten Möbeln dieses Hauses bekommen. Die Väter hatten, seit Gründung des Ordens, ihre Söhne mit nach Oleander Manor gebracht. Wir kannten jeden Winkel, jede Nische und jedes böse Geheimnis, dass die Flure verbargen.

Wir waren ebenso wenig überrascht, als ein Mann mit einem silbernen Mantel durch einen Geheimgang in der Wand den Raum betrat. „Folgen Sie mir", sagte er mit tiefer, ominöser Stimme.

Auch wenn wir alle wussten, dass der Mann Walkers Vater war, war er an diesem Abend einfach nur einer der Ältesten—eine namenlose, gesichtslose Gestalt, die trotzdem all die Macht innehatte. Er hatte eine der höchsten Positionen des Ordens des Silbernen Geistes inne und es wurde von uns erwartet, dass wir ihm den höchsten Respekt zollten, ihn bewunderten und ihn sogar fürchteten.

In kompletter Stille folgten wir ihm gehorsam in einer Reihe den schmalen Flur hinunter, der uns in den weißen Raum bringen würde.

Den Weißen Ballsaal. Das Zentrum von allem.

Er besaß korinthische Säulen, handgefertigte Bögen, eine L-förmige Erweiterung und eine Einbuchtung, die der Gründer und ursprüngliche Besitzer komplett weiß hatte streichen lassen. Selbst der Boden war weiß. Gerüchten zu Folge war es ihm darum gegangen, dadurch die natürliche Schönheit der Frauen, mit denen er tanzte, zu unterstreichen, aber auch, die dunklen Seelen und schwarzen Geheimnisse aller seiner Gäste aufzudecken. Dem Gründer war es wichtig gewesen, den Kontrast von Gut und Böse durch den Einsatz all seines prachtvollen Reichtums darzustellen.

Es gab zwei riesige Kamine mit Umrandungen aus handgeschnitztem weißem Rokoko-Marmor. Des Weiteren gab es einen Spiegel, der aus Frankreich importiert worden war, in dem die Frauen kontrollieren konnten, ob ihre Reifen oder gar ihre Knöchel unter ihren Kleidern hervorguckten.

Ein solcher Skandal wäre niemals toleriert worden.

Oh, wie sehr sich die Zeiten geändert hatten...

Über einem der Kamine hing ein weiteres Gemälde des Gründers, dessen Augen mir zweifelsohne durch den Raum folgten. Ich hasste es, dass die Bastarde stets jeden meiner Schritte beobachteten. Als ich noch ein Kind war, hatte ich stets Albträume von diesen Portraits und ehrlichgesagt verfolgten mich diese noch immer.

Die Türknäufe waren handbemalt und stammten aus

Dresden und die passenden Abdeckungen für die Schlüs-
sellöcher machten es fast unmöglich, den Ausgang zu
finden, da die Türen auf der weißen Fläche praktisch
verschwanden. Die quälende Reinheit des Raumes nahm
jeden ein, der in ihm stand.

Tiefe männliche Stimmen sangen auf Latein. Was
genau in diesem leisen Murmeln gesagt wurde, war streng
geheim und nur die Ältesten wussten, was es war. Ihre
Stimmen hallten von den Wänden wider, als wir den
Raum betraten und uns aufstellten wie unerfahrene
Rekruten der Armee, die im Begriff waren, ihren General
zu treffen.

Arme hinter dem Rücken, die Beine schulterbreit
gespreizt, standen wir stramm.

Die zehn Ältesten standen vor uns, ihre silbernen
Mäntel sorgten dafür, dass ihre Gesichter im Schatten
lagen. An ihren Seiten standen die anderen Mitglieder,
die ebenfalls in silberne Mäntel gehüllt waren, was ihre
Mitgliedschaft im Orden bestätigte. Jeder der Männer
hatte einen Gehstock an seiner Seite, der mit kompli-
zierten Schnitzereien verziert war und eine polierte Kugel
aus Onyx am Ende besaß, an der man ihn hielt. Mit einge-
übter Perfektion begannen sie alle ihre Stöcke auf den
Boden zu ihren Füßen zu schlagen. Der Rhythmus der
Stöcke auf dem Boden ging mir bis ins Mark.

„Montgomery Kingston", rief einer der Ältesten. Die
Stöcke blieben im Rhythmus. „Sind Sie bereit das
Aufnahmeritual zu beginnen?"

Ich nickte, schließlich wusste ich bereits, dass die
Rekruten während der Zeremonien nicht zu sprechen
hatten, es sei denn, ihnen wurde die Erlaubnis erteilt.

Ich starrte emotionslos geradeaus. Im Augenwinkel
konnte ich sehen, dass die anderen fünf Männer all das

hier genauso ernst nahmen, wie ich. Es war egal, dass sie sich vorhin darüber lustig gemacht hatten. Es war unmöglich, es nicht ernst zu nehmen.

Das lag nicht alleine an der Tatsache, dass diese Zeremonien so tief in uns verankert waren, dass das Folgeleisten genauso wichtig war, wie das Atmen, nein, es lag auch an der einnehmenden Dominanz in dem Raum, die es unmöglich machte, Widerstand zu leisten.

„Sie haben zwei Tage Zeit, sich vorzubereiten, bevor der Geisterball stattfinden wird", sagte der Älteste, während die Gehstöcke weiter auf den Boden schlugen, so wie ein übernatürliches Orchester.

Ich nickte wieder.

„Sie werden an dem Abend eine Schönheit ohnegleichen finden. Wenn Sie das getan haben und wir sie als angemessen beurteilen, wird der Orden des Silbernen Geistes sie brechen."

Die Stöcke wurden schneller.

Lauter.

Lauter.

Der Wind fand den Weg durch die geöffneten Fenster und wehte um uns herum, so als hätte der Orden Satan selbst beschworen.

Sie fingen wieder an auf Latein zu singen, während das Gaslicht im Raum zu flackern begann.

„Montgomery Kingston. Ihre Aufnahmeprüfung beginnt jetzt."

2

ICH BLICKTE auf als die Glocke über der Tür des Diners einen Kunden ankündigte. Verdammt, ich hatte mein Kapitel fast durch. Ich machte noch ein paar Notizen über die betriebswirtschaftliche Rechnung, bevor ich mein breitestes Lächeln aufsetzte.

Nur um beim Aufsehen festzustellen, dass meine Kollegin, Delilah, auf den Tresen zueilte, während sie ihre zu volle Tasche ausbalancierte und ihr dünnes, weißes T-Shirt, die Standard-Uniform für alle weiblichen Arbeitnehmer in Bills' Diner, in ihre Shorts stopfte.

„Es tut mir leid! Sorry, ich weiß, ich hatte versprochen nicht mehr zu spät zu kommen."

Sie war ein dünnes Mädchen, das sich ihre Haare schwarz färbte. Sie war ein paar Jahre jünger als ich, aber wir hatten uns hier auf der Arbeit schnell angefreundet.

Ich blickte über ihren Kopf hinauf auf die Uhr beim Eingang. Sie war mehr als zwanzig Minuten zu spät.

Eine dunkle Sonnenbrille verdeckte die zweifelsfrei roten Augen. Niemand feierte ausgelassener als Delilah. Sie war erst neunzehn, sah aber locker zehn Jahre älter aus. Ich warf einen Blick hinüber zur Küche.

Dann zog ich die Augenbrauen hoch. „Sei einfach nur froh, dass Bill noch nicht da ist."

Sie prustete los. „Als würde der seinen Hintern hochbekommen und tatsächlich einmal am Grill stehen." Sie lehnte sich über den Tresen und winkte durch das kleine Fenster in Richtung der Küche. „Hey, Darnell, wie geht's dir heute früh?"

Daraufhin schnappte sie sich ihre Schürze, während sie noch immer über dem Tresen hing.

Das Diner war ziemlich leer, da es 10 Uhr morgens an einem Dienstag war, aber Mr. Simmons war einer unserer Stammgäste. Während er seine Kaffeetasse hielt, nutzte er die Gelegenheit, um einen guten Blick auf Delilah zu erhaschen, die sich in ihren Shorts über den Tresen beugte. Er war ein dreckiger, alter Bastard, der mir stets in den Arsch kniff, wann immer sich ihm die Gelegenheit bot.

„Mir geht's gut, `Lilah", entgegnete Darnell lächelnd.

Ich schüttelte einfach nur den Kopf. „Lass dich nicht wieder von Jimmy dabei erwischen, wie du mit Darnell flirtest."

Delilah richtete sich wieder auf und warf mir einen bösen Blick zu: „Jimmy kann mich mal. Du hast ein solches Glück, dass du Kyle hast."

Kyle. Ich war seit drei Jahren mit ihm zusammen. Es hatte mal eine Zeit gegeben, in der alleine sein Name ausgereicht hat, die Schmetterlinge in meinem Bauch zum Flattern zu bringen.

Und nun?

Ich dachte daran, wie ich ihn am Vorabend nach dem Ende meiner Doppelschicht schlafend auf meiner Couch vorgefunden hatte. Er hatte den Controller seines Videospiels noch in der Hand und die Verpackung von dem Essen, was er sich geholt hat, stand auf dem Tisch und ihm lief der Sabber aus dem Mund.

Die Bewerbungen für all die offenen Stellen lagen vergessen auf dem Küchentisch, wo ich sie für ihn bereitgelegt hatte. Er hatte sie nicht einmal angerührt, während ich extra Schichten schob, damit wir über die Runden kamen. Und ich hatte ihm gesagt, dass er kein Essen bestellen soll. Das konnten wir uns wirklich nicht leisten.

Aber wann immer ich versuchte mit ihm über Geld zu reden sagte er einfach, dass er mich mehr mochte, als ich mich noch nicht ständig beschwert habe. Normalerweise folgte dieser Aussage ein Gang zum Kühlschrank, wo er sich ein Bier nahm, bevor er den Raum verließ.

„Ja", murmele ich, während ich den Tresen mit einem feuchten Lappen abwischte. „So viel Glück."

„Hey", sagte Delilah mit scharfer Stimme. „Das war mein Ernst. Du hast einen der Guten abbekommen."

Ich schlug den Lappen auf den Tisch und stützte mich mit beiden Händen darauf, bevor ich zu ihr hinaufsah. „Habe ich das?"

Dann schüttelte ich den Kopf. „Ich habe mir immer geschworen, dass ich nicht so werden würde, wie meine Mutter, aber schau mich an, ich lebe mit dem ersten Mann, der mich eines Blickes gewürdigt hat." Ich schnappte mir wieder den Lappen und schrubbte jetzt noch fester als zuvor.

„Hey, du schrubbst noch die Beschichtung ab, wenn du so weiter machst", sagte Delilah, die dabei die Arme vor der Brust verschränkte. „Und eines Tages wirst auch du von deinem hohen Ross steigen müssen und erkennen, dass du einfach nur eine von uns bist. Ja, du bist super hübsch, aber weder an dir, an mir, noch an irgendeinem anderen Mädchen hier im County ist etwas Besonderes. Wir wurden im Dreck geboren und da werden wir auch sterben. Dass du all diese Bücher verschlingst, führt nur dazu, dass es du mit dieser Tatsache nicht umgehen kannst."

Mit einem lauten Knall schlug sie mein Wirtschaftsbuch zu.

„Hey", rief ich und schnappte nach dem Buch, was sie mir allerdings entriss.

Ich warf ihr einen bösen Blick zu. „Blöde Kuh."

„Snob."

Dann fingen wir beide an zu lachen.

Sie warf mein Buch wieder auf den Tresen und griff in ihre riesige Tasche, die an die von Mary Poppins erinnerte. Ich hätte schwören können, dass ihr gesamter Arm darin verschwand, wann immer sie nach etwas Bestimmten suchte und dass sie stets bis oben voll war. Aus der Vordertasche hing an diesem Tag der Träger eines leopardenfarbenen BHs heraus. Eine Packung Taschentücher und einige benutzte fielen heraus, während sie suchte und schließlich eine Tube pinken Lipgloss ans Tageslicht beförderte.

Sie hatte bereits knallroten Lippenstift aufgetragen, allerdings hielt sie das nicht davon ab, ihre Lippen zum Kussmund zu formen und darüber eine Schicht Lipgloss aufzutragen. Als sie lächelte, boten ihre von Zigaretten verfärbten Zähne keinen sonderlich vorteilhaften Kontrast zur Farbe, aber trotzdem war das Lächeln, das ich ihr schenkte, ein echtes.

„Schön, wie immer. Aber nimm die Sonnenbrille ab."

Ich beugte mich zu ihr herüber und nahm sie ihr ab. „Bill kommt vielleicht noch und du weißt, dass er es hasst..."

Ich schnappte nach Luft als ich das Gesicht sah, was sie hinter der Brille versteckt hatte und den riesigen blauen Fleck, der sich um ihr rechtes Auge geformt hatte.

„Delilah! Was zur Hölle?" Ich ließ die Brille auf den Tresen fallen und beugte mich zu ihr herüber.

Sie wich von mir zurück und drehte ihr Gesicht weg. „Es ist nichts."

„Das ist nicht nichts!"

Sie drehte sich um, warf mir einen bösen Blick zu. Ihr blaues Auge war dick. „Jimmy und ich haben uns gestern Abend gestritten und das ist ein wenig eskaliert."

„Jimmy hat dir das angetan?"

Ich würde den Bastard umbringen. Er war doppelt so groß wie Delilah.

„Es ist nicht, was du denkst", seufzte sie. „Ich habe ihn wütend gemacht. Ich habe sein Handy durchsucht und er hat mich erwischt. Ich hätte das wirklich nicht machen sollen. Er war wütend und dann ging es nur noch bergab. Ich habe ihn zuerst geschubst. Es war wirklich nicht seine Schuld."

Ich konnte nicht glauben, was ich da hörte.

Und gleichzeitig konnte ich sie auch nur zu gut verstehen. Hatte ich dasselbe nicht auch von meiner Mutter gehört? Immer und immer wieder. Freund nach Freund.

Er liebt mich, er hat nur Probleme mit seinem Temperament.

Es passiert nur, wenn er trinkt. Er sucht sich Hilfe, er hat es versprochen.

Es war meine Schuld. Ich habe ihn wütend gemacht. Ich habe ihn zuerst geschlagen. Wir haben einander geschlagen.

Lustig, dass die Männer allerdings irgendwie immer

ohne blaue Flecke oder gebrochene Knochen davonge-
kommen waren.

„Komm schon, Grace, sei nicht so. Du weißt, wie die
Männer hier sind. Jimmy ist letzten Monat vom Versandzentrum entlassen worden…"

„Weil er immer wieder verkatert oder betrunken zur
Arbeit gekommen ist", warf ich ein, aber sie ignorierte
mich einfach.

„Es ist ja nicht so, als gäbe es hier irgendwo gute
Arbeit. Es ist einfacher, nur zu trinken und alles zu vergessen. Kann man ihm wirklich einen Vorwurf machen?"

Ich streckte die Hand aus und ergriff ihre. Das dunkle
Lila ihres blauen Fleckes sah im fluoreszierenden Licht
des Diners noch schlimmer aus. „Ja. Ja, ich kann ihm
einen Vorwurf machen."

Sie schüttelte einfach den Kopf und ließ meine Hand
los. „Du bist wirklich ein Snob. Immerhin hat Jimmy eine
Wohnung."

„Aber nur, weil seine Mama ihn dort umsonst wohnen
lässt."

Delilah zuckte mit den Schultern. „Das ist mehr, als
die meisten anderen Kerle haben. Ich bin mit fünf
Brüdern und Schwestern aufgewachsen und wir haben
uns ein einzelnes Zimmer geteilt. Mir erscheint es also, als
würde sich meine Lage verbessern."

Mit diesen Worten hatte sie sich meinen Lappen
geschnappt und begann, damit die Tische um Mr.
Simmons herum abzuwischen. Dessen Gesicht erhellte
sich, als er sie kommen sah. Ich konnte ihn nicht leiden,
aber Delilah wusste genau, was sie zu tun hatte, um
möglichst viel Trinkgeld herauszuschlagen.

In dem Moment, an dem sie seinen Tisch passierte,
fand seine Hand ihren Weg. Ich drehte mich weg, bevor

ich beobachten musste, wie seine alten Finger in ihren Po kniffen. Schließlich wollte ich die Eier, die ich irgendwie zum Frühstück heruntergewürgt hatte, bevor ich das Haus verließ, bei mir behalten.

Kurze Zeit später wurde es voller mit all den Leuten, die zu Mittag essen wollten und Delilah und ich hatten einiges zu tun, um alle zu versorgen.

Erst gegen drei Uhr nachmittags schaffte ich es, erneut Pause zu machen. Ich streckte meinen Rücken. Gott, eigentlich hätte es einen nicht so müde machen dürfen, Tabletts mit Essen durch die Gegend zu tragen, aber wenn es wirklich voll wurde, konnten diese ganz schön schwer werden. Und natürlich all das hin- und her-Gerenne.

Die Leute gaben einem kein Trinkgeld, wenn sie irgendwas am Service störte. Wenn sie ihren Kaffee ausgetrunken hatten und man nicht in dem Augenblick, in dem der letzte Tropfen ihre Kehle hinunterfloss, bereitstand, um nachzuschenken, wurden sie schon so wütend, dass sie es als Ausrede nutzten, um kein Trinkgeld zu geben. Wenn man aber zu häufig zu ihnen kam und sie fragte, ob sie noch etwas nachgeschenkt haben wollten, dann beschuldigten sie einen, zu aufdringlich und neugierig zu sein.

Männer mochten es, wenn man seine Oberweite präsentierte, aber wenn sie mit ihren Frauen oder Freundinnen da waren, wurden diese sauer, wenn sie ihren Kerl dabei erwischten, wie er einen Blick in den Ausschnitt riskierte. Es gab Tage, da konnte man einfach nichts richtig machen.

Ich warf einen Blick auf die Uhr. Ich hatte noch fünfzehn Minuten Schicht und dann würde ich endlich nach Hause gehen können. Ich lehnte mich wieder gegen den Tresen und schaute zur Decke hinauf. Wieso zur Hölle hatte ich gedacht, es wäre eine gute Idee, dass Kyle bei mir einzieht?

Aus finanzieller Sicht hatte es damals Sinn gemacht. Er hatte einen Job und wir konnten uns einen extra breiten Trailer leisten, solange wir beide Gehaltsschecks mit nach Hause brachten.

Vielleicht war ich letztendlich genauso ahnungslos, wie Delilah, denn ich hatte auch gedacht, dass ich damit die soziale Leiter emporklettern würde. Von einem einfachen Trailer, zu einem doppelt so großen. Natürlich war es trotzdem ein Trailer und kein Haus, aber wir hatten eben deutlich mehr Wohnfläche. Ich hatte vorgehabt, ein Büro in dem anderen Schlafzimmer einzurichten, sodass ich dort meine Hausarbeiten schreiben konnte.

Ich hatte fast meinen Abschluss in Wirtschaft.

Naja, fast eben.

Es war ein Abschluss, den ich aus den kostenlosen Onlinekursen der besten Colleges des Landes für mich selbst zusammengeschustert hatte. Es war unglaublich, wie viele Informationen man da draußen finden konnte. Und sie stellten sie *einfach so* zur Verfügung. Ich hatte Business-Kurse von Harvard, MIT, Stanford und Yale absolviert. Kurse über Unternehmertum, Verkaufsanalysen und die Finanzmärkte.

Ich machte alle Aufgaben (auch wenn sie niemals von jemand anderem, als mir selbst, benotet wurden) und las all die Bücher (egal, wie lange ich bei der Fernleihe auf sie warten musste). Ich schrieb Hausarbeiten und machte Projekte und ich meldete mich bei all den kostenlosen Onlineforen für Studenten an und diskutierte dort Ideen oder tauschte Aufgaben aus, damit wir diese füreinander bewerten konnten.

Nicht, dass ich am Ende ein Stück Papier in den

Händen halten würde, dass bestätigte, dass ich überhaupt etwas gelernt hatte oder irgendeine Qualifikation hatte.

Aber das war egal. Ich wusste es. *Ich* wusste, dass ich bereits genug Arbeit für einen Associate Abschluss in Wirtschaft hineingesteckt hatte und jetzt arbeitete ich daran, dass es genug für einen Bachelor sein würde.

Ich war klug und ich würde nicht den Rest meines Lebens als Kellnerin für Mindestlohn arbeiten.

Ich sah mich in dem schäbigen Diner um. Eines Tages würde ich mein eigenes Restaurant haben und ich würde es richtig leiten. Es würde sauber sein. Hell. Ein Ort, an den die Leute kamen, um aus ihrem schäbigen Alltag zu fliehen. Es würde ein Ort sein, an dem die Leute ein paar Stunden verbringen und mit dem Wissen gehen konnten, dass man mehr erreichen kann.

Ich würde edlen Kaffee anbieten und ein großes, aufregendes Angebot auf meiner Speisekarte haben, sodass meine Gäste mehr erwarten konnten, als nur Frittiertes. Ich würde ihre Geschmacksnerven aufwecken und ihre Vorstellungskraft anregen und ich würde einen kleinen Bereich draußen einrichten, wo die Kinder spielen können, sodass auch die Mütter für ein oder zwei Stunden entspannen konnten, weil sie wussten, dass ihre Kinder an einem schönen, sauberen und sicheren Ort spielten.

„Du hast wieder dieses Lächeln im Gesicht", stellte Delilah fest, während sie mich in die Seite knuffte und somit aus meinem Tagtraum riss.

„Was?", fragte ich und konnte merken, wie meine Wangen rot wurden, während ich wieder nach dem Lappen griff, um den Tresen abzuwischen. Eine Aufgabe, die nie beendet war.

Aber Delilah fügte einfach grinsend hinzu: „Träumst

du von Kyle? Es ist ja auch an der Zeit, dass ihr beide ein bisschen zur Ruhe kommt und anfangt darüber nachzudenken, eine Familie zu gründen."

Mein Mund stand offen und ich konnte sie vor Schreck nur anstarren. War das ihr Ernst? Ich war erst dreiundzwanzig.

Aber dann starrten ihre Augen ins Nichts und sie strich sich über den Bauch. „Ich kann gar nicht erwarten endlich ein Baby zu haben, um das ich mich kümmern kann."

Ich sah ihr blaues Auge an. Sie war vorhin zwanzig Minuten auf der Toilette gewesen und hatte versucht, es mit Concealer zu überdecken, aber der blaue Fleck schien noch immer durch. Sie konnte doch nicht wirklich darüber nachdenken ein Baby mit *Jimmy* zu bekommen, oder?

„Du weißt doch, dass Anne-Marie gerade ein kleines Mädchen bekommen hat und die ist so süß. Anne-Marie war so glücklich, als sie sie zum ersten Mal gesehen hat. Das kleine Baby schläft mit den beiden im Bett. Ich durfte sie halten und die Windel wechseln und sie ist wie ein kleines Püppchen. So niedlich! Und weißt du, Joe war im Begriff sie zu verlassen, aber dann ist sie schwanger geworden und er ist geblieben und jetzt sind die beiden so glücklich."

Delilah lehnte sich nach vorne und legte die Ellenbogen auf den Tresen. Sie schaute sehnsüchtig aus dem Fenster im vorderen Bereich des Diners. „Ich wollte schon immer so glücklich sein."

Oh Gott, konnte ich ihr noch irgendwie gut zureden? Delilah hatte ein großes Herz. Aber wenn sie ein Kind in das Apartment mit Jimmy bringen würde...

Als ich sie jetzt betrachtete, hatte ich plötzlich das

merkwürdige Gefühl, meine Mutter von vor zwanzig Jahren zu sehen. War sie damals eine junge Frau voller Hoffnung und Träumen gewesen? Genauso sehnsüchtig nach Liebe, wie Delilah?

Andersherum war es egal, wie meine Mutter angefangen hatte, das Ergebnis war eine schreckliche Kindheit für *mich* gewesen.

Der Vibrationsalarm meines Handys ließ mich innehalten, bevor ich Delilah antwortete. Was wahrscheinlich gut war, denn wenn ich jetzt den Mund aufmachen würde, wäre das, was herauskäme, in jedem Fall falsch.

Manchmal war es schwer für mich, den Mund zu halten. Und sie anzuschreien, weil sie so dumm und kindisch war und dass ihr Leben so wenig bedeutete, dass sie es so unbedacht in diese Welt bringen würde, trug nicht dazu bei, dass man sich Freunde machte, weshalb ich so wenige hatte.

Ich holte mein Handy heraus und warf einen Blick darauf.

Dann verzog sich mein Mundwinkel.

Es war eine Mitteilung von einer App, die ich installiert hatte, um meine Kreditwürdigkeit im Auge zu behalten. Ich hatte seit meinem achtzehnten Geburtstag viel Arbeit investiert, um diese zu verbessern.

Jedes Buch über Wirtschaft, das ich je gelesen hatte, legte einen Fokus darauf, wie wichtig es war, dass man kreditwürdig ist. Niemand würde mir einen Kredit geben, um ein Geschäft zu eröffnen, wenn ich nicht kreditwürdig wäre. Ich war unglaublich arm, also konnte ich nicht erwarten, viel leihen zu können, aber ich hatte einige Kreditkarten, die ich benutzte, um Lebensmittel zu kaufen und jeden Monat komplett abbezahlte.

Wieso zur *Hölle* war meine Kreditwürdigkeit also um

hunderte Punkte gefallen und plötzlich im roten Bereich?

Ich hatte das Gefühl ohne Wasser auf einer Wasserrutsche zu sein. Ich schnappte nach Luft.

Stolperte nach hinten, gegen den Tresen und versuchte zu atmen.

„Fehler", flüsterte ich, während ich noch immer nach Luft schnappte. „Das muss ein Fehler sein."

Ich gab den Code ein und meine zittrigen Finger versuchten mehr herauszufinden.

Zehn Minuten später war ich draußen auf dem Bürgersteig und versuchte mein Bestes, die Mitarbeiterin der Bank am anderen Ende der Leitung nicht anzuschreien.

„Nein, ich habe Ihnen bereits gesagt, dass ich das nicht gewesen bin. War zur Hölle soll ich mit einem Speedboat? Ich lebe in Barnwell. Wir sind Stunden von der Küste entfernt. Das ist Betrug. Und ich habe auch die anderen fünf Kreditkartenkonten, die sie in Ihrer Akte haben, nicht eröffnet!"

Ich lief den Bürgersteig auf und ab. „Wie oft muss ich es Ihnen noch sagen? Meine Identität ist gestohlen worden. Nein, ich weiß nicht, wie oder wer! Wenn ich das wüsste, wäre ich dann mit Ihnen am Telefon? Ich habe versucht die Polizei einzuschalten, aber die sagen, sie seien nicht zuständig. Achten Sie darauf, wie Sie mit mir sprechen! Es ist mir egal, *wagen* Sie es ja nicht..."

Die Verbindung wurde unterbrochen und ich riss das Handy von meinem Ohr und starrte es ungläubig an. Die Schlampe hatte einfach aufgelegt. Mein Leben lag in Trümmern und sie hatte einfach aufgelegt!

Ich schrie vor Wut und ignorierte die Blicke der Menschen auf dem Parkplatz und der Straße. Ich hatte gerade im Rahmen eines meiner Kurse über den Identitätsdiebstahl gelesen. Das war nichts, was man einfach so hinter sich lassen konnte. Wenn die Kreditwürdigkeit erst einmal ruiniert war, auch wenn man selbst nicht die Schuld dafür trug, dann war es fast unmöglich, das wieder in Ordnung zu bringen und manchmal dauerte es *Jahre...*

„Scheiße, Scheiße, *Scheiße!*"

Ich trat so fest ich konnte gegen einen Stein, das einzige Ergebnis war allerdings, dass mein Zeh wehtat. Dann nahm ich wieder das Handy zur Hand und blicket auf meinen letzten Kontoauszug. Wer auch immer meine Identität gestohlen hatte, nutzte die Kreditkarten, um die unglaublichsten Dinge zu kaufen.

Neben dem Boot waren sie am letzten Wochenende, vor drei Tagen, in einer Mall bei Atlanta shoppen gegangen. $ 552,98 bei Sephora, $ 3.809,52 im Sportgeschäft, $ 2.300,36 in einem Fachhandel für Musik und $ 274,94 in einem chinesischen Restaurant.

Mmh. Das war lustig. Ich war einst mit Kyle bei P.F. Chang gewesen, als ich etwas gespart hatte und wir nach Atlanta in den Urlaub gefahren waren. Er war fast ausgerastet, so gut hatte es ihm gefallen. Er hatte geschworen, dass er, wenn er einmal reich sein würde, jeden Abend dort essen würde. Das war einer der Gründe, wieso ich ein vielseitiges Angebot in meinem Restaurant haben wollte.

Ich riss meinen Kopf wieder hinunter und sah mir an, was ansonsten gekauft worden war und plötzlich kam mir eine Idee.

Nein, das war unvorstellbar.

Ich meine, klar, Kyle war seine Hautpflege wichtig. Wichtiger als allen anderen Männern, glaubte ich. Er versuchte immer das teure Zeug in unseren Einkaufswagen zu schmuggeln, aber ich stellte es zurück ins Regal. Wir konnten uns die Miete nur leisten, wenn wir uns ans Budget hielten. Kyle hatte immer gesagt, dass ich einfach nicht wusste, wie man das Leben genießt.

Und dann hatte er immer davon gesprochen, dass er eines Tages ein Boot haben wollen würde, damit er den „Sommer auf dem Wasser" verbringen konnte, auch wenn er nichts über Segeln oder Knoten oder Bootfahren wusste und wir weder in der Nähe des Meeres noch eines Sees lebten. Dass er nie einen Job für mehr als ein halbes Jahr hatte, muss glaube ich nicht mehr erwähnt werden. Wir waren nicht die Art Menschen, die den „Sommer auf dem Wasser" verbrachten.

Jedenfalls konnte das nicht sein. Trotzdem öffnete ich das Telefonbuch und gab Kyles Namen ein. Das Telefon klingelte. Er ging nicht ran.

„Gut, du bist noch da. Du musst eine Doppelschicht arbeiten."

Ich sah zu Bill auf, der sich soeben aus seinem uralten Toyota Camry hievte. Bill war ganz schön viel Mensch für so ein kleines Auto. Zuerst kamen seine fleischigen Schenkel zum Vorschein, dann ergriff er die Tür und schaffte es irgendwie, den Rest seines beeindruckend großen Körpers herauszuschieben.

Er tupfte sich den Schweiß, der Dank der Anstrengung seine Stirn benetzte, mit dem Unterarm weg und schlug die Tür hinter sich zu, als er endlich senkrecht war.

„Sorry, ich kann heute Abend nicht arbeiten." Ich schob das Handy in die Tasche meiner kurzen Hose.

Verdammt, ich hätte verschwinden sollen, als ich die Möglichkeit hatte, anstatt hierzubleiben, um das alles zu klären.

Bill erlaubte sich zu tun, was immer er wollte, solange

man sich auf seinem Grundstück befand und interessierte sich wenig für das Arbeitsrecht.

Ich machte mich so schnell ich konnte auf den Weg zu meinem Auto. Das war einer meiner Tricks. Wenn ich schnell genug lief, hatte er keine Chance, Schritt zu halten.

„Ich sagte, du musst eine Doppelschicht arbeiten", rief er mit hinterher. „Und wenn du deinen Job behalten möchtest, bleibst du hier und arbeitest."

Ich blieb auf der Stelle stehen und fluchte leise. Meine Hände ballten sich zu Fäusten. Ich blickte noch immer nicht zu Bill und rief ihm zu: „Ich habe einen wirklich schlechten Tag, Bill. Kann ich bitte den Rest des Tages frei haben?"

Es dauerte keine Sekunde, bevor er antwortete: „Nein. Paula hat sich wieder krankgemeldet. Ich brauche dich."

Ich sah rot, wortwörtlich. Paula war eine Alkoholikerin, die zu härteren Drogen griff, wann immer sich die Möglichkeit bot. Sie war außerdem eine schreckliche Kellnerin. Bill allerdings feuerte sie nicht, denn jedes Mal, wenn er ihr damit drohte, leerte sie eine halbe Flasche Tequila und holte ihm einen runter.

Manchmal hasste ich wirklich mein Leben.

Ich drehte mich um und warf Bill mit den Händen auf den Hüften einen bösen Blick zu. „Also, es hört sich an, als wärest du geliefert, wenn ich dir heute Abend nicht helfe." Ich gab ihm gar nicht erst die Möglichkeit, etwas zu entgegnen. „Ich bin in einer halben Stunde wieder da. Ich muss zuhause etwas rausfinden. Das kann nicht warten. Delilah schafft das bis dahin. Bis gleich."

„Du fetter Mistkerl", fügte ich leise hinzu, während ich mich auf dem Absatz umdreht und zu meinem Auto herüber ging.

3

GRACE

DIESER TAG WAR OFFIZIELL die Hölle auf Erden.

Fünfzehn Minuten später saß ich im Schneidersitz auf der Couch und trank direkt aus einer Flasche Wodka.

Also, Kyle hatte mich verarscht.

Überall um mich herum waren die Spuren seines übereilten Aufbruchs sichtbar. Seine Kleidung war überall im Trailer verteilt. Das war wahrscheinlich die Kleidung, die es nicht in seinen Koffer geschafft hatte. Seine Xbox war weg. Genau wie der Fernseher.

Er hatte eine Notiz hinterlassen. Seine Handschrift war so schlecht—sie war es immer gewesen—dass es schwer war, sie zu entziffern. Er hatte nicht einmal gesagt, dass es ihm leidtat. Es war, wie immer, einfach nur eine Ausrede.

Du hast mich nie meine Träume leben lassen. Sandy sagt, dass ich mich manchmal für mich entscheiden muss. Also

entscheide ich mich für mich. Habe ein schönes Leben. Tschüss
– Kyle.

Sandy. Ich kannte die Ziege. Sie war in der High School die Jahrgangsschlampe gewesen.

Glücklicherweise hatte ich immer darauf bestanden, dass Kyle ein Kondom benutzt. Das war etwas, was ihn immer geärgert hatte, aber ich war nicht bereit gewesen, das Risiko einzugehen. Ich nahm die Pille und ließ ihn trotzdem ein Kondom benutzen. Doppelter Schutz. Ich würde nicht wie meine Mutter enden.

„Ha", flüsterte ich, während ich die Flasche Wodka in meiner Hand betrachtete. Ich hatte es wirklich drauf, nicht zu sein, wie sie, während ich mitten am Tag trank. Ich schlug die Flasche auf den Tisch und wischte mir über den Mund.

Scheiße, wie lange war ich hier gewesen? Bill würde ausrasten, wenn ich nicht zurückkam.

Entmutigt blickte ich wieder auf mein Handy und es dauerte einen Moment bis ich es schaffte, ein Uber zu bestellen. Betrunken zur Arbeit zu kommen war nicht sonderlich professionell, aber es war ja nicht so, als würde Delilah nicht ab und an halb-besoffen bei der Arbeit auftauchen. Und Paula war Alkoholikern, die stets einen Flachmann auf der Mitarbeitertoilette versteckte.

Es gab nur ein paar wenige in der Stadt, die als Uber-Fahrer arbeiteten. Ich wippte ungeduldig mit dem Fuß, während ich darauf wartete, dass mich einer von ihnen abholte.

Endlich. Und dann sah ich, dass ein Nissan Sentra mich abholen würde, der noch fünfzehn Minuten weit weg war. Scheiße. Das hieß, dass Jeremy Paulson mein Fahrer sein würde. Jeremy war selbst an seinen besten Tagen ein unglaubliches Arschloch.

Gott, ich hasste es, in einer Stadt zu leben, in der jeder jeden kennt. Jeremy war zehn Jahre älter als ich, aber wann immer ich ihn als Fahrer bekam, starrte er mich die ganze Zeit im Rückspiegel an, anstatt sich auf die Straße zu konzentrieren.

Ich hätte den verdammten Wodka nicht trinken sollen.

Ich schnappte mir meine Handtasche und ging nach draußen, um dort zu warten. Aus dem Trailer drei Grundstücke neben meinem schallte Country-Musik herüber und Lucias Ehemann war mit seinen Freunden aus der Fleischfabrik im Garten. Sie alle hatten Stühle um die Feuerstelle aufgestellt, tranken Bier und schrien, damit sie einander verstehen konnten.

All der Krach war *fast* genug, dass man Barry und Sheila nicht durch das offene Fenster direkt nebenan schreien hören konnte.

Ich steckte mir Kopfhörer in die Ohren und stellte die Musik auf meinem Handy laut. Allerdings funktionierte nur einer von beiden, weshalb ich das, was ich Trailer Park Soundtrack nennen würde, nicht wirklich ausblenden konnte.

Immerhin ließen sie mich alle in Ruhe und schließlich fuhr Jeremys Wagen in meine Richtung.

Ich ging auf ihn zu und öffnete die Tür zur Rückbank, aber sie war verschlossen und ließ sich nicht öffnen.

Jeremy ließ das Fenster herunter. „Sind Sie Grace. Morgan?"

„Komm schon, Jeremy", verdrehte ich die Augen. „Ich bin mit deiner kleinen Schwester zur Schule gegangen. Du fährst mich ständig durch die Gegend."

„Ich arbeite für eine globale Firma. Es ist unsere Vorgabe, dass wir bei jedem Gast zunächst die Identität feststellen." Er grinste mich an und ließ den Blick über meinen Körper wandern, bevor er leise pfiff. „Sie sehen gut aus, Miss... Wie sagten Sie, ist Ihr Name?"

Arschloch. Ich war schon zu spät und hatte wirklich keine Lust mit Bill zu interagieren, der zweifellos ausrasten würde, wenn ich endlich auftauchte.

Offensichtlich brauchte ich meinen beschissenen Job jetzt noch mehr, wo meine Kreditwürdigkeit komplett im Keller war—wegen meines dummen Freundes. Gott, das alles brachte mich wirklich auf die Palme.

Würde die Polizei mir überhaupt zuhören, wenn ich ihnen alle meine Beweise präsentierte, dass es Kyle war, der mich bestohlen hatte? Könnten wir ihn wirklich durch Georgia verfolgen und selbst, wenn wir ihn und die Hure, mit der er unterwegs war, finden würden, wie lange würde es dauern, meine Kreditwürdigkeit wieder in Ordnung zu bringen?

„Wenn Sie nicht ihre Identität bestätigen, werde ich den Auftrag stornieren und den nächsten annehmen müssen." Jeremy klopfte auf sein Handgelenk, nicht dass sich da tatsächlich eine Uhr befunden hätte. „Meine Arbeit ist wichtig für die Gemeinde, weißt du..."

Ich warf ihm einen bösen Blick zu und knurrte durch zusammengebissene Zähne: „Grace Morgan."

Er kniff die Augen zusammen. Er mochte meinen Tonfall nicht. Aber er öffnete endlich die verdammte Tür und ich riss sie auf, bevor er es sich anders überlegen konnte. All diese dummen, kleinen Bastarde und ihre Machtspielchen. Bill war genauso. Deren Leben waren so ärmlich, dass sie ihre Macht über andere in den dümmsten Situationen ausspielten und dachten, dass sie das zu Männern machte.

Alles, was es erreichte, war der Beweis, wie schwach sie tatsächlich waren.

Präsentiert mir einen Mann, den man wirklich respektieren kann und ich falle direkt vor ihm auf die Knie.

Ha. Zu schade, dass es diese Männer nicht gab.

„Bring mich zu Bill's", sagte ich und machte mir nicht einmal die Mühe, die Kopfhörer herauszunehmen. Hoffentlich würde Jeremy den Wink mit dem Zaunpfahl verstehen und nicht versuchen, sich mit mir zu unterhalten.

Seine unglücklichen Augen trafen im Rückspiegel auf meine. „Meinst du nicht: *Bitte* bring mich zu Bill's?"

Mir lagen unzählige Schimpfwörter auf der Zunge, aber ich war von der Arbeit gut genug trainiert, sie nicht zu sagen.

Trotzdem konnte ich nicht anders, als ihn zuckersüß anzulächeln, während ich ihn noch immer im Rückspiegel ansah, die Hand auf die Brust zu legen und zu fragen: „Liebster Jeremy, würdest du mich bitte zu Bill's. Diner chauffieren, du bist doch so galant?"

Sein Gesicht verzog sich, denn er spürte, dass ich mich über ihn lustig machte, war allerdings nicht klug genug, um sich sicher zu sein.

Aber er legte endlich einen Gang ein und wir fuhren den County Highway hinab in Richtung Bill's. Gott sei Dank.

Ich lehnte mich im Sitz zurück, legte den Kopf in den Nacken und schloss die Augen. Ich machte die Musik noch lauter und tat so, als würde ich schlafen oder als wäre die Musik zu laut, als Jeremy wenige Minuten später erneut versuchte, sich mit mir zu unterhalten.

Ich öffnete die Augen erst, als das Auto anhielt. Ich

setzte mich auf und sah mich um, während ich die Kopfhörer aus meinen Ohren riss.

„Wo sind wir?", fragte ich und verzog den Mund, als
mir klar wurde, dass wir in der Stadt waren, aber noch
immer eine halbe Meile von Bill's entfernt.

„Du solltest netter zu mir sein."

Ich setzte mich noch aufrechter hin. War das sein
verdammter Ernst?

„Ich bin spät dran, Jeremy. Bring mich zur Arbeit.
Jetzt."

Er schlug auf das Lenkrad und das Geräusch ließ mich
zusammenfahren. „Genau das ist der Mist, von dem ich
spreche. Du musst dankbar sein. Du wärest gar nicht zur
Arbeit gekommen, wenn ich nicht gekommen wäre und
dich abgeholt hätte."

„Das ist dein Job. Du arbeitest für eine Firma und das
ist der Service, den diese Firma bietet."

Er schnaubte. „Yeah. Nun, es sind nur ich, Terry und
Ramirez, die tatsächlich fahren, also ist es wahrscheinlich,
dass du mich häufig bekommst. Und ich denke, es ist an
der Zeit, dass du ein bisschen Dankbarkeit zeigst."

Zum zweiten Mal an diesem Tag sah ich rot. „Und ich
glaube, es ist an der Zeit, dass du dich selbst fickst."

Ich riss die Tür auf und stieg aus dem Auto, wobei ich
meine Tasche mitriss. Aber ich war noch nicht fertig. „Ich
werde mich nicht mehr so behandeln lassen, du Schlapp-
schwanz. Und auch keine der anderen Frauen in dieser
Stadt." Inzwischen schrie ich und erneut starrten sie mich
alle an, aber es war mir egal.

Jeremys Gesicht wurde rot vor Wut, aber auch er
konnte die Leute sehen, die uns anstarrten. Sein Fenster
war noch immer herabgelassen.

„Alle in dieser Stadt glauben, dass du eine hochnäsige

Schlampe bist, also komm mal von deinem hohen Ross runter." Sein Gesicht verzog sich zu einem hässlichen Grinsen. „Du bist heiß, aber niemand möchte so eine heulende Fotze wie dich um sich herumhaben. Ich hab' gehört, Kyle hat mit Sandy die Stadt verlassen. Jetzt weiß ich, wieso!"

Dann fuhr er in einer Wolke aus Staub und Steinchen davon. Ich zuckte zusammen, als mich einige trafen und hob die Hände, um mein Gesicht zu schützen.

Einen Augenblick lang konnte ich ihm einfach nur hinterherschauen.

Und alles, was ich denken konnte war, dass mein Auto noch zuhause stand. Was wäre, wenn Jeremy auch der Uber-Fahrer wäre, der mich nach der Arbeit abholen würde?

Das reichte. Ich würde niemals wieder Wodka trinken.

Ich fing an den Bürgersteig in Richtung meiner Arbeit entlang zu trotten. Es gab nichts anderes zu tun, als weiter zu machen, richtig? Einen Fuß vor den anderen?

Es dauerte zwölf Minuten die halbe Meile zu Bill's zu bewältigen und ich schwitzte, als ich endlich eintrat. Ich hob mein langes, Straßenköter-blondes Haar aus meinem Nacken und band die Haare zu einem Pferdeschwanz, während ich die Tür mit dem Hintern aufschob.

Lautes Stimmengewirr begrüßte mich auf der Stelle. Scheiße. Das hieß, dass es bereits voll war.

„Wo zur Hölle bist du gewesen?", klang Bill's Stimme aus der Küche. „Leg deine Schürze um und übernimm Bereich 4."

Oh, super. Dieser Höllentag wurde einfach nur besser und besser.

Ich ging an Delilah vorbei und sie zog die Augenbrauen hoch und warf mir einen warnenden Blick zu, den wir benutzten, wenn Bill besonders schlechtgelaunt war.

Ich nickte ihr zu und beeilte mich, die Schürze anzulegen. Dann schnappte ich mir meinen Notizblock und den Stift und raste hinüber in den vierten Bereich.

„Was kann ich heute für Sie tun?", fragte ich und setzte mein sonnigstes Lächeln auf, als ich an den Tisch der vier Männer zwischen 40 und 60 trat, die sich selbst in den engen Sitzbereich direkt beim Fernseher, auf dem abends ein Sportsender lief, gequetscht hatten.

„Wir warten schon seit zehn Minuten und es hat uns noch niemand gefragt, was wir trinken möchten", beschwerte sich der Kerl in der Ecke, dessen Käppi schief saß.

Der Mann mit hochrotem Gesicht, der mir am nächsten war, hatte eine Glatze, wenn man von den paar Strähnen absah, die er über seinen Kopf frisierte und dessen Kopf so fettig war, dass er glänzte, sprach als nächstes. „Aber wir haben diesen heißen Feger, der sich richtig ins Zeug schmeißen wird, wenn sie auch nur ein bisschen Trinkgeld bekommen möchte, richtig, Baby?"

Er versuchte es nicht einmal zu verbergen, als er um mich herumgriff, um mir in den Arsch zu kneifen. Und er kniff *fest!*

Ich konnte nicht anders, als vor Schreck aufzuschreien, aber er grinste nur noch breiter.

Ich lächelte ebenso freundlich zurück und hatte bereits vor, Darnell darum zu bitten, etwas von der „besonderen Sauce" hinzuzufügen, egal, was dieser Mistkerl bestellen würde.

„Freut mich, Ihren Tag zu versüßen", sagte ich durch die Zähne. „Was kann ich Ihnen also bringen? Soll ich Ihnen von unseren heutigen Specials erzählen?"

Und so schaffte ich es irgendwie, die nächsten Stunden zu überstehen. Ich rannte mir die Hacken heiß, schaffte es irgendwie zu lächeln, egal wie schrecklich die Gäste waren und vermied es auf Teufel komm raus, Bill zu begegnen.

Das klappte, bis er mich in die Ecke drängte, als die Gäste zum Abendessen langsam weniger wurden und ich eine Pause auf der Toilette einlegte.

Ich kam heraus und Bill stand direkt davor, versperrte mir den Weg.

„Was sollte das vorhin? Wieso bist du einfach abgehauen, obwohl ich dich brauchte?"

Gott, ich war so müde. Ich konnte mich überhaupt nicht mehr daran erinnern, wann ich das letzte Mal so unglaublich müde gewesen war. „Schau, Bill. Ich bin müde. Können wir morgen, wenn ich komme, darüber reden?"

Das war genau das, was ich nicht hätte sagen sollen. Die Tatsache wurde mir allerdings erst klar, als sich sein Gesicht verfinsterte.

„Was glaubst du, wer du bist? Mir gehört der Laden hier und du bist ein Nichts. Du bist weniger als nichts. Ich könnte dich im Handumdrehen ersetzten." Dabei schnippte er mit den Fingern.

Ich biss mir auf die Zunge. Bill war nicht Jeremy. Ich konnte es mir nicht leisten, ihn wütend zu machen.

Egal, wie ätzend er war, ich war auf diesen beschissenen Job angewiesen. Es gab in dieser Stadt so wenig Jobs, dass es tatsächlich vier Monate gedauert hatte, bis ich diesen bekommen hatte.

Der einzige andere Arbeitgeber in dieser Stadt, war das Versandzentrum, aber ich hatte schreckliche Geschichten über die Arbeit dort gehört. Dasselbe galt für die Fleischfabrik und die war immerhin fast eine dreiviertel Stunde von hier entfernt. Außerdem verdiente ich hier ein ziemlich gutes Trinkgeld und hatte so häufig Doppelschichten, dass ich mir die Miete leisten konnte und sogar noch etwas übrighatte.

Ich blickte auf den Boden und tat so, als wäre ich in irgendeiner Weise unterwürfig, was keinesfalls stimmte. „Es tut mir leid, dass ich zu spät war, Bill." Die Worte auf meiner Zunge waren wie Gift, aber ich schaffte es trotzdem irgendwie, sie hervor zu bringen. „Vielleicht hast du ja gehört, dass Kyle mich heute verlassen hat. Ich musste nur nach Hause und sehen, ob das stimmte."

Der Laut der Überraschung, den Bill losließ, schien zu bestätigen, dass das tatsächlich eine Neuigkeit für ihn war.

„Er hat dich verlassen?"

Ich nickte energisch. Bill war nicht jemand, der sonderlich viel Mitgefühl hatte, aber vielleicht würde er mich nur dieses eine Mal einfach vom Haken lassen. Ich hatte tatsächlich Grund, nicht ganz auf der Höhe zu sein, auch wenn die Tatsache das Kyle weg war nicht wirklich der Grund für meine Stimmung war.

„Und er hat mich bestohlen. Deshalb tut es mir leid, dass ich heute nicht ganz bei der Sache war, aber mir ging viel durch den Kopf."

„Nun", Bill blinzelte einige Male. „Sieh zu, dass das nicht wieder vorkommt."

Ich nickte. Gott sei Dank. Vielleicht würde Bill das Ganze einfach fallen lassen. Aber er machte noch immer keinen Platz, also wartete ich darauf, was er noch zu sagen hatte.

„Du weißt, dass ich auf diesen Tag gewartet habe", erklärte er schließlich.

Was? Was bitte sollte das heißen?

Als ich allerdings wieder aufblickte, musste ich feststellen, dass eine seiner Hände bereits über mir an der Wand lag. Sein Körpergeruch zog mir in die Nase, als er sich bewegte, aber Bill schien dies nicht zu bemerken.

„Der Junge war nie der Richtige für dich. Du bist ein wirklich hübsches Mädchen, weißt du? Ich habe dich immer mit einem älteren Mann gesehen. Jemandem, der sich richtig um dich kümmern kann. Jemand, der etwas besitzt. Ein respektabler Businessmann!"

Bill lehnte sich in meine Richtung und jetzt konnte ich neben dem Geruch seiner Achseln auch seinen Mundgeruch wahrnehmen. Seine Zähne waren gelb, was mir auffiel, als er mich anlächelte.

Oh Gott, er konnte nicht wirklich…

„Ich war schon immer der Ansicht, dass du und ich eine besondere Beziehung haben. Jetzt, wo Kyle nicht mehr im Weg ist, denke ich wir sollten…"

Die Klingel an der Tür des Diners klingelte. „Oh mein Gott, ich hatte Delilah versprochen, dass ich sie nicht alleine da draußen lassen würde."

Ohne ein weiteres Wort drückte ich mich unter Bills Arm durch und rannte praktisch nach vorne ins Diner. Bill allerdings hielt Schritt und drückte seinen Körper gegen meinen, als ich mich an ihm vorbeischob und mir entging die harte Ausbuchtung in seiner Hose nicht, als er sein Schambein gegen mich drückte.

Ihh. Mein ganzer Körper erschauderte. Ich würde in Desinfektionsmittel baden müssen, wenn ich nach Hause käme.

Mein Geist war so auf das, was gerade vor der Mitarbeitertoilette geschehen war, fixiert, dass ich einen

Moment brauchte, um dem Mann wahrzunehmen, der soeben das Diner betreten hatte.

Als ich ihn allerdings sah, hielt ich inne. So wie alle anderen im Raum.

Denn was in Gottes Namen hatte ein Fremder im Smoking—einem so edlen Smoking, dass dieser sogar einen *Schwalbenschwanz* hatte—in diesem Loch mitten im Nirgendwo in Georgia zu suchen?

Der Gesichtsausdruck des älteren Mannes ließ vermuten, dass er sich genauso unwohl fühlte, wie sein Anzug vermuten ließ.

„Haben Sie sich verlaufen?", rief jemand in seine Richtung.

„Ich sage Ja!"

Mein Kopf schwang herum und ich war überrascht zu sehen, dass es Delilah war, die diesem schicken Fremden zugerufen hatte. Sie zog sich in diesem Moment die Schürze über ihre schwarzen Haare und rannte förmlich durch den Raum auf den Mann im Smoking zu.

„Ich bin hier! Ich sage Ja! Delilah Monroe steht ihnen zu Diensten."

In der gesamten Zeit seit ich sie kannte, hatte ich sie noch nie so aufgeregt gesehen. Ihr Gesicht strahle förmlich vor kindlicher Freude. Ich sprang sogar hoch und runter. „Ich sage Ja! Ich sage Ja!"

War dieser Typ von der Lotterie? Oder irgendeinem Gewinnspiel und Delilah hatte gerade gewonnen?

Sie war inzwischen mit der Hand fast im Gesicht des Mannes. „Wo ist meine Einladung? Ich nehme an!" Sie lachte aufgeregt.

Aber der Gesichtsausdruck des Mannes veränderte sich nicht. Er blickte Delilah an, so wie jemand ein Tier im Zoo betrachtet. So, als wäre sie eine Kreatur, die ihn kaum interessiert und als könnte er sich auch nicht für sie erwärmen.

Während sie noch immer auf und ab sprang, ließ der Mann mit den kühlen Augen den Blick durch den Raum schweifen. Er erschien Ende fünfzig, vielleicht Anfang sechzig zu sein. Er hatte gebräunte Haut, die seine schicke Kleidung irgendwie widersprüchlich erscheinen ließ—er verbrachte eindeutig viel Zeit draußen. Die Art und Weise, wie er dort stand und wie sein graues Haar frisiert war, sprach allerdings von einem kultivierten Hintergrund, der in starkem Widerspruch zu seinem leichten Sonnenbrand stand.

Das hier war wohl das Faszinierendste, was in jüngerer Vergangenheit in Bill's Diner geschehen war und tatsächlich war ich nach meinem bisherigen Tag wirklich froh über die Ablenkung, die dieser Fremde brachte. Ich lehnte mich gegen den Tresen und erwartete mit Spannung, was als nächstes passieren würde.

Allerdings war ich komplett unvorbereitet, dass die Augen des Fremden auf mich fallen, dort innehalten und Erkennen zeigen würden. Ich warf einen Blick hinter mich, da ich mir sicher war, dass er jemand anderen ansehen müsse. Doch war dort niemand.

Und als ich ihn wieder anblickte, ging er bereits in meine Richtung.

„Miss Grace Magnolia Morgan. Ich bin erfreut Ihnen diese Einladung überreichen zu dürfen."

Er verbeugte sich vor mir—*verbeugte* sich tatsächlich —bevor er mir einen dicken, cremefarbenen Umschlag überreichte.

„Was ist...?"

Natürlich nahm ich den Umschlag an, was sollte man auch sonst tun, wenn jemand einem etwas überreichte?

„Wir freuen uns, Sie begrüßen zu dürfen."

Mit diesen Worten drehte er sich auf dem Absatz um und verließ den Laden genauso aufrecht, wie er hereingekommen war.

Was zur Hölle war das? Sofort erfüllte Murmeln das Diner. Die Leute nahmen ihre Handys und fingen an, Nachrichten zu schreiben. Ich hatte keinen Zweifel daran, dass sich die Geschichte von dem mysteriösen Fremden wie ein Lauffeuer in der Stadt verbreiten würde.

Plötzlich fühlte sich der Umschlag in meiner Hand an, als würde er fünfzig Kilo wiegen.

Ich riss ihn auf und fühlte mich schrecklich, weil ich das schöne Papier des Umschlags kaputtgerissen hatte. Er hatte sogar ein rotes Wachssiegel auf der Rückseite.

Ich konnte allerdings nicht abwarten. Energisch zog ich das einzelne Blatt Papier, das sich darin befand, heraus. Es war eine dicke Karte und sie erinnerte mich an Hochzeitseinladungen. Aber was war das hier? War ich mit irgendjemandem verwandt, der reich war und wusste es nur nicht? Vielleicht war ich gerade zu irgendeiner Hochzeit eingeladen wurde, von einem Verwandten, von dem ich nichts wusste.

Als meine Augen allerdings über die Worte auf der Karte flogen, war ich nur noch verwirrter.

DER ORDEN DES SILBERNEN GEISTES
Lädt hiermit

MS. GRACE MAGNOLIA MORGAN

FÖRMLICH ZUR FEIER des Aufnahmerituals am

SAMSTAG, DEM ACHTZEHNTEN SEPTEMBER
Um halb acht am Abend
ein.

OLEANDER MANOR
109 Oleander Lane

Anwesenheitspflicht

WAS ZUM TEUFEL sollte das heißen?

„Was steht da?", rief jemand.

„Zeig her", ein anderer.

„Reiche sie herum!"

Ich drückte die Karte an meine Brust und sah mich um. Alle Augen im Diner waren auf mich gerichtet. Ich suchte Delilah. Schwarze Tränen liefen ihre Wangen hinunter, als Wasserfälle aus Mascara sich ihren Weg bahnten. Sie sah aus, als sei sie am Boden zerstört.

Ich ging zu ihr herüber, nahm ihre Hand und zog sie hinter mir her nach draußen, um das Gebäude herum in die Gasse dahinter. Sie war die einzige, die zu wissen schien, was hier passierte.

„Delilah, was hat das alles zu bedeuten?"

„Es heißt"... sie schluchzte und wischte sich über die Augen, was nur dazu führte, dass die Mascara noch mehr verschmierte. „Das du das glücklichste Mädchen auf der ganzen Welt sein solltest."

„Wir müssen zurück gehen." Ich warf einen Blick hinüber zum Diner. „Bill wird..."

„Scheiß auf Bill", winkte Delilah meine Sorge ab. „Ist dir überhaupt klar, was da gerade passiert ist? Verdammt, dein ganzes Leben hat sich gerade geändert und du hast keine Ahnung. Manchmal bist du so unglaublich dumm!"

„Hey", schlug ich ihr auf den Arm.

„Tut mir leid", entgegnete sie und verschränkte die Arme. „Aber ich würde töten, um die Möglichkeit zu bekommen, die dir gerade präsentiert wurde."

Ich hob die Einladung. „Was ist das?" Ich blickte wieder hinab auf die Einladung. „Das erscheint alles eher wie ein Streich."

Delilahs Hand flog auf meinen Mund. „Respektiere den Orden des Silbernen Geistes. Wahrscheinlich hören sie uns in diesem Moment zu."

Ich sah mich in der leeren Gasse um und hob ungläubig die Augenbraue in Richtung meiner Freundin. Vielleicht hatte sie neuerdings nicht nur einen Hang zu hartem Alkohol.

„Sieh' mich nicht so an. Das ist mein Ernst. Sie haben viel Macht."

„Wer sind „Sie"?"

„Das weiß niemand. Es ist eine geheime Gesellschaft. Und Sie nehmen das mit der Geheimhaltung sehr ernst."

„Woher weißt du dann von ihnen?"

„Oh, jeder hat schon einmal von ihnen gehört." Bei diesem Worten winkte ihre Hand mit ihren schwarz lackierten Fingernägeln in meine Richtung.

Ich schnaubte verächtlich. „Interessanter Geheimbund."

„Halt den Mund!", sagte sie und lehnte sich zu mir herüber. „Was ich meine ist, dass alle über sie *reden*. Die Männer wollen Mitglieder sein und die Frauen, nun, die Frauen... die wollen das, was du da in der Hand hältst." Sie seufzte und lehnte sich gegen die Mauer das Hauses, während sie sehnsüchtig auf meine Einladung blickte. „Es ist das goldene Ticket für ein neues Leben."

„Aber was soll das *heißen*?"

Delilah drückte sich von der Wand ab und kam direkt auf mich zu. „Es heißt, dass du den Anweisungen auf deiner Einladung genau folgst. Du gehst dahin, wo sie dich wollen. Du trägst das, was sie von dir verlangen. Du tust das, wonach sie dich fragen. Du gibst keine Widerworte. Nur einmal in deinem Leben, Grace, wirst du den Mund halten müssen und einfach *gehorchen*."

Ähm, ähhh, Stopp. "Gehorchen?"

Ich machte einen Schritt zurück, aber sie folgte mir mit einem entschlossenen Gesichtsausdruck. „Sie werden dir alles geben, was du dir wünschst. Egal wovon du träumst, sie machen es wahr. Ich habe es selbst gesehen. Die Frauen haben am Ende alles, was sie sich jemals gewünscht haben."

„Wovon sprichst du überhaupt? Nichts von all dem macht in irgendeiner Weise Sinn."

„Oh mein Gott, jetzt sei doch nicht so." Delilah sah mich angeekelt an. „Was macht das schon, wenn du ein paar Monate lang ein paar Schwänze lutscht und ihn dir ein paar Mal in den Hintern stecken lässt? Hörst du mir überhaupt zu? Du kannst hier rauskommen! Nach drei Monaten bist du frei und kannst machen, was du willst, hast all das Geld, was du dir wünschen könntest. Du selbst bestimmst deinen Wert. Die können alles wahr werden lassen. *Alles.* Bei diesen Leuten gibt es kein Limit."

Ich stand einfach nur mit offenem Mund da. „Du meinst ich wäre eine... *Prostituierte?*"

Delilah verdrehte die Augen. „Oh mein Gott, so ist es nicht. Einige der Frauen sagen danach, dass sie den besten Sex ihres Lebens hatten. Außerdem sind all die Männer reich. Das blaueste Blut. Sie sind unglaublich reich. Sie bestimmten die Politik hier, führen die Polizei, alles. Denk doch nur mal darüber nach, was du mit all dem Einfluss und dem Geld machen kannst. Eine Frau hat danach eine internationale Firma gestartet, die sich für hungernde Kinder in Afrika einsetzt. Ist das nicht die Art von Gutem, die du so gerne machen möchtest?"

Verdammt, die Worte ließen mich innehalten. Das war noch größer als ich mir jemals vorgestellt hatte. Meine Träume waren immer eher klein gewesen. Lokal. Aber was wäre, wenn ich Geld hätte? Wirklich viel Geld?

Ich hatte keinerlei Macht. Hatte ich das nicht heute erkennen müssen?

Ich wollte anderen helfen, aber ich konnte nicht einmal für mich selbst sorgen. Ich musste an das denken, was eben vor der Toilette passiert war. Bill ging scheinbar nach meiner Trennung von Kyle davon aus, dass er machen konnte, was immer er wollte. Er ging davon aus, dass es sein Recht war, weil er nur ein kleines bisschen Macht über mich hatte.

Was wäre, wenn er mich immer wieder in die Ecke drängen würde, bis ich endlich nachgab und anfing, ihm wie Paula einen runter zu holen oder kündigen und mir irgendwo anders Arbeit suchen müsste?

Das wäre dann auch irgendein Job, der mich nicht weiterbringen würde, wo ich ebenso angegrapscht würde.

All die Männer in dieser Stadt waren scheiße, aber ich mochte Sex und was wäre, wenn einer von denen mich irgendwann dick schießen würde? Kondome gingen kaputt und auch die Pille war nicht hundertprozentig sicher. In welcher Hölle würde ich mich dann wiederfinden? Ich wäre für immer an irgendeinen Loser gekettet, mit einem Kind, dem ich nie das Leben ermöglichen könnte, was es verdient hatte, mit einem Job, den ich hasste und ich wäre gezwungen mit irgendeinem dieser Bastarde mein gesamtes Leben verbringen, einfach weil ich selbst. Keinerlei. Macht. Hatte.

Oder...

„Es geht nur um drei Monate?" Ich biss mir auf die Lippe.

Delilah begann zu strahlen. Sie nickte energisch. „Oh mein Gott, sag mir, dass du es tust. Eine von uns muss endlich aus diesem Drecksloch rauskommen!"

Ich warf meine Arme um Delilah und zog sie an mich heran. Sie roch nach Zigaretten, abgestandenem Bier und Kaffee.

„Ich verspreche, wenn ich Geld bekomme und es hier rausschaffe, dann komme ich zurück und hole dich. Wenn das hier wirklich das goldene Ticket für all meine Träume ist", es fühlte sich albern an, das überhaupt zu sagen: „Dann komme ich zurück und nehme dich mit in mein neues Leben."

Als ich mich allerdings wieder von ihr löste, blickte Delilah mich einfach nur traurig an. „Nein, das wirst du nicht. Du wirst mich einfach vergessen. Du wirst diese Stadt von deinen Sohlen abstreifen und niemals zurückblicken. Und ich mache dir da keinen Vorwurf."

Ich starrte sie an und schwor mir, dass sie Unrecht hatte.

Ich war mir nicht sicher, auf was ich mich hier einließ. Ich zweifelte daran, dass am Ende dieser Reise ein Topf voll Gold am Ende des Regenbogens auf mich warten würde. Meiner Erfahrung nach war alles, was sich zu gut anhörte, um wahr zu sein, das am Ende auch.

Aber, wenn das Leben einem Zitronen gibt... Ich wusste immerhin, was ich bekommen würde, wenn ich keinen anderen Weg einschlug.

Oder ich könnte alles riskieren. Den Schritt ins Ungewisse wagen.

Und, bei Gott, ich bin clever, aber ich war niemals überdurchschnittlich intelligent gewesen.

Denn schließlich würde ich die Einladung akzeptieren.

4

Montgomery

ALLES SOWEIT FERTIG ZU MACHEN, dass ich es delegieren konnte, war nicht so schwer, wie man annehmen könnte. Vielleicht lag das daran, dass ich mich mein ganzes Leben auf diesen Tag hatte vorbereiten können oder vielleicht daran, dass ich, obwohl ich immer wusste, dass ich eines Tages eine große Rolle im Geschäft der Familie einnehmen würde, vielleicht doch noch nicht sonderlich wichtig war.

Zumindest noch nicht.

Ich wusste auch, dass ich meine täglichen Aufgaben weiterhin von innerhalb der Hallen von Oleander übernehmen können würde. Tatsächlich wäre es wohl einfacher, Deals abzuschließen und Gespräche zu führen. Jetzt, wo ich tatsächlich ein offizielles Mitglied des Ordens des Silbernen Geistes werden würde, würde meine... Dominanz... deutlich in den Vordergrund treten.

Ich war nicht nur im Begriff die Schlüssel zu meinem

Königreich zu übernehmen, sondern auch die Kontrolle über Massenvernichtungswaffen. Montgomery Kingston würde in Kürze ein Name werden, den man nicht einfach hintergehen konnte. Und ich würde nichts weiter tun müssen, um meine Bekanntheit zu fördern, als zu existieren.

Allerdings gab es noch etwas, was ich tun musste, bevor ich mich in meinen Käfig auf Zeit einschließen lassen würde. Ich musste mich in jedem Fall von meiner Mutter verabschieden.

War ich ein Mama Kind?

Es ist ziemlich egal, wie man es nennt. Ich schämte mich nicht dafür, nicht für meine Hingebung oder den Respekt, den ich für die Frau hatte, die für mich sterben würde.

„Na, wer beehrt mich denn endlich einmal?", sagte meine Mutter, als ich auf der Terrasse auf sie zu kam. „Der Platz neben mir in der Kirche war heute leer. Du hättest sehen sollen, wie vorwurfsvoll mich Pastor Green angesehen hat, weil mein Sohn nicht anwesend war."

Ich lehnte mich zu ihr herab und küsste ihre Wange. „Ich weiß, Mama. Es tut mir leid. Ich hatte heute einiges zu tun um mich auf..."

Ich war mir nicht im Klaren darüber, wie viel meine Mutter tatsächlich über das Aufnahmeritual wusste. Es würde auch nicht gerade einfach werden, das herauszufinden. Ich wusste, dass alles von dem, was ich in den nächsten Wochen erleben würde, streng geheim war, aber ich wusste auch, dass meine Mutter nicht komplett naiv war, was die Aktivitäten des Ordens anging. „Ich hatte einfach viel Arbeit, die ich nicht aufschieben konnte."

„Nun, da du vorerst nicht mehr mit in der Kirche sein

wirst, hättest du dir die Zeit nehmen sollen, heute zu kommen."

Ihre Hand bedeutete mir, dass ich im Schaukelstuhl neben ihr Platz nehmen sollte. Zwischen uns stand ein kleiner Tisch. Das hier war unser gewöhnlicher Platz für einen Sonntag nach dem Gottesdienst.

„Egal. Ich habe für uns beide gebetet." Sie warf mir einen Blick zu und hatte ein Lächeln in den Augen, obwohl sie verzweifelt versuchte, es von ihren Lippen fernzuhalten. Sie konnte so tun, als sei sie wütend auf mich, wenn sie das tun wollte. Ich hatte es verdient. Sonntag war der einzige Wochentag, der gewöhnlich ihr zufiel und ich hatte nicht erwartet, dass sie das einfach so vergessen würde, egal welche Gründe ich hatte.

„Ich wette, dass du eine ganze Weile gebetet hast.", sagte ich, während ich über ihre Schulter hinweg eine schmale Brünette, die die Uniform der Kingston-Angestellten trug, allerdings war sie mir nicht bekannt. Sie war jung und hübsch, aber das waren sie alle. Mein Vater würde nichts anderes tolerieren.

Die Haushälterin brachte einen Krug Limonade und zwei Gläser nach draußen, die sie auf den Tisch zwischen uns stellte. Sie vermied es, mir in die Augen zu sehen und ich konnte sehen, wie ihre Hände vor Nervosität zitterten.

„Danke, Leeza", sagte meine Mutter.

„Mein Name ist Liza, Ma'am", korrigierte sie sie leise und wenn es nicht Fakt wäre, dass meine Mutter unglaublich gute Ohren hatte, wäre ihr das sicherlich entgangen.

„Oh ja, ja, tut mir leid. Danke, *Liza*."

„Kann ich sonst noch etwas für Sie tun, Mrs. Kingston?" Ihre Hände waren vor ihrem Körper zu Fäusten geballt, während sie unterwürfig auf den Boden blickte.

Ich war mir sicher, dass mein Vater es liebte, wenn sie das in seiner Gegenwart tat.

„Das ist alles." Mit einer Bewegung aus dem Handgelenk schickte meine Mutter sie weg und auch wenn das das Handeln einer Frau war, die seit Jahren bedient wurde, zeigte es zeitgleich, dass sie keine sonderliche Verbindung zu der Frau hatte und das aus gutem Grund.

„Sie ist neu", sagte ich, während ich die Limonade eingoss.

„Die dritte in diesem Monat. Inzwischen mache ich mir fast nicht mehr die Mühe, ihre Namen zu lernen, aber wenn ich die nicht weiß, denken sie, ich sei eine alte Dame, die langsam den Verstand verliert. Du kennst deinen Vater. Er ist sehr speziell und verlangt viel."

Ich musste mich wirklich zusammenreißen, um nicht die Augen zu verdrehen. Ja, ich kannte meinen Vater. Und ja, er verlangte viel. Und irgendwie hatten alle seine Bedürfnisse etwas damit zu tun, seine Beschäftigten auszunutzen. Ich war ziemlich sicher, dass es nicht lange dauern würde, bis mir das Gesicht der Haushälterin in den Hallen von Oleander Manor begegnen würde. Ich hatte so viele unserer Beschäftigten gesehen, die schließlich Geliebte meines Vaters oder seiner Kollegen geworden waren.

Es war ein Geheimnis, welches ich vor meiner Mutter hatte, aber nicht wirklich. Sie wusste es. Ich war mir sicher, dass sie es wusste. Wir alle wussten es. Aber es war die Art der Kingstons, so zu tun, als wüssten wir es nicht.

Wenn man nicht darüber spricht, existiert es auch nicht.

„Wieso hast du es immer ihm überlassen, wer eingestellt und wer gefeuert wird?", fragte ich.

Sie zuckte mit den Schultern und entgegnete: „Er

führt ein hartes Regiment. Es gibt hier nur Platz für einen Anführer. Es ist einfacher, wenn man sich aussucht, wofür es wirklich wert ist, zu kämpfen. Wer für uns arbeitet, ist kein Streit, auf den ich mich einlassen möchte."

Es ärgerte mich häufig, dass meine Mutter meinem Vater so viel Kontrolle gab, aber zeitgleich bewunderte ich sie für ihre Würde und die Fähigkeit, Streitereien aus dem Weg zu gehen und somit auch den Spannungen im Haushalt. In der Art und Weise, wie sie mit meinem Vater umging, lag viel Weisheit. Eine Akzeptanz, die ich noch nicht erlangt hatte, weshalb ich häufig verlor.

Sie war keinesfalls eine schwache Frau... noch war sie sonderlich unterwürfig. Sie fühlte sich einfach nur in ihrer Rolle wohl. Es war so, als hätten sie stillschweigend einen Vertrag geschlossen, der sie auf alle Lebenszeit miteinander verband, was ihr Leben, die Gesellschaft und ihre Familie anging.

Es war nicht nur Hingabe. Und egal, ob sie einander liebten oder es jemals getan hatten... nun, das war auch einfach keine Frage, die man in dieser Gesellschaft stellte.

Mein Vater war ein Hurensohn, der sie ständig betrog. Aber er tat es nie in der Öffentlichkeit – nur in Oleander Manor – und er würde nie zulassen, dass sie sich für ihn schämen müsste. Und er behandelte sie nicht schlecht. Sie war sein wertvollster Besitz. Sein Diamant. Er hatte sie auf ein Podest erhoben und dann mit Glas versiegelt, wie ein Ausstellungsstück in einem Museum.

Wenn meine Mutter sich jemals fragte, womit sie all das verdient hat, dann zeigte sie es nie. Ich hatte eine glückliche Kindheit. Sie hatte immer gelächelt. Erst, als ich älter wurde, wurde mir klar, dass sie genau wusste, was mein Vater trieb, wann immer er das Haus verließ – was häufig vorkam – dass sie erkannte, was das bedeutete und sich entschlossen hatte, ihn zu lassen. Das zeigte Stärke, nicht Schwäche.

Aber er war trotzdem ein verdammter Hurensohn.

„109 Tage ist eine sehr lange Zeit", sagte sie, während ihr Blick über unser Land glitt. Eine große Weide ließ alles andere klein erscheinen und es war schwer, den Blick davon abzuwenden.

Ich nickte und war dankbar, dass sie offenbar genug wusste, dass ich nicht vorsichtig sein musste, um nicht versehentlich ein Geheimnis des Ordens preiszugeben, während ich mich von ihr verabschiedete.

„Hat Vater dir gesagt, dass ich an der Reihe bin? Ich habe die Einladung bekommen."

„Das musste er nicht. Ich weiß, dass du das Alter erreicht hast und ich lebe lange genug in dieser Welt, um genau zu wissen, was in den Hallen von Oleander vor sich geht."

Sie warf mir einen Blick zu und der Schock muss klar in meinem Gesicht zu lesen gewesen sein. Ich war davon ausgegangen, dass sie eine vage Vorstellung von dem hatte, was dort vor sich ging, aber die Überzeugung in ihrer Stimme sprach von einer klaren Kenntnis von allem.

Sie lachte leise. „Sei nicht so überrascht. Auch wenn die Frauen kein Teil des Ordens sind, ist keine von uns blind. Ich muss wohl nicht erwähnen, dass ich gut mit Mrs. Hawthorne befreundet bin. Du glaubst doch nicht, dass ich dir als Kind erlaubt hätte, zur Manor zu gehen, wenn die Haushälterin nicht eine Frau gewesen wäre, der ich vertraute, auf dich und die anderen Jungs Acht zu geben, oder? Ihr irisches Temperament sorgte dafür, dass ihr nicht aus der Reihe tanzt und ich weiß, dass sie sich auch weiterhin auf genau die gleiche Art um dich kümmern wird."

Ich erinnerte mich daran, wie Mrs. Hawthorne durch die Flure gejagt war, mit Drohungen, dass wir einen Satz heiße Ohren bekommen würden, wenn wir irgendwas kaputt gemacht hätten, als wir fangen spielten und musste lächeln.

„Ich habe keinen Zweifel daran, dass sie weiterhin ein Auge auf mich haben wird, während ich dort bin."

Ich war schon lange kein kleiner Junge mehr, um den man sich kümmern musste, aber es war schön zu wissen, dass wenigstens ein bekanntes Gesicht in der Manor sein würde, um meine innere Unruhe ein wenig zu zähmen... Denn Tatsache ist, dass 109 Tage eine ziemlich lange Zeit sind, wenn man niemanden, den man kennt und liebt, sehen kann.

„Hat Vater dir irgendwas darüber gesagt?", wollte ich von ihr wissen, denn ich war neugierig, was er davon hielt, dass es an der Zeit war, mir das Geschäft zu überlassen. Er war ein wahrer Workaholic, machtsüchtig und er war niemand, der gerne etwas gab, ohne eine Gegenleistung zu bekommen. Ich konnte mir nicht vorstellen, dass ihn diese Tradition sonderlich glücklich machte.

Sie nahm einen Schluck von ihrer Limonade und das Geräusch des Eises, das gegen den Rand des Glases schlug, war einige Minuten lang alles, was zu hören war. „Du musst dir keine Sorgen um das machen, was dein Vater gerade denkt. Du bist ein erwachsener Mann."

Mit anderen Worten: Er war wütend. Meine Mutter log mich nie an, aber sie würde nicht gerade herausposaunen, was mir bereits klar war.

„Ich habe mein gesamtes Erwachsenenleben für ihn gearbeitet. Ich bin bereit."

„Ja, das bist du."

„Und du hast recht. Ich muss mich nicht um seine

Gefühle kümmern, aber es wäre schon schön, wenn er mit mir sprechen würde oder mir zumindest einen väterlichen Ratschlag geben könnte oder wenigstens einmal in meinem Leben ein klein bisschen Anerkennung für mich zeigen würde." Mein Blut begann wieder zu kochen und selbst die kalte Limonade, die ich trank, konnte es nicht abkühlen.

„Du bist wegen deines Vaters der Mann, der du bist. Du wärest nicht annähernd so stark oder fähig oder entschlossen, wenn du ihm nicht stets etwas hättest beweisen müssen. Dass du dich immer nach etwas gesehnt hast, was dir fehlte, ist das, was dir all die Kraft gegeben hat."

Sie drehte den Kopf und sah mir direkt in die Augen. „Ich bin stolz auf dich. Ich weiß, dass ich nicht dein Vater bin, aber ich bin unglaublich stolz und ich hoffe, dass dir das etwas bedeutet."

„Mama, natürlich…"

„Pst, lass mich ausreden.", dabei ergriff sie meine Hände. „Ich bin nicht nur auf all das, was du erreicht hast, stolz. Du bist ein guter Mann. Deine Seele. Dein Herz. Dein Geist. Ich habe einen Mann großgezogen, den man nicht klein machen kann. Du bist ein wahrer Gentleman der Südstaaten, mit allem, was das beinhaltet."

„Ich glaube nicht, dass du das denken würdest, wenn du wirklich wüsstest, was für die Aufnahmeprüfung von mir verlangt wird." Ich war nicht einmal selbst sicher, was von mir verlangt werden würde – angehende Rekruten waren nur zu ausgewählten Teilen der Zeremonien eingeladen – aber ich hatte genug Gerüchte und dunkle Geschichten gehört, um zu wissen, dass vieles davon nichts wäre, worauf meine Mama stolz wäre.

„Ich weiß mehr, als du glaubst und ich möchte, dass

du jetzt auf der Stelle aufhörst, wenn du dich auch nur ein klein bisschen schuldig fühlst. Die Frauen, die an dem Ball teilnehmen und die Frau, die du auswählst, um das Aufnahmeritual zu absolvieren, werden nicht gezwungen. Sie alle wissen genau, warum sie da sind. Der Orden des Silbernen Geistes führt nicht nur Männer an die Spitze der Gesellschaft, sondern erfüllt auch Träume. Du wirst die Manor als König verlassen."

Ihre Finger schlossen sich fest um meine. „Die Frau, die hinauskommt, kann sich darauf verlassen, dass ihre Träume erfüllt werden. Sie ist dort, weil sie sich dazu *entschieden* hat. Weil sie dich *ausgewählt* hat. Ich möchte, dass du das nie vergisst."

Sie machen Könige und erfüllen Träume. Das war die Wahrheit.

„Was ist, wenn ich etwas tun soll, was meine Moral mir nicht erlaubt?"

Ihr Kinn verkrampfte sich und ihre Augen wurden dunkel. „Das wird passieren."

„Du hast selbst gesagt, dass ich ein guter Mann sei", warf ich ein. „Und das soll ich einfach vergessen, nur um Teil des Ordens zu werden?"

Sie schüttelte bestimmt den Kopf: „Der Grat zwischen Gut und Böse ist schmal. Jeder hat in seiner Seele einen Platz, der für den Teufel bestimmt ist. Das Aufnahmeritual wird diesen Platz öffnen und den dunklen Engel einladen, Platz zu nehmen."

Sie lehnte sich nach vorne. „Und auch der Mann, als der du morgen die Manor betreten wirst, wird an seine Grenzen gehen müssen und tatsächlich den Tanz mit den Dämonen in sich bestreiten müssen. Du wirst am Ende mächtiger und noch mehr als du aus allem herauskommen, als du es jetzt bist. Du wirst alles von dir kennen. All die Schatten werden mit dem Licht, was jetzt in dir ist, verschmelzen."

„Und die arme Frau, die das alles mitmacht? Was ist mit ihr?" Es war befreiend und irgendwie auch beängstigend, diese Fragen laut zu stellen. Das alles waren Skrupel, die ich mir selbst gegenüber bisher nicht zugegeben hatte, aber so war es schon immer mit meiner Mutter gewesen. Sie war die Person auf dieser Welt, der ich alles sagen konnte. „Vielleicht hat sie ja keine Ahnung, was das Annehmen der Einladung tatsächlich für sie bedeutet?"

„Das ist wahr. Sie hat keine Ahnung. Nicht wirklich. Aber genau darum geht es. Auch sie wird den Tanz mit den Dämonen eingehen. Und das Ziel ist es, sie zu brechen. Die Frau, für die sie sich hält, zu zerstören. Sie wird nicht die Belle des Balls, wenn sie es nicht verdient hat. Und der Preis ist hoch."

Ich seufzte und hasste den Orden, die Tradition und hasste zeitgleich zum ersten Mal in meinem Leben meine Abstammung. Wieso hätte ich nicht einfach wie ein normaler Mann, der es sich verdient hat, die Firma übernehmen können?

Wieso konnte mein Vater mir nicht einfach auf die Schulter klopfen und mir sagen, was für eine Ehre es war, seinen Sohn an seiner Seite zu wissen?

Stattdessen musste ich dieses Ritual der Sünde vollziehen.

„Ich möchte, dass du eines nicht vergisst, Montgomery. Jedes kleine Mädchen liebt die Geschichten von Cinderella und der Schönen und dem Biest. Sie alle wollen ihren Traumprinzen und ihr glückliches Ende. Manche Frauen machten diese Erzählung perfekt. Andere allerdings sehen sie irgendwann nicht als mehr als eine Gute-Nacht-Geschichte für Kinder. Wenn die Einladung an all die umliegenden Landkreise herausgegangen sind, haben viele junge Frauen, die selbst nichts haben, die Chance, all ihre Träume zu verwirklichen. Es ist am Ende eine Win-Win-Situation."

Ich nickte still und musste ihrer Aussage zustimmen.

„Und ja, was der Orden mit ihnen macht... was du mit einer von ihnen machen wirst... führt sicherlich dazu, dass sie einen gefährlichen Weg einschlagen. Aber du musst dich immer daran erinnern, dass diese Frau am Ende ihr Happy End bekommen wird."

„Hättest du es getan, bevor du Vater geheiratet hast? Die Einladung angenommen meine ich?"

Sie kicherte und ihre Augen fielen wieder auf die Weide, so als würde sie direkt in die Vergangenheit blicken. „Ich wurde bereits als reiche Südstaatenschönheit geboren. Mein Weg war von Anfang an bestimmt. Anders als die Frauen, die die Einladungen bekommen, habe ich mir mein Schicksal nicht ausgesucht. Reichtum, Absprachen und die Art und Weise, wie so etwas in den Südstaaten geregelt wird, haben all das für mich getan."

Sie schaukelte langsam in ihrem Stuhl und der Holzboden der Veranda knarzte vertraut. „Und auch wenn du mit dem Privileg, das einzige Kind der Kingstons zu sein, aufgewachsen bist und somit unglaublich viele Möglichkeiten im Leben hattest, habe ich mich oft gefragt, wie es gewesen wäre, wenn der Reichtum, die Absprachen und die Regeln der Südstaaten nicht auch dein Leben bestimmt hätten."

Ich starrte meine Mutter ungläubig an, ihre Worte hatten mich schockiert. Ich dachte sie hätte Frieden mit all den Opfern geschlossen, die sie in ihrem Leben gemacht hatte. Dachte, dass sie mehr als zufrieden mit ihrer Stellung in der Gesellschaft und ihren Positionen in all den Wohltätigkeitsorganisationen war, mit denen sie jetzt ihre Tage füllte. Andererseits hatte sie in letzter Zeit deutlich mehr Zeit mit der Gartenarbeit verbracht, als draußen in der Gesellschaft.

„Mrs. Kingston", sagte die Haushälterin leise, als sie auf die Veranda herauskam und unsere Unterhaltung unterbrach. „Mr. Kingston hat gerade angerufen und gesagt, dass er heute nicht zum Abendessen da sein würde. Er sagte, dass er spät heimkommen werde und dass Sie nicht auf ihn warten sollen."

Mama schaukelte weiter in ihrem Stuhl und ihre kühle Eleganz bekam nicht einen Riss, auch nicht, als sie den Kopf leichte senkte, ohne das Mädchen eines Blickes zu würdigen. „Danke, Liza."

„Möchten Sie irgendwas Bestimmtes zum Abendessen, Mrs. Kingston?"

„Es ist egal. Was immer wir im Kühlschrank haben."

„Wird Ihr Sohn mit Ihnen essen?"

Ich räusperte mich. „Nein danke, Liza. Ich werde in Kürze gehen müssen."

Liza ging und ich wandte meine Aufmerksamkeit wieder meiner Mutter zu. „Du hast mir ein wunderbares Leben geschenkt, Mama. Und dafür liebe ich dich."

Sie griff zu mir herüber und tätschelte meine Hand. „Ich weiß, dass du noch einiges zu erledigen hast, also möchte ich nicht, dass du dich verpflichtet fühlst, deiner alten Mutter noch länger Gesellschaft zu leisten. Aber eins musst du mir versprechen."

„Was?"

„Wenn du das Gefühl hast, dass du in einem der Räume von Oleander deine Seele verloren hast – und glaub mir, dass wirst du – dann möchte ich, dass du weißt, dass das nicht wahr ist. Dieses ganze Ritual ist ein

Märchen. Ein dunkles, verdorbenes und schreckliches Märchen, was du erleben wirst. Aber es wird ein glückliches Ende nehmen. Sag dir das immer wieder, um bei Verstand zu bleiben."

„Das verspreche ich dir."

„Und ein weiteres Versprechen", fügte sie hinzu. „Erlaub es dir, dein dunkelstes und geheimstes Verlangen auszuleben. Halte nichts zurück. Entdecke das Böse. Erkunde die Seite von dir, die der Südstaatencharme stets unterdrückt hat. Es ist Zeit, dass du auch diese Seite entdeckst. Wehr dich nicht dagegen."

„In Ordnung, das werde ich nicht."

Das sagte ich nur, weil ich wusste, dass sie es hören wollte. Ehrlich gesagt hatte ich keine Ahnung, ob ich selbst daran glaubte. Ich hatte keine Ahnung, was mich erwarten würde.

Ich wusste nur eines. Ich hatte 109 Tage.

109 Tage, um einen Weg zu gehen, der von Dornen gespickt und mit Brennnesseln übersät war.

5

GRACE

ALS ICH AM nächsten Morgen aufwachte, war alles... beim Alten.

Ich meine, klar.

Letzten Abend hatte Delilah das alles so unglaublich ernst und wichtig dargestellt. Als ich allerdings jetzt das Licht des Morgens in den Augen hatte und mich in dem ärmlichen Schlafzimmer meines Trailers umsah, den schmutzigen braunen Teppich sah, das abblätternde Linoleum des Bades von meinem Bett aus sah...

Ich ließ mich wieder auf mein Kissen fallen.

Ich war eine solche Idiotin. Irgendein komischer Kerl in einem Halloweenkostüm, der wahrscheinlich auf Meth war, war letzte Nacht in das Diner gekommen und hat mir ein schönes Stück Papier gereicht – und natürlich hatte Delilah all das romantischer gemacht und mir Flausen von Großartigem in den Kopf gesetzt.

Wahrscheinlich war das alles nur ein Streich. Der

Orden des Silbernen Geistes. Der Name kam mir irgendwie bekannt vor, weshalb ich ihn gegoogelt hatte, als ich abends heimgekommen war. Es gab diverse Verschwörungstheorien um ihn, aber sie alle kamen mir genauso realistisch vor, wie die um die Illuminaten.

Ich wollte mein Leben so gerne hinter mir lassen, dass ich in Versuchung war, mich an irgendwelche Spinnereien zu klammern.

Aber ich war nicht Cinderella und so etwas, wie wahr gewordene Träume, gab es nicht.

Ein lautes Klopfen an meiner Tür führte dazu, dass ich zusammenzuckte.

„Gott!" Ich legte die Hand auf mein viel zu schnell schlagendes Herz, während ich aufstand und den Bademantel von dem Haken an meiner Tür ergriff.

„Ich komme!", rief ich, während ich die Augen wegen des Morgenlichts zusammenkniff. Gott, wie spät war es? Heute war der erste Tag seit langer Zeit, an dem ich nicht arbeiten musste und ich hatte mich darauf gefreut, ausschlafen zu können. Die Uhr der Mikrowelle zeigte, dass es 9:23 am Morgen war. Wer zur Hölle klopfte um 9:23 an meine Tür?

Ich öffnete die Tür, ohne vorher nachzusehen. Und war wie versteinert.

Es war der Kerl in dem Halloweenkostüm vom vorherigen Abend. Ein gestärktes Smoking-Hemd und die passende Jacke, mit perfekt frisiertem, grauem Haar. Er hielt eine große weiße Box in den Händen, die fast so groß war, wie er selbst.

„Was zur Hölle machen Sie hier?", fragte ich ihn, während ich die Arme verschränkte.

Er hob die riesige, weiße Schachtel in meine Richtung. „Nehmen Sie das Kleid an? Der Ball ist heute Abend. Sie müssen drei Stunden vorher vorbereitet und alles in der Schachtel befindliche tragend, erscheinen."

Ich starrte ihn einfach einen langen Augenblick an.

Bis er schließlich erneut das Wort ergriff: „Nehmen Sie die Einladung an, Miss Morgan?"

„Ist das Ihr Ernst?"

Ein kleines Grinsen breitete sich auf den Lippen des älteren Mannes aus. „Ich versichere Ihnen, Miss Morgan, dass das tatsächlich mein Ernst ist. Genauso, wie die Einladung, die Sie gestern erhalten haben, wahr ist. Nehmen Sie an?"

Ich schluckte schwer, lachte dann und schob mir die Haare aus dem Gesicht, während ich mich vorbeugte und umsah. Wo waren die Kameras? Wo war der Mann, der hervorspringen und erklären würde, dass all das hier irgendwie ein Witz einer schrägen Fernsehsendung war?

Aber es war niemand da. Nur der Mann und ausnahmsweise war alles im Trailerpark ruhig. Zu dieser Zeit am Morgen waren alle noch am Schlafen. Aber bald würden sie aufwachen und was würden sie sagen, wenn irgendjemand diesen Kerl sehen würde?

„Ich dachte die Einladung hätte gesagt, dass es Anwesenheitspflicht gäbe." Ich versuchte eine Antwort zu vermeiden, bevor ich wusste, was ich tun sollte. Ja, ja, das tat ich.

Der Kerl sah mich einfach nur verschwörerisch an. „Sie haben stets die Wahl." Dann fiel er zurück auf seine alte Phrase: „Nehmen Sie an?"

Den Weg herunter gab es Geräusche zu hören. Verdammt. Mrs. Brown war eine Frühaufsteherin. Sie tat nichts lieber, als den neusten Klatsch und Tratsch zu verbreiten. Dieser schicke Kerl, in seinem eleganten Smoking, der um neun Uhr morgens vor meiner Tür stand? Spätestens zum Mittag würden alle davon wissen, wenn ich es nicht schnell schaffte, ihn loszuwerden.

Also entschloss ich mich auf der Stelle. Wahrscheinlich war das alles sowieso nur ein Scherz.

„Ich nehme an." Ich riss ihm die große Schachtel aus dem Armen, zog mich ins Haus zurück und schlug die Tür hinter mir zu.

ZEHN MINUTEN später stand mein Mund noch immer offen.

Das war das schönste Kleid, dass ich jemals gesehen hatte.

Ich dachte, ich hätte elegante Kleider gesehen – in der Mall oder als wir nach Atlanta gefahren waren und an einigen teuren Läden vorbeischlenderten. Ich meine, einige der Kleider hatten mehr als $ 100 gekostet. Ich hatte mich sogar getraut ein Kleid für $ 180 anzufassen.

Aber dieses Kleid...

Ich streckte meinen Zeigefinger aus, um mit ihm über die kleinen Schmucksteinchen, die auf das Mieder gestickt worden waren, zu fahren, zog ihn im letzten Moment allerdings zurück. Was wäre, wenn das Fett meiner Finger das Kleid beschädigen würde? Es erschien fast wie ein Kunstwerk, das ich jeden Augenblick zerstören könnte.

Auf der Stelle lief ich hinüber zur Spüle in der Küche und wusch mir die Hände, zweimal.

Dann ging ich zurück zur Schachtel.

Ich hielt den Atem an und hob dann vorsichtig das Kleid heraus. Ich hatte einen Kloß im Hals. Noch nie in meinem Leben hatte ich etwas so Elegantes oder Schönes in den Händen gehalten.

Es war ein Kleid für eine Prinzessin. So etwas, wie bei Disney, nur dass das hier echt war.

Meine Hände zitterten, während ich das Kleid an meinen Körper hielt. Ich konnte nicht sicher sein, aber es schien, als sei es mir auf den Leib geschneidert worden. Es war nicht von der Stange, sondern hatte die perfekten Proportionen für eine menschliche Frau mit Hüften und Oberweite.

Woher kannten die meine Größe?

Ich warf einen Blick in die Schachtel und meine Augen wurden groß. Da war nicht nur das Kleid drin gewesen. Darunter befand sich noch einiges mehr.

Ich sah mich um, um einen Ort zu finden, wo ich das Kleid ablegen konnte, aber kein Platz in meinem mickrigen Trailer schien sauber genug.

Schließlich entschied ich mich, es mit ins Schlafzimmer zu nehmen, die Decke zurückzuschlagen und es auf das Laken zu legen. Ich hatte das Bett gerade frisch bezogen, weil die Geister von Kyle endgültig von diesem Ort verbannen wollte. Das war der sauberste Ort in diesem Haus.

Ich warf einen langen Blick auf das Kleid und machte mich dann schnell auf den Weg zurück und beugte mich über die Schachtel.

Ich schluckte schwer und griff langsam hinein. Das Kleid hatte ein schönes, blasses Blau.

Die Unterwäsche allerdings? Die war knallrot.

Zunächst hob ich den BH hoch. Es war ein recht normaler Balconette-BH als Push-Up. Er würde meine Brüste schön in Szene setzen. Aber dann war da auch noch ein verdammtes *Korsett*. Ein echtes Korsett.

Ich verzog den Mund und holte ein paar Bänder hervor, die noch in der Box waren. Was konnte das...

Ich ließ sie auf der Stelle fallen, als mir klar wurde, dass es sich um den kleinsten String Tanga handelte, den ich jemals in meinem Leben gesehen hatte. Und waren das... ein Strumpfhalter mit passenden Seidenstrümpfen?

Ich atmete langsam aus.

Heilige Scheiße. Wenn das hier alles... echt war... dann hatte ich keine Ahnung, worauf ich mich hier eingelassen hatte.

Oder?

Denn das Kleid gehörte zwar wahrscheinlich zu Cinderella, aber der Rest von all dem hier passte eher zu Dornröschen, allerdings in der verruchten Version von Anne Rice. Ja, ich hatte die Bücher gelesen. Ja, sie waren unglaublich geil.

Aber ich hatte nur mit ein paar Jungs Sex gehabt. Freunden in der High School und dann mit Kyle. Und während Kyle es ab und an im Doggiestyle mochte, war das meiste, was ich kannte, ziemlich normal. Einer meiner Freunde in der High School war pornosüchtig gewesen und es war ihm schwergefallen, hart zu bleiben, wenn er es mit mir – einem echten Mädchen – trieb, also hatten wir es ein paar Mal getan, aber er mochte Blowjobs lieber. Kyle war normalerweise meistens oben und stieß in mich, bis er fertig war, oder müde wurde oder einschlief. Manchmal kam ich, allerdings eher am Anfang als in den letzten Jahren.

Ich trat einen Schritt von der Kiste zurück.

Das alles hier passierte wirklich schnell.

Delilah hatte *anal* gesagt. Meine Hand legte sich auf meinen Hintern und ich zuckte zusammen.

Das alles war sowieso unglaublich. Ich versuchte

darüber zu lachen. Das war nicht echt. Dann ging ich zurück in mein Schlafzimmer und starrte auf das Kleid, dass mindestens zwei Monatsgehälter wert war. Vielleicht sogar drei.

„Verdammte Scheiße", flüsterte ich und biss mir auf die Unterlippe. Dann schnappte ich mir mein Handy und rief Delilah an.

„NATÜRLICH IST es wahr." Delilah verdrehte eine Stunde später die Augen und schob sich an mir vorbei in den Trailer. „*Natürlich*. Oh Gott, zeig mir das Kleid."

Ich nahm ihr den Kaffee aus der Hand. „Kein Kaffee in der Nähe des Kleides. Es ist im Schlafzimmer. Wasch dir die Hände, bevor du es anfasst."

Aber sie war bereits unterwegs. Im nächsten Augenblick kreischte sie förmlich: „Oh mein Gott! Es ist ein Kleid von Aristides de la Fiallo! Weißt du, was die kosten? Hast du es schon anprobiert?"

Ich beeilte mich, wieder an ihre Seite zu kommen. „Nein, ich habe es noch nicht anprobiert. Natürlich habe ich es nicht anprobiert."

Delilah sah mich an, als sei ich verrückt geworden. „Warum nicht? Wie lange hast du noch, bis der Ball anfängt?"

Der Ball beginnt um 19:30 Uhr und ich muss drei Stunden vorher da sein, also muss ich um 16:30 Uhr fertig sein."

Delilah holte hörbar Luft. „Warum hast du das nicht gleich gesagt? Wir haben ja fast keine Zeit mehr!"

Ich zog die Augenbraue hoch. „Wovon sprichst du? Es ist noch nicht einmal Mittag. Ich dachte, wir könnten vielleicht in Mama's Waffle House gehen und über meine Möglichkeiten sprechen. Ich bin noch immer nicht sicher, ob das alles etwas ist, was ich..."

Aber Delilah brach in Gelächter aus. „Sei nicht dumm. Du hast das Kleid bereits angenommen. Du hast dich schon entschieden."

„Wovon sprichst du? Der Typ hast gesagt, dass es meine Entscheidung sei."

„Wer?"

Ich winkte ab. „Der Typ im Smoking, der mit der Einladung gekommen ist."

„Wie auch immer", sprach sie weiter, so als hätte ich nichts gesagt: „Es war deine Entscheidung. Dann hast du allerdings die Schachtel angenommen. Ich bin mir also sicher, dass sie bereits mit dem Vorgang begonnen haben."

„Welcher Vorgang? Wieso weißt du so viel darüber?" Ich fühlte mich, als hätte ich mich in der Wildnis verlaufen, aber Delilah sah das alles, als wäre es vollkommen normal. So langsam glaubte auch ich, dass sie das falsche Mädchen ausgesucht hatten. Sie war abenteuerlustig, was Sex anging und hatte, genau wie ich, nichts zu verlieren.

„Nun, du fängst ein neues Leben an. Und du kannst nicht wirklich zwei Leben gleichzeitig führen. Also beenden sie, wenn sie dich ausgesucht haben, dieses." Delilah deutete auf unsere Umgebung. „Und, wenn du die Wahrheit wissen willst, weiß ich all das, weil es einer Freundin meiner Lieblingstante passiert ist. Sie hat die Einladung bekommen, als sie in etwa in deinem Alter war."

„Warte. Was? Wie lange ist das her?"

„Das weiß ich nicht genau. Vielleicht zwanzig Jahre oder so."

„Die machen das alles schon seit zwanzig Jahren?"

Delilah lachte wegen meines ungläubigen Gesichtsausdrucks. „Hast du es noch immer nicht verstanden? Das alles geht schon viel, viel länger. Seit Jahrhunderten. So leben diese reichen Kerle."

Seit Jahrhunderten... „Sie laufen durch die Gegend und kaufen Frauen? Das ist ekelhaft."

„So sah die Freundin meiner Tante das nicht. Besonders nicht, weil sie den Rest ihres Lebens in einer Villa an der französischen Riviera verbringt, wo sie, wenn ich es bemerken darf, sie später einen *Duke* kennengelert hat, der dort Urlaub machte und sich in ihn verliebte. Jetzt haben die beiden ihr Happy End."

„Das hört sich wie ein Märchen an."

Delilahs Augenbrauen schossen nach oben. „Es ist die Wahrheit! Ich kann's dir zeigen, meine Tante ist noch immer bei Facebook mit mir befreundet!"

Delilah holte ihr Handy heraus, scrollte und hielt es mir dann ins Gesicht.

Ich verzog das Gesicht, nahm ihr das Handy allerdings aus der Hand. Auf dem Display sah ich eine Frau, die aussah, wie ein alterndes Model, aber ihre Schönheit war noch immer offensichtlich, nur nicht mehr so jugendlich.

Sie hatte ein breites Grinsen im Gesicht, während sie in die Kamera blickte und gegen einen Gentleman gelehnt war, der seinen Arm um sie gelegt hatte und unglaublich kultiviert und erfolgreich aussah.

Sie sahen so... glücklich aus.

Und reich. Sie sahen aus als wären sie steinreich. Im Hintergrund war ein Chalet auf einem Berg zu sehen. Es war wahrscheinlich unglaublich einfach, glücklich zu sein, wenn man reich war.

„Ich sage es dir, Grace, du wirst in der Gesellschaft von

Männern sein, die nicht nur reich, sondern auch wirklich mächtig sind. Du kannst alles haben, was du dir wünschst."

„Versprach die böse Hexe", murmelte ich.

„Was?"

„Nichts", winkte ich ab und atmete hörbar aus. „In Ordnung. Also, wo fangen wir an?" Ich blickte auf das Kleid hinab und dachte dann an die Unterwäsche, die ich in der Kiste gefunden hatte.

Ich würde niemals erfahren, ob ich das hier kann, wenn ich es nicht versuchte.

„Als erstes kümmern wir uns um deine Haare und dein Make-Up. Geh duschen und föhn dir die Haare. Ich hole meine Make-Up Kiste, die habe ich extra mitgebracht. Ich wollte mich immer schon einmal an dir austoben!" Delilah klatschte glücklich in die Hände und tanzte auf der Stelle.

Ich hingegen warf einen Blick auf ihre stark geschminkten Augen, die mich an einen Waschbären erinnerten und zuckte zusammen. Mehr, als das Beste zu hoffen, blieb mir nicht über, oder? Ich trug kaum Make-Up und war ganz sicherlich noch niemals stark geschminkt gewesen.

Ich würde mich einfach darauf verlassen müssen, dass Delilah sich zurückhalten würde. Ich schenkte ihr ein Lächeln: „Ich verlasse mich auf deine fähigen Hände."

Delilah nickte, war allerdings schon dabei alle möglichen Cremes und Lidschatten aus ihrem Make-Up Koffer zu holen. „Mach dir keine Sorgen, ich werde sichergehen, dass du die Schönste auf dem Ball bist."

6

GRACE

ICH SAH aus wie die Braut von Frankenstein.

Traurig, aber wahr.

Ich konnte es nicht übers Herz bringen, Delilah zu sagen, dass sie etwas zu viel Make-Up aufgetragen hatte, besonders wenn ich daran dachte, wie stolz sie vorhin gewesen war, als sie einen Schritt zurückgemacht und „Ta da!" gerufen hatte, während sie mich in das Bad schob, damit ich mich betrachten konnte.

Ich sah überhaupt nicht mehr aus, wie ich, so viel stand fest.

Und wenn heute Abend im Desaster enden würde, wie ich erwartete, dann war das wahrscheinlich etwas Gutes. Niemand würde wissen, wer ich war und ich könnte mich einfach mit eingezogenem Schwanz zurückziehen.

Allerdings tat es mir wirklich leid um das Kleid. Denn

dieses war ein wahres Kunstwerk. Und wie perfekt es sich an meinen Körper schmiegte...

Delilah hatte mir befohlen das Kleid anzuziehen, bevor ich in den Spiegel sah, damit ich das Gesamtbild sehen würde. Das war wirklich glücklich, denn ich war kurz davor gewesen in Tränen auszubrechen, als ich das Make-Up, was mich an einen Clown erinnerte, gesehen hatte.

Aber dann war da das Kleid. Es schmiegte sich an die Kurven meines Oberkörpers und wurde dann zu einer weichen Wolke aus Organza. Es sah ein wenig aus, als würde ich tanzen, obwohl ich stillstand. Die kleinste Bewegung brachte das Ballkleid zum Schimmern.

Dann klopfte es an der Tür und Delilah begann zu kreischen, als sie die Limousine draußen entdeckte.

Noch nie in meinem Leben hatte ich eine Limousine gesehen, geschweige denn eine Fahrt in einer erlebt.

Aber ich fand mich, zwei Stunden später, genau in dieser Situation wieder und nicht einfach mit offenem Mund dazustehen war förmlich unmöglich. Meine Hand hob sich an das Glas des Fensters auf dem Rücksitz, fast so, als hätte ich keine Kontrolle mehr über sie.

Allein die Fahrt war beeindruckend genug gewesen. Zunächst war mir die Landschaft bekannt gewesen, normal, wenn man davon absah, dass ich mich in einer Limousine befand. Wer in Barnwell, Georgia, besaß verdammt nochmal eine Limousine?

Aber kurze Zeit später hatten wir Barnwell verlassen, zumindest ging ich davon aus. Aber ja, denn dann waren wir in Darlington gewesen.

Jeder in Georgia weiß zumindest ein bisschen über Darlington. Das war der kleine Streifen, der durch die Mitte Georgias ging, in dem während des Bürgerkrieges nicht alles bis auf die Grundmauern niedergebrannt worden war.

Hier besaßen die reichen Leute aus Atlanta Wohnsitze. Riesige Anwesen, die in krassem Kontrast zu der Armut im Rest des Südens standen. Das war Georgias geheimes, kleines Mar a Lago, direkt im Herzen des Bundesstaats. Es gab keine Strände, aber viele Golfplätze und gesüßten Tee, wo immer man war.

Ich hätte mir denken können, dass wir hierherkommen würden.

Unbehaglich rutschte ich in meinem voluminösen Kleid hin und her, stets bedacht, alle entstehenden Falten wieder zu beseitigen. In der Einladung hatte gestanden, dass ich es tragen soll, aber vielleicht hätte ich die Reise in normaler Kleidung antreten und das Kleid in der Schachtel mitbringen sollen?

Als wir nämlich schließlich durch die dekorierten Eisentore fuhren, die von zwei Lakaien, die in voller Tracht gekleidet waren, geöffnet worden waren, hatte ich das Gefühl mitten in einer Folge von Downton Abbey gelandet zu sein.

Das hier allerdings, war echt.

Es war wirklich, wirklich echt.

Reiche Männer wollten mich kaufen… scheinbar hatten sie mich bereits gekauft… und hinter diesen Toren würden sie mit mir anstellen, was immer sie wollten.

Ich war ein niemand, ohne Mitspracherecht und sie könnten einfach…

Verwirkliche deine Träume. Alle. Delilahs Worte gingen mir wieder durch den Kopf.

„Scheiße", flüsterte ich leise, als die Limousine langsam die glatte, frisch gepflasterte Auffahrt hinaufglitt, die dank der uralten Eichen in regelmäßigem Abstand wie eine Allee wirkte. Die Äste der Bäume streckten sich wie Arme aus und bildeten fast eine durchgängige Decke über der Auffahrt, die das Sonnenlicht filterte.

Es war ein gleichermaßen beeindruckender und abschreckender Anblick. Diese Bäume waren bewusst vor hunderten von Jahren gepflanzt worden. Wir fuhren immer weiter die Eichenallee entlang, immer näher an unser Ziel. Mein Herz schlug schneller, als wir die letzte Ecke passierten und das Haus... nein, die *Villa*... sichtbar wurde.

Ich glaube, mir stockte einige Sekunden lang der Atem.

So etwas hatte ich noch nie im Leben gesehen. Auch nicht im Film. Auch nicht im Märchen.

Auch nicht in meinen Träumen.

Ich wusste nicht, wie man so große Dinge erträumt.

Ich blickte hinauf, weiter und weiter.

Riesige, imposante, quadratische Säulen erstreckten sich scheinbar in den Himmel, wie bei einem modernen Kolosseum. Allerdings war alles in perfektem Zustand. Es war, als würde man in die Geschichte eintauchen. Das Gebäude hatte nur zwei Stockwerke, aber jedes der Geschosse war unglaublich hoch und eine riesige Veranda verlief um das ganze Gebäude. Alles war in elegantem Grau und Weiß gehalten, während sich geschwungene Eisengeländer um die Balkone und die Terrassen schlängelten. Schwarze Fensterläden rundeten das dramatische Erscheinungsbild ab.

Und hatte ich bemerkt, wie gigantisch das Gebäude war? Denn, verdammt, als wir weiter darauf zu fuhren entdeckte ich immer mehr an dem Gebäude. Oder vielleicht waren es auch mehrere Gebäude? Mir war nicht klar, ob es einfach ein riesiges Bauwerk war oder ob es unterschiedliche, miteinander verbundene waren. Egal, was die Tatsache war, es musste eine unglaubliche Fläche haben.

Wer zur Hölle lebte hier? Es konnte nicht sein, dass ein einzelner Mensch ein solches Anwesen besitzen konnte. Aber es war auch kein historisches Wahrzeichen. Zumindest keines von dem ich jemals gehört hatte. Die Leute dieser Region lebten die Geschichte der Südstaaten und dieses Gebäude war sicherlich niemals auf irgendwelchen unserer Ausflügen ein Ziel gewesen und soweit ich mich erinnern konnte, hatte ich auch niemals davon gehört, obwohl ich nur wenige Stunden von hier aufgewachsen war.

Ich wusste nicht viel über Architektur, aber dieses Bauwerk musste wenigstens, was? Wenigstens 100 Jahre alt sein. Aber so groß wie es war, musste es fast aus der Zeit vor dem Bürgerkrieg stammen. Das hieß wenigstens 150 Jahre alt.

Ich konnte nicht mehr starren, da sich meine Tür plötzlich öffnete.

Da war der Typ, der noch immer ruhig und gelassen aussah, wie zuvor. Er bot mir den Arm an.

„Miss Morgan."

Oh Scheiße. Ich war so sehr von den Details des Hauses abgelenkt gewesen, aber jetzt war der Kerl hier und konfrontierte mich mit der Situation, in der ich tatsächlich gerade war.

„Was ist, wenn ich nicht aussteige?", quietschte ich. „Was ist, wenn ich Sie darum bitte, umzukehren und mich nach Hause zu bringen? Werden Sie das tun?"

Er seufzte ungeduldig und das war das erste Mal, dass er ein kleines bisschen aus der Rolle fiel. „Und wo genau wäre das?"

Einen Augenblick stand mein Mund offen. „Ich habe ein Leben. Ich bin vielleicht nicht reich", dabei deutete ich unbedacht auf die Villa, die vor uns lag, „aber ich habe ein Leben und es ist mein eigenes."

„Miss Morgan, das Protokoll schreibt vor, dass wir warten, bis sie drinnen sind, aber da Sie bereits hier sind, frage ich Sie jetzt: Was wollen Sie?"

„Was meinen Sie? Sehen Sie, ich frage einfach nur, ob Sie mich wieder nach Hause fahren würden."

„Ist es das, was Sie wollen?", bei den Worten sah er mich neugierig an. „Was möchten Sie wirklich in Ihrem Leben? Möchten Sie zurück in Ihr altes Leben? Ein Leben, das Ihr eigenes ist, wie sie so schön sagten. Niemand zwingt Sie, hier zu sein, Miss Morgen. Wenn Sie bleiben, dann tun Sie das aus freien Stücken. Aber waren Sie jemals wirklich frei?"

Er lehnte sich nur ein kleines bisschen weiter in meine Richtung. In der Septembersonne musste ihm, so gekleidet, wie er war, unglaublich heiß sein, aber er verzog keine Miene.

„Ich konnte einen Einblick in Ihr Leben erlangen, Miss, und entschuldigen Sie, dass ich es mir anmaße, aber das sah für mich nicht wirklich nach Freiheit aus."

Er lehnte sich zurück. „Drinnen wird ein Interview stattfinden. Man wird Sie erneut fragen, was Sie sich wirklich wünschen. Sie können um alles bitten. Sie sind Aladdin und wir sind ihre Wunderlampe."

„Aber ich werde den Preis bezahlen", erwiderte ich nachdrücklich.

Der Mann sah mich an, als wäre ich eine Idiotin. „Glauben Sie wirklich, dass Sie es verdienen, etwas zu bekommen, ohne eine Gegenleistung zu erbringen? Das ist es, was Kinder glauben, Miss Morgan."

Ich nickte und schluckte die Flüche, die mir auf der Zunge lagen, wieder hinunter. Ich wollte den Typen beschimpfen, sagen, dass sie alle zur Hölle fahren sollten und wegrennen, bevor ich mich auf etwas einließ.

Vielleicht war das feige. Vielleicht war es weise. Vielleicht war es auch mein Bauchgefühl, dass mir sagen wollte, dass es an der Zeit war, umzukehren.

Aber der Mann hatte in einer Hinsicht recht – von Gehaltsscheck zu Gehaltsscheck zu leben, fühlte sich nicht nach sonderlich viel Freiheit an. Und ich würde dieses Hin und Her nicht mehr lange ertragen.

Ich schluckte schwer und blickte dann wieder zu ihm hinauf. Die Nachmittagssonne war so hell, dass ich die Augen zusammenkneifen musste. „Die Männer", begann ich: „Sind sie sehr schrecklich?"

Ich war mir nicht sicher, aber ich hatte das Gefühl, dass sich sein Gesicht bei meiner Frage ein klein wenig verzog.

„Es gibt Regeln zu Ihrem Schutz. Sie werden ein Sicherheitswort haben, dass sie zu jeder Zeit benutzen können." Dann richtete er sich auf. „Aber Sie müssen sich bewusst sein, dass alles vorbei ist, wenn sie sich dazu entscheiden. Sie werden sofort aus dem Haus gehen. Sie haben dann ihren großen Preis verspielt. Sie bekommen nichts. Es gibt keinen Trostpreis. Aber die Entscheidung steht Ihnen jederzeit frei. Sie können zu jedem Zeitpunkt gehen."

Ich blinzelte einige Male. „Gehen... gehen viele der Mädchen?"

„Ich arbeite seit elf Jahren hier und bisher ist das nur einmal passiert."

„Wie viele Frauen waren es? Wie oft wird all das hier

organisiert? Was ist mit dem Mädchen passiert, was nach Hause gegangen ist?"

Er lächelte und ich wurde aus ihm nicht schlauer: „Das reicht fürs Erste. Werden Sie hineingehen?" Er bot mir erneut den Arm an.

Ich fühlte mich wie Alice, die den Blick in den Hasenbau riskiert hatte.

Ein Teil von mir wünschte sich, diesem Mann nie begegnet zu sein. Wünschte sich, dass er niemals mit diesem verdammten Stück Papier in das Diner gekommen wäre und mir diese unglaublich schwere Entscheidung übertragen hätte.

Dann allerdings nahm ich seinen Arm und er führte mich die Einfahrt hinauf zu der einschüchternden Villa. Ein bisschen weiter. Ich würde noch ein bisschen weiter gehen. Ich konnte immer das „Sicherheitswort" benutzen und jederzeit aufhören, richtig? Ich könnte in mein langweiliges Leben, wo nie etwas passierte, zurückkehren, wo ich wenige Entscheidungen und noch weniger Möglichkeiten hatte, wenn es darum ging, in der Welt aufzusteigen.

„Ich möchte Sie Mrs. Hawthorne vorstellen", erklärte der Typ.

Ich vertraute meiner Stimme nicht recht, weshalb ich einfach nickte.

Anstatt mich das halbe Dutzend Stufen hinaufzuführen, die uns auf die von Säulen umsäumte Veranda gebracht hätte, bog er allerdings plötzlich nach links ab. Ich folgte ihm unsicher. Die zehn Zentimeter hohen Pumps, die ich ebenfalls in der Kiste gefunden hatte, waren ungewohnt für mich. Einige Mal musste der Kerl seine Hand ausstrecken, damit ich nicht das Gleichgewicht verlor. Er hatte allerdings genug Anstand, nichts dazu zu sagen.

Er führte mich einen Weg aus Kopfsteinpflaster entlang, der am Ostflügel des Hauses vorbeiführte und auf eine kleine, weiße Tür zu, an der ein Schild hing, auf dem stand: *Dienstboteneingang.*

Durfte man heute überhaupt noch solche Schilder haben? War es nicht ziemlich unkorrekt, jemanden noch als *Diener* zu bezeichnen?

Nachdem er einmal geklopft hatte, wurde die Tür auf der Stelle von einer rundlichen, weißen Frau Mitte 50 geöffnet, die ihre langsam ergrauenden, roten Haare in einen strengen Dutt hochgesteckt hatte. Sie trug ein steifes graues Kleid mit einem weißen Kragen und eine weiße Schürze und sie schien bei meinem Anblick nicht begeistert. Tatsächlich sah sie fast böse aus, während sie mich musterte.

„In dem Augenblick, in dem Sie diese Türschwelle überqueren", sagte sie schließlich und ihre Worte waren genauso streng, wie ihre Frisur: „ist jeder Moment ein Test. Genau, wie sie von dem Moment an, in dem Sie Ihre Einladung erhalten haben, getestet wurden."

Ihre Worte verunsicherten mich und ich warf dem Mann einen Blick zu, allerdings war sein Gesichtsausdruck komplett unbeteiligt und er schien mir keinerlei Hilfestellung geben zu wollen.

„Die Einladung verlangte, dass sie sich angemessen vorbereiten." Sie ließ den Blick erneut über mich gleiten. „Eine Anweisung, die Sie nicht befolgt haben." Sie warf einen Blick auf die kleine Armbanduhr an ihrem Handgelenk. „Neben dem Interview und der Untersuchung werden wir kaum genug Zeit haben, das in Ordnung zu bringen."

Sie warf dem Mann hinter mir einen bösen Blick zu. „Du hättest wenigstens schneller fahren können, als du dieses Desaster entdeckt hast.", bei diesen Worten deutete sie vorwurfsvoll auf mich.

„Hey", sagte ich, weil ich mich für ihn einsetzten wollte. „Es war nicht seine Schuld. Und ich"... ich zuckte ein wenig zusammen, als ich an meine waschbärenartigen Augen dachte... „Vielleicht könnten Sie mir ja dabei helfen, einen Teil des Augen Make-Ups zu entfernen?"

„Sie", begann Mrs. Hawthorne, deren Blick wieder auf mich gefallen war: „sind von jetzt an still." Ihr dicker, irischer Akzent ließ ihre Aussage noch bestimmender erscheinen.

Ich sah den Mann an. Er hatte mich bisher geleitet. Jetzt allerdings blickte er auf sein Handy und es war offensichtlich, dass er jetzt, wo er mich abgeliefert hatte, nicht mehr für mich verantwortlich war und er somit seine Aufgabe erfüllt hatte. Das hatte er mir selbst gesagt, oder nicht? Er arbeitete bereits seit 11 Jahren hier. Wie viele Frauen hatte er kommen und gehen gesehen?

„W-was ist mein Safeword?"

Eine von Mrs. Hawthornes dünnen Augenbrauen zog sich nach oben. „Das entscheiden Sie selbst und natürlich die Gentlemen. Mein Job ist es, Sie vorzubereiten, damit wir sicher sind, dass Sie gesund und sauber sind."

Okay, mein Make-Up war vielleicht nicht sonderlich gut, aber dachte Sie wirklich, dass ich nicht geduscht hätte? Was zur Hölle? Ich war vielleicht arm, aber ich war garantiert trotzdem *sauber*.

„Hier entlang." Mrs. Hawthorne zog mich am Handgelenk und schlug die Tür direkt vor dem Mann zu.

Ich konnte nur einen kurzen Blick auf die Küche und einige Angestellte darin, die beschäftigt waren und alle saueres Weiß, wie man es eben in Küchen trägt, anhatten, erhaschen.

Allerdings wurde ich bereits eine steile, schmale Treppe hinaufgeführt, die scheinbar heute für die Bediensteten und einst für die Sklaven gewesen war.

Ich bekam nicht sonderlich viel vom ersten Stock zu sehen, bevor ich in einen kleinen Raum bugsiert wurde. Auf der Stelle dreht Mrs. Hawthorne mich um, sodass ich in Richtung der Tür, die sie soeben geschlossen hatte, stand. Ihre Hände öffneten den Reißverschluss meines eleganten Kleides. Ich versuchte über meine Schulter zu gucken. Hinter mir stand ein schmales Bett, ansonsten war das Zimmer leer.

„Was passiert hier?"

„Das habe ich doch eben schon erklärt, ich habe keine Lust es noch einmal zu tun", erwiderte Mrs. Hawthorne ruppig.

Sie zog das Kleid von meinen Schultern, bis es nur noch um meine Hüfte hing. „Ziehen Sie es aus." Sie streckte einen festen Arm aus, damit ich Halt hatte. Ich entschied mich allerdings stattdessen für die Wand.

Sie ergriff das Kleid in dem Augenblick, in dem es nicht mehr an meinem Körper war und hing es auf einen Bügel aus dem kleinen Kleiderschrank des Raums.

„Unterwäsche aus", befahl sie und sah nicht einmal in meine Richtung. Das hatte sie nicht mehr getan, seitdem wir das Erdgeschoss verlassen hatten.

„Ähm... wie bitte?"

Endlich sah sie mich an und sie sah verzweifelt aus. „Sag mir nicht, dass du dich schämst. Das geht nicht, wenn du eines der Mädchen des Ordens werden willst." Dann verdrehte sie die Augen. „Alle paar Jahre bekommen wir eine, wie dich."

Sie legte die Hände auf die Hüften und starrte mich an. „Du bist hier für den Sex. Die Jungen werden den wichtigsten Prozess ihres Lebens absolvieren und Sie werden nicht", dabei machte sie einen Schritt vorwärts und hielt einen Finger in mein Gesicht: „Ich wiederhole: Sie werden die Möglichkeiten, die sie haben, nicht für sie versauen. Sie werden tun, was Ihnen gesagt wird. Sie werden Schwänze lutschen, Sie werden häufiger gefickt werden, als sie zählen können und Sie werden all das mit einem Lächeln im Gesicht aushalten."

Schockiert von ihren krassen Worten blinzelte ich nur einige Male. Sie schien so... großmütterlich, als sie mich an der Tür in Empfang genommen hatte. So, wie eine böse Oma, die alle Kinder in der Nachbarschaft anschreit, wenn sie Spaß haben, aber trotzdem. Die Worte Schwanz und gefickt aus ihrem Mund...

„Bleiben Sie so", fuhr Mrs. Hawthorne unbeirrt fort. „Viele der Männer des Ordens mögen den unschuldigen Bambi-Look, den Sie gerade haben. Und einer meiner Lieblingsjungs erreicht heute das richtige Alter. Wenn Montgomery Kingston Sie auswählt, dann behandeln Sie ihn besser richtig. Er hat einiges zu beweisen und er braucht eine Hure, die ihre Beine spreizt, seinen Schwanz leckt und alles, tut, was in ihrer Macht steht, damit er die Herausforderungen besteht."

„Ich bin keine Hure!", entwich es mir vor Schreck.

Mrs. Hawthorne schnaubte ungläubig. „Es gibt einen Grund, warum sie Ihre Art Frauen nicht heiraten. Aber der Orden ist fair. Am Ende werden Sie königlich entlohnt."

Ihre herzlosen Worte brachten mich dazu, zu blinzeln und mir auf die Unterlippe zu beißen.

Sie lehnte sich zu mir herüber und ihre Adlernase

erschien aus der Nähe noch spitzer. „Sie werden doch nicht weinen, wie ein kleines Mädchen? Ich dachte, die hätten ihre Hausaufgaben gemacht und nur die widerstandsfähigsten Mädchen ausgesucht."

Ich biss die Zähne zusammen und hob den Kopf. Sie war eine gemeine, alte Frau, die es mochte, Menschen zu mobben, die bereits am Boden waren. Ich hatte solche Menschen, wie sie einer war, bereits mein ganzes Leben gekannt. Meine eigene Mutter war eine von ihnen.

Anstatt ihr böse Worte an den Kopf zu werfen, lächelte ich einfach freundlich. „Nun, ich schätze ich stelle besser sicher, dass mein Preis hoch genug ist, richtig? Wenn ich all die Schwänze lutsche, dann sollte es das am Ende auch für mich wert sein. Sind Sie die Person, der ich sagen muss, wie viel ich haben möchte oder verhandle ich das mit meinem..." Was war das Wort, was sie benutzt hatte? Ach, richtig: „Gentleman?"

Sie warf mir wieder böse Blicke zu. „Das ist Teil des Aufnahmeprozesses." Sie warf einen erneuten Blick auf ihre Uhr. „Und davon lenken Sie uns gerade ab. Los, ziehen Sie sich komplett aus. Sie werden nochmal baden müssen und auch Ihre Frisur ist ein Graus. Da können wir so nichts retten. Also ziehen Sie sich aus, setzten Sie sich aufs Bett und warten Sie auf den Arzt. Danach werde ich wiederkommen, um sie zu baden."

Baden? Ich war doch keine fünf mehr. Und... „Der Arzt?", quietschte ich verwirrt, allerdings war sie bereits wie ein Wirbelwind aus grauen Röcken und vernünftigen Schuhen aus der Tür gefegt.

Ein Arzt würde kommen um mich zu „inspizieren". Jesus. Sie wussten doch, dass ich keine Jungfrau mehr war, oder? Was sonst könnte ein Arzt --- ohh, hatte sie das gemeint, als sie sauber sagte?

Ich fühlte mich, wie eine Idiotin. Ich war für den Sex da. Natürlich würden sie sichergehen wollen, dass ich keine Krankheiten hatte. Aber es dafür nicht ein bisschen zu spät? Hätte das nicht eine der ersten Fragen sein sollen, die sie stellten, anstatt die letzte?

Ich sah an mir selbst herunter und entdeckte die teure Unterwäsche. Scheiße. Mrs. Hawthorne hatte mehrfach gesagt, dass ich spät dran sei und Zeit verschwendete. Aber würde ich mich wirklich einfach für irgendeinen Fremden, der sagte er sei Arzt, ausziehen, damit dieser mich untersuchen konnte?

Andererseits hatte Mrs. Hawthorne gesagt, dass alles ein Test sei. Und bisher war ich nicht sonderlich gut darin gewesen, ihren Anweisungen Folge zu leisten, oder?

Ohne weitere Gedanken daran zu verschwenden, begann ich, mich auszuziehen. Trotzdem nahm ich die Decke vom Bettende und legte sie um mich herum, um mich wenigstens ein bisschen zu bedecken, als ich schließlich nackt war.

Der Arzt klopfte nicht, bevor er hereinkam, aber ich entspannte mich, als ich feststellte, dass es sich um eine Frau handelte.

„Hi, ich bin Dr. Nichols." Sie war jung, vielleicht gerade dreißig und unglaublich hübsch. Sie zog das Stethoskop von ihrem Hals und streckte die Hand aus, um meine zu schütteln. Ihre Haut hatte die Farbe von dunklem Ebenholz und ihre kurzgeschnittenen Haare betonten die gazellenhafte Schönheit ihres Halses. Sie lächelte mich entspannt an. Ein strahlendes Lächeln, was dazu führte, dass ich mich merklich entspannte.

„Hi, ich bin Grace", sagte ich vorsichtig.

„Hi Grace. Hier passiert ganz schön viel, ganz schön schnell, nicht wahr? Ich verstehe, dass all das hier verrückt ist. Ich bin nur hier, um Ihre Vagina zu untersuchen und ein paar schnelle Bluttests zu machen. Der Orden hat die Ergebnisse Ihrer letzten Untersuchung von vor sechs Monaten, aber sie wollen sicher gehen, dass immer noch alles in Ordnung ist und Sie keine Krankheiten haben. Die Männer müssen das gleiche machen. Es ist ihnen wirklich wichtig, dass alle das hier ohne dauerhafte Erinnerungen erleben." Ihr Lächeln war voll Mitgefühl.

Ich hatte nur etwa eine Milliarde Fragen.

„Also, lass uns als erstes ein bisschen Blut abnehmen und dann schicken wir das ins Labor." Sie machte sich an dem Koffer, den sie mitgebracht hatte, zu schaffen und begann damit, einiges herauszuholen.

„Woher wissen Sie das alles?", schoss es aus mir heraus. „Dauert es nicht lange, bis ein Labor die Ergebnisse hat? Und, warten Sie, wie kann es sein, dass der Orden Zugriff auf meine Patientenakte hat? Das sind vertrauliche Informationen."

Dr. Nichols lächelte mich wieder an, während sie sich vor mich setzte und eine Manschette um meinen Arm legte. Ich zog die Decke fester um mich herum. „Ich kann Ihnen nicht viel sagen, aber ich darf Ihnen sagen, dass ich all das hier auch mitgemacht habe. Und wie Sie sehen können, habe ich es unbeschadet überstanden."

„Was?", zuckte ich zusammen, als sie mir mit der Nadel in den Arm stach und mich zum Schweigen aufforderte: „Psst, bleiben Sie ruhig oder ich muss immer wieder stechen, um eine Vene zu finden."

Ich nickte und setzte mich still hin. Beim zweiten Versuch fand sie die Vene ohne Schwierigkeiten. Mein Blut floss in das Behältnis.

„Ich werde Ihnen davon erzählen, aber nur wenn Sie ruhig sitzen bleiben."

Ich war im Begriff zu nicken, hielt dann allerdings rechtzeitig inne. „Ich bleibe ruhig sitzen", flüsterte ich und bewegte dabei kaum die Lippen.

„Sehr gut. Also, ich kann verstehen, dass Sie Angst haben und verwirrt sind. Das kann ich wirklich, glauben Sie mir. Aber lassen Sie sich einfach darauf ein. Versuchen Sie nicht sich auszumalen, was passieren wird. Machen Sie einfach mit. Hier gibt es keine Scham, niemand wird sie verurteilen. So sehr es sich nach einem Klischee anhört: Nehmen Sie einen Tag nach dem anderen."

„Wie war es?", flüsterte ich. Jetzt, wo eine echte, lebendige Person vor mir saß, die all das hier schon einmal durch gemacht hatte, was auch immer *das hier* war, wollte ich alles wissen.

Sie lächelte mich einfach an, ein schüchternes, wunderschönes Lächeln. „Ehrlich gesagt ist es für jeden anders. Es hängt von dem Gentleman ab, der Sie aussucht. Aber glauben Sie mir, Sie *wollen* ausgesucht werden. Das wird Ihr Leben verändern."

Ihre Augen schienen etwas vollkommen anderes zu sehen. „Ich hatte keine sonderlich gute Kindheit..." Zum ersten Mal, seit sie den Raum betreten hatte, war ihr Lächeln erloschen.

Dann allerdings schüttelte sie den Kopf, so als würde sie sich aus ihrer Trance befreien. „Dann bekam ich meine Einladung und alles hat sich geändert." Das Lächeln kam zurück. „Jetzt bin ich eine respektierte Gynäkologin in der Stadt. Ich bin verlobt. Ich bin glücklicher, als ich je dachte, dass ich es sein dürfte. Deshalb komme ich hierher zurück und helfe und spende Mädchen wie Ihnen ein bisschen Mut."

Sie hatte das letzte Behältnis gefüllt und drückte einen Baumwollbausch auf meinen Arm, bevor sie ein Pflaster darauf klebte. Während sie arbeitete, sprach sie weiter: „Mrs. Hawthorne scheint vielleicht wie ein Tyrann und es stimmt, dass einige Männer des Ordens wirklich schlimme Finger sind, die Sie nicht gut behandeln werden. Aber es gibt Regeln und die, die dem Orden beitreten sind nicht wie die alten Männer, die schon ewig im Orden sind."

Sie sah mir endlich in die Augen. „Letztendlich, Grace, müssen Sie vorsichtig sein. Sie müssen sich auf ihr Bauchgefühl verlassen. Sie müssen klug sein. Können Sie das? Wenn Sie nicht glauben, dass Sie das können, dann sollten Sie jetzt gehen."

Ich sah zu ihr auf und war so dankbar dafür, dass endlich jemand offen mit mir sprach. Mit dem, was ich von Mrs. Hawthorne erfahren hatte und dem, was sie soeben gesagt hatte, hatte ich den Eindruck langsam zu wissen, worauf ich mich hier einließ.

Wenn ich das hier tun würde, dann wusste ich wenigstens, was es war.

Langsam nickte ich.

„In Ordnung!" Sie lächelte warm. „Wenn Sie bereit sind, weiter zu machen, dann legen Sie sich auf das Bett und ich bin sofort wieder da."

Sie legte die Behälter mit meinem Blut in eine gekühlte Transportbox und ging hinaus, um diese an jemanden zu übergeben, der offensichtlich direkt vor der Tür auf sie wartete. Sie kam zurück und platzierte mich dann so auf dem Bett, dass sie ihre Untersuchung beginnen konnte.

„Wir haben nicht viel Zeit, also haben sie mich darum gebeten, die Untersuchung und das Interview gleichzeitig zu machen. Ich habe ein Aufnahmegerät, dass Sie halten können." Sie übergab mir das Gerät bevor sie ihre Handschuhe anzog.

„Machen Sie Ihre Beine etwas breiter." Ihre Stimme war professionell, während sie meine Schenkel auseinanderschob und nach ihrem Spekulum griff.

„So, sagen Sie Ihren Namen bitte laut und deutlich in das Gerät und das, was du Sie sich am Ende dieses Erlebnisses wünschen." Sie hob ihren Kopf, sodass ich sie trotz der Decke, die auf meinen Schenkeln lag, sehen konnte. „Und vergessen Sie nicht, dass Sie sich alles wünschen können.", sagte sie mit einem Zwinkern.

Ich dachte ein paar Sekunden nach und drückte dann den Knopf an der Seite. „Mein... ähm... mein Name ist Grace Magnolia Morgan und ich..."

Das kalte Spekulum brachte mich zum Zusammenzucken, als es auf meine Haut traf und noch einmal, als sie es langsam ein paar Klicks breiter stellte. Ich konnte nicht anders, als vor Überraschung laut auszuatmen. Es war eine Weile her, dass ich das letzte Mal Sex gehabt hatte. Wusste sie das? War das offensichtlich? Wenn ja, würde das für oder gegen mich sprechen? War das überhaupt wichtig?

„Erzählen Sie ihnen einfach, was Sie möchte, Grace", forderte Dr. Nichols, die noch immer zwischen meinen Beinen verweilte, mich auf.

Richtig. Das ist ja gar nicht merkwürdig. *Sprich einfach über den größten Traum deines Lebens, während du ein Spekulum in deiner Muschi hast, Grace... das ist keine große Sache.*

Also versuchte ich, so gut ich konnte, all die Vorstellungen, die ich für mein Leben hatte, aufzuzählen und am Ende mit einem Geldbetrag, der sie verwirklichen konnte, zu enden.

Alle hatten gesagt, dass ich mich nicht zurückhalten solle, also tat ich das auch nicht.

Um einen Abschluss in Wirtschaft von einer guten Universität zu bekommen und ein Restaurant in Atlanta zu eröffnen, mit genug Kapital, um die ersten zwei Jahre zu überstehen, ohne Sorgen haben zu müssen, dass ich pleite ging und genug für meinen Lebensunterhalt...

„Zehn Millionen Dollar", sagte ich schließlich und schluckte, als Dr. Nichols zeitgleich das Spekulum aus mir zog. „Sie können mich für zehn Millionen Dollar haben und ich werde alles tun, was mir gesagt wird. Aber das ist mein Preis. Zehn Millionen."

7

Montgomery

PERFEKT. Makellos.

Zwei Worte, die ich benutzen würde, um zu beschreiben, wie ich durchs Leben ging.

Zwei Worte, die sowohl meine Stärken als auch meine Schwächen beschrieben. Ich musste beides stets erreichen, was einen schwächeren Mann wahrscheinlich in die Knie gezwungen hätte, aber ich war nicht schwach. Ich wusste, dass ich mit einem silbernen Löffel im Mund geboren worden war, weshalb wahrscheinlich viele dachten, dass mir einfach alles geschenkt wurde, allerdings war genau das Gegenteil der Fall. Mein Vater hatte mich gezwungen, alles, was ich hatte, zu verdienen.

Jede Kleinigkeit.

Selbst seine Liebe und das musste ich noch erreichen.

Ich war kein verwöhnter, reicher Schnösel, der nicht einen Tag in seinem Leben gearbeitet hat. Selbst mit fünfundzwanzig fühlte ich mich bereits, als hätte ich mein ganzes Leben gearbeitet.

Ich war vom Kampf gezeichnet.

Erfahren.

Perfekt. Makellos. Das war das Motto, das mich bisher durch mein Leben geführt hatte.

Jetzt, wo ich hier allerdings in meinem maßgeschneiderten, weißen Smoking mit der passenden Fliege stand, hatte ich das Gefühl, dass ich alles andere als perfekt und makellos war. Das reine Weiß der Umgebung drohte mich förmlich zu ersticken und trotzdem fühlte ich mich beschmutzt, so als wäre ich von all den Fehlern aus meiner Vergangenheit, der Gegenwart und der Zukunft gezeichnet.

Der Ballsaal war weiß, die anderen angehenden Mitglieder, die bald ihren eigenen Ball haben würden, würden ebenfalls im weißen Smoking erscheinen. Die einzige Farbe im Saal würden von den silbernen Umhängen der Älteren und Mitglieder kommen.

Weiß und Silber.

Wie ein eleganter Geist.

„Bist du bereit dir deine unglückliche Schönheit auszusuchen", fragte Sully, der zu mir herübergekommen war und mir nun auf den Rücken schlug. „Blond? Brünett? Oder willst du eine Rothaarige?"

Ich antwortete nicht. Mir wurde übel, wenn ich Sully reden hörte, als wäre ich im Begriff, mir Vieh von einer Ranch, die meiner Familie gehörte, aussuchen. Ich durfte nicht zulassen, dass er an mich rankam. Wir waren alle zusammen hier und bereit und es würde nur noch wenige Minuten dauern, bis die Zeremonie beginnen würde.

„Möchtest du einen Drink?", fragte Sully, während er

sein Whiskeyglas anhob. „Ich bräuchte sicher einen, wenn ich an deiner Stelle wäre."

Ich schüttelte den Kopf und warf einen Blick auf die weiße, reich verzierte Standuhr, die den Raum dominierte. Die Zeiger der Uhr bestanden aus goldenen Säbeln, die mit kleinen Rubinen verziert worden waren. Dieses Detail hatte ich bereits als kleiner Junge geliebt, aber am heutigen Abend erschien es...tödlich. „Nein, danke."

„Lass ihn in Ruhe", forderte Walker, als er zu uns hinüberkam und sich neben Sully und mich stellte. „Das hier ist nicht einfach." Er sah mich an, beobachtete mein Gesicht. „Geht es dir gut? Brauchst du irgendwas?"

„Ein verdammter Drink, das ist es, was er braucht", sagte Sully, während er sein eigenes Glas mit einem Zug leerte.

Ich war nicht seiner Meinung. Es war wichtig, dass ich nüchtern blieb und bei klarem Verstand. Ich hatte keine Ahnung, was mich wirklich erwartete. Ich hatte eine Vorstellung von den elementaren Vorgängen der Zeremonie und Aufnahme, denn diese standen im Regelbuch des Ordens, allerdings war ich nicht naiv genug zu glauben, dass ich auf das, was jetzt kommen würde, vorbereitet wäre. Nicht nur der heutige Abend, sondern die nächsten 109 Tage.

Ich glaubte nicht, dass irgendjemand jemals auf den Orden des Silbernen Geistes vorbereitet sein konnte. Die weitergegebene Bosheit der Zeremonie fühlte sie ein wenig an, wie eine Schlinge um meinen Hals, aber egal, ob ich dafür bereit war oder nicht... sie würde in Kürze stattfinden.

Die Uhr schlug und bedeutete uns, dass es Mitternacht war und die zwölf lauten Schläge ertönten, die fast klangen, als würde ein Hammer zwölf Glockenspiele schlagen. Als hätte das nicht ausgereicht, hörten wir die Gehstöcke der Ältesten, die auf den Boden geschlagen wurden. Bei jedem Stundenläuten schlugen die Stöcke im Rhythmus auf den weißen Marmorboden.

„Bringt die Schönheiten herein", verlangte einer der Ältesten, nachdem er zum zwölften Mal auf den Boden geschlagen hatte.

Die Anwärter stellten sich mit mir gemeinsam in eine Reihe in der Mitte des Saals auf. Wir standen in militärischer Haltung da und warteten. Ich fragte mich, ob die anderen ebenso den Atem anhielten, wie ich oder ob sie dieses Gefühl erst an ihrem Abend erleben würden. Vielleicht waren sie froh darüber, dass ich an der Reihe war und nie sie.

Tatsächlich wünschte ich mir, nicht der erste der Gruppe zu sein, sodass ich wenigstens eine Ahnung davon hätte, was mich erwartete. Aber zeitgleich wusste ich, dass es schlimmer sein konnte, zu wissen, was einen erwartete, als blind hinein zu stolpern. Es gab einen Grund dafür, dass Menschen zu Stein wurden, wenn sie die Medusa ansahen. Man sollte das Böse niemals direkt ansehen.

Blind bleiben.

Es war ruhig, bis das Geräusch von Absätzen auf dem Boden – zögerlich und scheu – die erstickende Erwartung durchbrach.

Zwanzig junge Frauen.

Das wusste ich nicht, weil ich gezählt hatte, sondern weil der Orden des Silbernen Geistes diese Anzahl vor Jahrhunderten bestimmt hatte.

Zwanzig, aber nur eine würde meine sein.

Auch das wurde vom Orden des Silbernen Geistes bestimmt.

Als sie den Raum betraten, stellten sie sich in Reihe auf. Ihre unsicheren Bewegungen zeigten, dass sie, auch wenn ihnen Anweisungen gegeben worden waren, noch immer unsicher waren, ob sie sie richtig befolgten.

Lange, fließende Ballkleider in unterschiedlichen Farbtönen boten einen unglaublichen Kontrast zu dem Weiß, das sie alle umgab. Winzige, von Korsetten geformte Körper, unglaublich viel Stoff, von Hand aufgenähte Perlen und Diamanten... Kleider, die für jede einzelne der Frauen maßgeschneidert worden waren. Sie waren zu unglaublich schönen Prinzessinnen gemacht worden.

Ich sah die Frauen an, weil ich neugierig war, was sie wohl dachten. Einige von ihnen wären schreckliche Pokerspieler, denn die Angst und Nervosität war deutlich in ihren Gesichtern erkennbar. Andere allerdings waren nicht zu lesen, denn sie richteten ihren Blick auf den Boden, waren gezeichnet von ihrer eigenen Unsicherheit.

Aber eine der Schönheiten... die einzige in einem blauen Kleid... sah mir kurz in die Augen, während ihr Blick über die Männer, die vor ihr standen, glitt. Ich beobachtete, wie sie genau betrachtete, was wir trugen und wie wir standen. Sie war auf die Männer fokussiert, anstatt auf die makabrere Situation im Ballsaal, in der wir uns befanden, die scheinbar das Interesse all der anderen Frauen auf sich gezogen hatte. Das war ziemlich klug und mir entging die Intelligenz in ihren hellen, grünen Augen nicht.

„Führen Sie die Schönheiten vor", verlangte der Älteste mit einem Schlag seines Gehstocks. Die tiefe Stimme und die Art und Weise, wie der Gehstock die

Stille durchbrach, brachte einige der Schönheiten dazu, zusammenzuzucken. Die Anwärter allerdings blieben steif stehen, denn wir waren an das Geräusch der Stöcke gewöhnt.

Ein anderer Ältester begann die Prozession der Schönheiten, führte sie in Reihe durch den Ballsaal. Er führte sie zunächst vor die von Umhängen verhüllten Ältesten, dann an den Mitgliedern vorbei und schließlich zu uns.

Das ganze wiederholten sie dreimal, umkreisten den Raum, fast so als würden sie tanzen, allerdings kam die Musik von ihren Absätzen und ihren Kleidern. Einige von ihnen zeigten zu viele Zähne, während sie lächelten, als wären sie bei einem Schönheitswettbewerb, die Lippen von anderen zitterten und ein paar zeigten praktisch gar keine Gefühle.

Die Schönheit im blauen Kleid überraschte mich erneut, weil sie mir wieder und wieder in die Augen blickte, wann immer sie an mir vorbeikam. Ihre Lippen waren geöffnet, die Arme an ihrer Seite, ihr Kinn mit Selbstbewusstsein erhoben, etwas, was bei den anderen entweder fehlte oder offensichtlich nur eine Fassade war.

Ich wusste, dass die zwanzig Frauen aus den falschen Nachbarschaften kamen. Die Kleider, die sie gerade am Körper trugen, waren mehr wert, als ihr Jahres-einkommen.

Sie waren keine Südstaatenschönheiten, die Etikette lernten und denen so viel Südstaatencharme eingetrichtert wurde, dass sie selbst die Queen von England mit Marmelade und süßem Tee ersticken konnten. All das war dieser gesamten Prozession so unbekannt, dass ich nicht einmal das ein oder anderen Stolpern auf den Absätzen verübeln konnte.

Aber die Schönheit in Blau schien anders zu sein.

Sie erschien fast königlich, während sie vor uns hermarschierte.

Sie stach aus der Menge der anderen hervor, so als wäre ihr Blut genauso blau, wie ihr Kleid. Und trotzdem deutete die Haltung ihrer Schultern auf Widerstand hin. Stolz schien der Duft zu sein, der von ihrer ebenen, weißen Haut emporstieg. Ich kann nicht sagen, dass ich sie verurteilt hätte. Wer würde nicht bei diesem Wahnsinn versuchen, Widerstand zu leisten?

„Montgomery Kingston", rief der Älteste, als die Frauen wieder in Reihe vor uns Anwärtern, die sich keinen Zentimeter gerührt hatten, stand. „Sie müssen nun Ihre Schönheit wählen."

Der Älteste, der die Prozession der Schönheiten angeführt hatte, ging zu mir herüber und öffnete seine Faust. In seiner Hand lag eine Schleife aus schwarzem Satin. Ich brauchte keine weitere Anleitung, um zu wissen, was nun von mir erwartet wurde, denn diese Prozession war in dem Buch beschrieben, welches jeden unserer Atemzüge dominierte.

Ich nahm die Schleife, atmete einmal tief durch und löste mich dann aus der Formation. Ich ging zu der Reihe Frauen herüber und begann das Ritual, das „Das Anfassen der Perlen" genannt wurde. Dabei ging man auf jede einzelne der Frauen zu und berührte die Perlenkette, die sie alle trugen.

Das war die Zeit, die mir gegeben wurde, das alles zu verarbeiten. Nachzudenken. Ich hatte nur wenige Minuten, bevor ich mich würde entscheiden müssen und auch wenn ich die glatten Perlen, die die Frauen trugen, anfasste, fühlte ich nichts. Ich führte die Bewegungen aus, stählte meine eigenen Nerven und konzentrierte mich auf die Zeremonie, denn das war alles, was ich tun konnte. Es war unmöglich, mich auf irgendwas anderes zu konzentrieren.

Ein klügerer Mann hätte diese Zeit wahrscheinlich genutzt, um die Frauen genauer zu betrachten und zu versuchen, die Frau auszusuchen, die er am attraktivsten fand, die bei der er einen Funken spürte, denn in den nächsten 109 Tagen würde von ihm erwartet werden, sexuell weiter mit ihr zu gehen, als er es jemals vorher getan hatte. Ich sollte die Hübscheste aussuchen, aber Fakt war, dass sie alle wirklich umwerfend waren. Erneut versuchte ich, mich auf meine Aufgabe zu konzentrieren... die Schritte zu befolgen, die im Buch erklärt wurden. So, wie alles andere in meinem Leben, würde ich auch diese Zeremonie perfekt meistern.

Und dann erreichte ich die Schönheit in Blau.

Sie war die erste Frau, die Blickkontakt mit mir aufnahm, als ich meine Hand ausstreckte, um ihre Perlenkette zu berühren. Ich war ihr zum ersten Mal nah genug, um die goldenen Punkte in ihren grünen Augen zu sehen. Das Gold in ihren Pupillen passte perfekt zu den Highlights in ihren blonden Haaren. Ihr Schöpfer hatte ihre Schönheit perfekt dargestellt.

Lange Wimpern umringten ihren Augen, was dazu führte, dass der strenge Blick, den sie mir schenkte, deutlich weicher erschien, aber mir war klar, dass sie mich genauso bewertete, wie ich sie.

Sie blinzelte nicht einmal... so als wolle sie mich herausfordern.

Eine stille Unterhaltung forderte mich dazu auf, mehr zu tun, als nur über ihre Kette zu streichen und einfach weiter zu gehen, wie ich es bei all den anderen Mädchen vor ihr getan hatte.

Ich war der, der den Blickkontakt unterbrach, weil ich auf die Perlen, die auf ihrer seidigen Haut lagen, blickte. Ich hob die Kette an und legte eine der Perlen an ihre glänzende Unterlippe. Ich weiß nicht, was ich erwartete, aber die Handlung erschien mir genauso natürlich, wie das Atmen.

Die Schönheit in Blau öffnete ihre Lippen leicht, ihr Blick ruhte immer noch auf meinen Augen. Sie bewegte sich nicht, wich nicht zurück, leistete keinen Widerstand.

Ich drückte die Perle ein bisschen weiter. Die Handlung zwischen uns war so subtil und so intim, dass ich mir sicher war, dass die Ältesten keine Ahnung hatten, was hier vor sich ging.

Es war unser kleines Geheimnis.

Eine geheime Handlung, die in dieser Welt aus Nacht-und-Nebel-Aktionen nur uns alleine gehörte.

Ihre Zunge kam zum Vorschein, glitt über die Perle und ein sanfter Atemzug folgte.

Beruhigte sie meine Gedanken und versuchte sie, sie fortzublasen?

Ich ließ die Perle im Kreis um ihre Zunge gleiten und ließ sie an ihrer gesamten Lippe die weiche Oberfläche spüren. All das dauerte nicht lange, aber es war lange genug, damit ich es wusste.

Ich wollte die Schönheit in Blau.

Ich musste die Reihe nicht weiter entlang gehen und mir die anderen Schönheiten ansehen. Ich entfernte die Perle aus ihrem Mund und zog fest daran.

Die Kette riss. Das war so geplant, denn der Orden des Silbernen Geistes wollte beweisen, wie einfach es für sie war, großzügig zu sein und all das wieder zu nehmen. Alles, was man zu besitzen glaubte, konnte man so leicht verlieren.

Hunderte von Perlen waren im Laufe der Jahre in die Ritzen des weißen Ballsaals gerollt. Als Jungen war es eine unserer Lieblingsbeschäftigungen gewesen in den weißen Ballsaal zu schleichen, wenn unsere Väter Gespräche führten oder sich mit ihren Geliebten trafen. Wir suchten nach den Perlen und warfen sie dann aufeinander, so als wäre es die Version von Paintball für reiche Jungen. Wenn einen eine solche kleine, weiße Perle traf, tat das unglaublich weh, aber wir liebten das Spiel trotzdem.

Das einzige Geräusch im Raum kam von den Perlen, die über den farblosen Boden rollten und ich ersetzte die weiße Kette, die um ihren Nacken gehangen hatte, mit einer schwarzen. Unsere Blicke trafen sich als ich das Band um ihren Hals legte und eng festband. Ich ließ mir einen Moment Zeit, während ich den Satin zuzog, fester als es für eine Warnung notwendig gewesen wäre.

Das hier war ihre Möglichkeit. Sie könnte gehen. Sie könnte den Kopf schütteln. Sie könnte mir ein Zeichen geben, dass sie das hier nicht wollte. Ich hätte ihr diesen Wunsch erfüllt, wenn ich nur das kleinste Anzeichen von Angst in ihr gesehen hätte. Ich hätte mir eine Schönheit gesucht, die gewillter war, diese Aufgabe zu erfüllen.

Ihr Ausdruck allerdings änderte sich nicht. Ihre Augen verrieten nichts.

Sie hatte mich genauso ausgesucht, wie ich sie.

Während ich das Band um ihren Hals knotete, hörte ich: „Montgomery Kingston, haben Sie ihre Schönheit für das Aufnahmeritual ausgewählt?"

Ich trat einen Schritt zurück von der Schönheit in Blau und nickte.

„Ich habe gewählt."

8

GRACE

ZEHN MINUTEN zuvor

BLEIB RUHIG, *cool und gefasst,* wies ich mich selbst an, während sie uns in den weißen Ballsaal führten und ich einen ersten Blick auf die von silbernen Umhängen verdeckten Mitglieder des Ordens des Silbernen Geistes erhaschte.

Mein Herz schlug viel zu schnell und ich schickte ein schnelles Gebet gen Himmel, in dem ich hoffte, dass man es mir nicht ansah. *Ruhig, cool und verdammt nochmal gefasst.* Ich würde nicht zulassen, dass diese Männer mich einschüchterten.

Zumindest hatte ich mir das selbst geschworen, nach dem Mrs. Hawthornes Helfer endlich fertig damit gewesen waren, mich möglichst perfekt herzurichten.

Als ich schließlich endlich einen Blick in den Spiegel

hatte werfen können, während Mrs. Hawthorne die Perlenkette um meinen Nacken legte und schloss, stellte ich fest, dass ich aussah, wie ich selbst. Aber irgendwie war es, als würde ich mit einem dauerhaften Instagram-Filter durch die Gegend marschieren. Meine Haut war makellos. Meine Augen hatten noch nie so groß und strahlend ausgesehen.

Ich hatte gedacht, dass die Perlen einfach nur noch das i-Tüpfelchen wären. Als ich schließlich die anderen Schönheiten, die mit mir um die Gunst der „Gentlemen" buhlen würden traf, hatte ich den Eindruck, dass wir alle einfach mehr oder weniger Gebäck waren. Wunder-schöne Cupcakes. Wir alle waren in Schichten aus seidener Verzierung gehüllt, die hauptsächlich da war, um schön auszusehen. Aber all das war nur eine Illusion. Tatsächlich waren wir da, um verzehrt und genossen zu werden.

Es war ein weiterer Test.

Ich hatte keine Ahnung, wie viele von uns heute Abend auserwählt werden würden, aber einige von uns würden ohne etwas in den Händen nach Hause gehen. Wie viele? Auch das wusste ich nicht.

Was wusste ich eigentlich?

Wenn ich das hier machen würde, dann nur mit dem richtigen Mann.

Sie führten uns vor, immer wieder im Kreis und das furchterregende Klopfen der Gehstöcke gegen den Boden war das einzige Geräusch. Es fühlte sich ein wenig an, wie ein Schönheitswettbewerb. Als wären wir in der Zeit gereist und erlebten jetzt ein uraltes Ritual, welches sehr, sehr ursprünglich war.

Sei bedacht, Grace. Ich musste nur die Wahl meines Mannes gut überdenken. Sie dachten, dass sie uns auswählten, aber das hier war verdammt nochmal auch meine Entscheidung.

Ich könnte das tun, was sie von mir verlangten. Zumindest hoffte ich das. Aber nur mit dem richtigen Mann. Ich würde ihm vertrauen können müssen. Ansonsten glaubte ich nicht, dass ich drei Monate, in denen ich misshandelt werden würde, ohne langfristigen Schaden überstehen könnte. Welche Frau könnte das schon?

Ich wollte die Zukunft, auf die ich einen Blick erhascht hatte, als ich in den Rekorder sprach. Meinen Traum laut auszusprechen hatte dazu geführt, dass ich ihn noch dringender verwirklichen wollte.

Aber ich war nicht so selbstbewusst, als dass ich so hätte tun können, als könne man mich nicht brechen.

Ja, ich könnte das hier überstehen, aber nur, wenn ich den richtigen Mann auswählte.

Mein Blick fiel auf einen der Männer, der in der Gruppe der jungen Männer stand.

Ich schloss ihn augenblicklich aus. Er war zu schön. Atemberaubend attraktiv, tatsächlich. Und okay, ja, ich habe ihn zuerst angestarrt. Aber ernsthaft, wie häufig begegnete man schon im wahren Leben solchen Männern?

Seine blau-grauen Augen waren so hell, dass sie fast durchsichtig erschienen, wenn das Licht sie in einem bestimmten Winkel traf. Er hatte leicht zerzauste, blonde Haare, aber dichte, dunkle Augenbrauen, die dafür sorgen, dass seine atemberaubenden Augen im Schatten lagen. All die anderen Männer waren ein wenig mehr auf ihr Aussehen bedacht und hatten zurückgekämmte Haare, aber seine waren stylisch und durcheinander. War das ein Zeichen für Rebellion oder war er so reich, dass er selbst in der obersten Elite noch das Recht beanspruchte, aus der Reihe zu tanzen?

Zweifelsohne musste er ein Arsch sein. Niemand, der reich genug war, hier zu sein und auch noch so gut aussah, konnte ein guter Typ sein. Er hatte niemals einen Grund gehabt, ein guter Typ zu sein. Er hat wahrscheinlich in seinem Leben immer einfach alles bekommen und wie konnte ein Mann Mitgefühl erlangen, wenn er sich überhaupt niemals nach etwas gesehnt hatte?

Ich ließ meinen Blick über die anderen Gesichter gleiten. Es waren hauptsächlich weiße Kerle, aber ein paar hatten tatsächlich ein wenig Melanin. Meiner ersten Einschätzung nach trugen nur die jungen Männer Smokings, währen der Rest der älteren Männer uns unter ihren silbernen Kapuzen hervor beobachteten. Wie viele Männer würden heute Abend aufgenommen werden? Ich hatte keine Ahnung und niemand hatte uns Details über die „Auswahlzeremonie" erklärt.

Es würde mehr als eine sein müssen, wenn man bedachte, wie viele Frauen heute Abend präsentiert wurden.

Einige der Männer schauten mich an, als würden sie mich bereits ausziehen. Einige andere sahen gelangweilt aus.

Ich versuchte mich auf einen der anderen Männer zu konzentrieren. Es gab einen, der etwas schüchtern aussah und ein wenig hinter den anderen stand. Er war nicht besonders attraktiv, aber auch nicht hässlich. Unscheinbar. Mit unscheinbar kam ich klar.

Aber immer wieder fiel mein Blick auf den blonden Adonis. Aus irgendeinem Grund hatte ich das Gefühl, als hätte er die meiste Macht. Es war, als wüsste er, dass er der erste war, der wählen durfte, genau wie früher in der

Schule, schätzte ich... und dann verriet die Art und Weise, wie er stand, einiges. Er hatte eine gewisse *Präsenz*.

Dann allerdings spürte ich *seinen* Blick auf mir.

Ich könnte schwören, dass ich die Funken überall dort spürte, wo sein Blick mich traf. Das war eine komplett unangemessene Reaktion für die Situation, in der ich mich befand. Was zur Hölle war falsch bei mir? Das hier war eine Art Geschäft. Das hier war nicht der Ort für... für...

„Montgomery Kingston, Sie müssen nun Ihre Schönheit wählen."

Der ältere Herr in dem silbernen Umhang sprach die Worte und trotzdem hatte ich nur Augen für das, was aufgrund dieser Worte geschah.

Oh, mein Gott! Es konnte nicht sein und trotzdem war es so. Er war es! Der Mann, den Mrs. Hawthorne ihren Jungen genannt hatte. Selbst sein Name war prunkvoll: Montgomery Kingston.

Es war ein Name, der aussagte, dass sie *alten Wohlstand hatten und man vor ihnen auf die Knie gehen sollte.*

Nein, ich könnte Montgomery Kingston niemals erlauben, der zu sein.

Dann allerdings begann Montgomery damit, vor jede der Frauen zu treten und die identischen Perlen ihrer Ketten zu liebkosen.

Und ich musste mich wirklich zusammenreißen, um dort stehen zu bleiben, wo ich war und nicht loszustürmen und die anderen Schlampen seinem Griff zu entreißen.

Als er die Perlen der Schönheit neben mir erreicht hatte, stand ich nahe genug, um ihren Laut der Freude zu vernehmen.

Sie wollte ihn. Sie war eine hübsche Brünette. Ein

Model aus einem Katalog, nicht umwerfend. Ihre Brüste allerdings fielen quasi aus ihrem Kleid und bisher war mir noch kein Mann begegnet, der nicht in erster Linie an einem guten Vorbau interessiert war.

Ich sah trotzdem zu. Vielleicht sogar mit bösem Blick.

Nimm nicht sie. Nimm nicht sie. Komm zu mir.

Moment, wo kam das her? Hatte ich nicht entschieden, dass er nicht der Mann war, den ich wollte? Aber dann, nach kurzem Zögern, ging er weiter, genau wie bei den anderen Mädchen vor ihr, ließ Montgomery die Perlen los und richtete seinen Blick auf mich.

Es war zu viel. Ich konnte seinem Blick nicht standhalten.

Scheiße. Was jetzt? Würde er mich genauso schnell abservieren, wie die anderen vorher? War das das, was ich wollte?

Ich versuchte über Montgomerys Schulter den schüchternen, unscheinbaren Mann zu sehen, aber Montgomery stand jetzt direkt vor mir und als ich aufblickte war er alles, was ich sehen konnte. Oder, genauer gesagt... alles, was ich tun konnte, war seine Lippen anzustarren.

Er war so viel größer als ich, dass seine Lippen für mich auf Augenhöhe waren. Sie war dick und voll und von kleinen Stoppeln umgeben, was meine Beine unter meinem weiten Rock zum Zittern brachte.

Falsche Reaktion. Falsche Reaktion! *Sei bedachte, Grace!* Dieser Mann sah aus wie die Skulptur eines Engels. Aber er könnte genauso gut ein Teufel sein.

Jedoch gab es bei diesem gefährlichen Spiel keine zweite Chance.

Ich atmete tief ein und legte den Kopf in den Nacken, sodass ich Montgomery in die Augen sehen konnte. Ich hatte etwa fünf Sekunden Zeit, seine Aufmerksamkeit zu gewinnen oder ich würde ihn verlieren. Ich musste mir sein makelloses Gesicht ansehen und versuchen, den Mann dahinter zu sehen.

Aber ich hatte keine Ahnung, was ich in seinen Augen sah, denn...

Plötzlich konnte ich nicht mehr klar denken.

Ich hatte einen Plan. Ich sollte... was? Was sollte ich tun? Eine Strategie. Richtig, eine Strategie war wichtig.

Ich blinzelte, aber ich konnte den Blick nicht abwenden. Die Funken, die zwischen uns sprühten, waren zu überwältigend. Sie unterdrückten jeden Gedanken.

Und dann griff er nach meiner Perlenkette.

Ich schnappte nicht nach Luft, aber nur, weil ich nicht atmete. Er hob die Perlen an und legte eine gegen meine Unterlippe. Seine Finger, die von Schwielen bedeckt waren, glitten über mein pralles Fleisch und ich öffnete die Lippen. Ich konnte nicht anders.

Seine Augen verlangten es und ich gab es ihm.

Meine Zunge kam zwischen meinen Lippen zum Vorschein und seine Augen verdunkelten sich.

Ja. *Das*. Ich wollte mehr. Ich wollte mehr davon. Ich brauchte es.

Als er mich neckte, indem er mit der Perle an meiner Zunge spielte, atmete ich plötzlich merklich aus.

Seine Nasenlöcher weiteten sich und als er plötzlich die Hand von meinem Mund war spürte ich nichts weiter, als plötzlichen Schock, der mich fast in die Knie zwang.

W-was war das? Ich sollte so nicht reagieren. Ich sollte verführerisch sein, verlockend, aber eben so, wie eine Eisskulptur – unnahbar und kalt. Ich sollte nicht diese flüssige Lava in meinen Adern spüren.

Im nächsten Augenblick nahm ich die Umgebung plötzlich wieder wahr. Wir waren wieder in dem perfekten weißen Ballsaal. Überall um uns herum sahen uns die Leute schweigend zu. Ich war nicht die einzige, die vor Spannung den Atem angehalten hatte.

Und dann lag Montgomerys Hand wieder auf meiner Kette, nur war sie diesmal nicht sanft.

Er riss mir die Kette vom Hals. Das seidene Band, das die Kette zusammenhielt, war dünn und riss leicht. Und die Perlen – die wunderschönen, eleganten Perlen – fielen auf den Boden, wie elegante, kleine, benutze Patronenhülsen.

Ich sah Montgomery an und hatte das Gefühl, Steine im Magen zu haben.

Hatte ich den Test nicht bestanden?

War ich zu offensiv? Hätte ich nicht reagieren sollen, als er...

Dann allerdings begann Montgomery ein schwarzes Band um meinen Hals zu binden.

Ich hatte keine Ahnung, was das hieß. Mir wurde plötzlich klar, dass ich überhaupt nichts wusste, wenn es um den Orden des Silbernen Geistes ging.

Die Worte von Dr. Nichols am Nachmittag kamen mir wieder in den Sinn: *Versuchen Sie nicht sich auszumalen, was passieren wird. Machen Sie einfach mit. Hier gibt es keine Scham, niemand wird sie verurteilen.*

Also erlaubte ich es mir nicht, zurückzuweichen. Keine Scham. Keine Angst. Wenn das schwarze Band hieß, dass ich fortgeschickt würde, dann war es ebenso.

Ich stand aufrecht und stolz da. Starrte Montgomery Kingston an und gab in keiner Weise nach. Die Funken sprühten noch immer zwischen uns. Ich würde keine Angst zeigen. Ich würde ihn haben oder keinen anderen. Es war eine spontane Entscheidung, aber ich wusste, dass sie richtig war. Ich war mir sicher.

Ich verdiente meinen Platz hier und ich verdiente ihm zu gehören. Er hätte Glück, wenn er mich hätte. Zeitgleich wartete ich darauf, dass auch ihm das klar werden würde.

Ich konnte den Augenblick erkennen, in dem das der Fall war. Sein musternder Blick wurde ein wenig sanfter, so als wäre ihm ein Stein von den Schultern gefallen.

Und dann sagte er die Worte, die unser beider Schicksal besiegeln würden: „Ich habe gewählt."

Seine Worte durchfluteten mich mit einem Hochgefühl, das mächtiger war, als alles, was ich jemals zuvor gefühlt hatte. Gefolgt von einer guten Portion Angst.

Jetzt war es an der Zeit herauszufinden, wo zur Hölle wir beide da reingerutscht waren.

9

Montgomery

Ich kannte nicht einmal ihren Namen.

Ich war im Begriff eine Frau kurz nach unserem „Kennenlernen" zu ficken und ich wusste nichts über dieses Mädchen, außer dass sie wunderschön war und eine beeindruckende Haltung hatte.

Wir gingen nebeneinander, folgten den Ältesten, die uns in unser Schlafzimmer bringen würden. Ich versuchte mich daran zu erinnern, ob es irgendwelche Regeln bezüglich des Sprechens vor dem Sex mit unserer Auserwählten gab.

Ich entschloss mich, das Risiko einzugehen und flüsterte: „Wie heißt du?" Ich ging davon aus, dass ich zurechtgewiesen werden würde, falls die Ältesten mich gehört hatten und das hier nicht erlaubt war.

„Grace", entgegnete sie leise.

„Montgomery", erwiderte ich, auch wenn ich mir ziemlich sicher war, dass sie das wusste. Es erschien trotzdem als wäre das das höflichste, was ich tun konnte.

One-Night-Stands und ungebundene Treffen waren nicht wirklich nach meinem Geschmack. Ich mochte es lieber, wenn die die Frauen, mit denen ich schlief, tatsächlich ein bisschen kannte und gewöhnlicher Weise wollte ich immer und immer wieder auf den Geschmack kommen. Aber der heutige Abend würde kein One-Night-Stand mit dieser Frau sein, auch wenn es sich so anfühlte – der Orden würde sicherstellen, dass es das nicht war.

Kalt. Emotionslos. Eine wirkliche Verbindung oder Verlangen, das über den Sex selbst hinausging, fehlten.

Ich wollte nicht, dass das hier passierte. Auch, wenn ich das Gefühl hatte, dass das nur eine der Sachen sein würde, von denen ich nicht wollte, dass sie passierten.

Als wir den großen Raum im ersten Stock betraten, erkannte ich ihn auf der Stelle. Die Wahrheit war, dass ich in jedem Raum von Oleander schon einmal gewesen war. Ich hatte dort Fangen oder Verstecken gespielt, als ich noch ein Junge gewesen war. Es war merkwürdig, dass ich den Raum jetzt als Mann, der die Aufnahme begann, betreten würde.

Dieser Raum war einer der größten und hatte sogar seinen eigenen Kamin. Das große Himmelbett nahm allerdings einen großen Teil des Raumes ein. Trotzdem kam es genug Platz, einen kleinen Sitzbereich mit einer Couch und zwei Sesseln, die vor dem handgeschnitzten Kamin standen.

Das große Fenster, das von langen, fließenden Gardinen umrahmt wurde, erlaubte den Blick auf den Pool und den Rosengarten auf dem großen Grundstück. Bunte Teppich und Holzmöbel in warmen Tönen, sowie seltene Bücher in einem gezimmerten Bücherregal und antike Schätze aus der Zeit des Bürgerkrieges rundeten den Raum ab.

Mein liebstes Stück im Raum war allerdings stets die Tagesdecke auf dem Bett gewesen, die einfach nur zu dem Orden des Silbernen Geistes passte. Sie hatte eine warme, silberne Farbe, die perfekt zu dem Umhängen der Mitglieder passte, mit goldenen Stickereien, die vor langer Zeit von einer Näherin gefertigt worden waren. Ein Gerücht besagte, dass der Faden, mit dem gestickt worden war, aus dem Mittelalter von gewonnen Schlachten stammte. Ich hatte mir niemals ausgemalt, jemals auch nur unter der Decke zu schlafen, geschweige denn hier Sex zu haben.

Seit wir den Ballsaal verlassen hatten, hatte ich Grace nicht mehr als einen kurzen Seitenblick aus dem Augenwinkel schenken können. Wir standen nebeneinander, während die Ältesten sich am Ende des Bettes aufstellten und ich wusste, dass das arme Mädchen eine Höllenangst haben musste. Wie könnte sie das nicht? Aber ich wollte mich selbst davon überzeugen und erlaubte mir einen schnellen Blick in ihr Gesicht.

Wenn sie Angst hatte, versteckte sie es gut.

Stoische Schönheit.

Ich wusste, was ich zu erwarten hatte, weil der Orden dieses Ritual ganz genau im Handbuch der Gesellschaft beschrieben hatte. Ich kannte jeden Schritt, der vonstattengehen würde und ich war mir nicht sicher, ob es Segen oder Fluch war, dass Grace nicht die leiseste Ahnung hatte, was auf sie zukam.

Der erste Schlag mit dem Gehstock bedeutete, dass es für uns an der Zeit war, den Akt zu vollziehen.

Silberne Umhänge, hervorstehende Augen und kranke Lust starrten warten auf das leere Bett...

Wir würden keine Privatsphäre bekommen.

Das Unvermeidbare noch weiter hinauszuzögern

würde uns beide nur quälen, also ergriff ich Graces Schultern und drehte sie um, sodass sie mir gegenüberstand. Ich würde ihr noch eine letzte Chance geben, mir zu zeigen, dass sie das hier nicht wollte. Wenn sie mir zeigen würde, dass ihr das hier Schmerzen bereitete, würde ich sie persönlich aus der Manor herausgeleiten. Das hier war ihre Chance, ihr Safeword zu benutzen, zu weinen, wieder zu Sinnen zu kommen und irgendetwas anderes zu tun, als diesen Wahnsinn mitzumachen.

Aber die stoische Schönheit war alles, was sie mir zeigte.

Ich hatte keine Wahl, als weiter zu machen.

Erster Schritt: Die Schönheit ausziehen.

Heute Abend hatte nichts mit der Kunst der Verführung zu tun. Es langsam anzugehen würde auch keinem von uns helfen, denn die Reihe der Männer beobachtete jede unserer Bewegungen.

Ich ergriff ihr blaues Ballkleid und begann damit, sie auszuziehen, so als wäre ich ein Roboter. Ich wollte mich nicht damit befassen, wie ich es machte, ich sah es eher als Pflicht. Es war nur ein Schritt. Der erste Schritt. Sie auszuziehen, damit wir das hier hinter uns bringen konnten und die Ältesten uns in Ruhe ließen.

Die Stille im Raum trieb mich fast in den Wahnsinn und ich musste das hier noch schneller machen. Grace stand einfach nur da, die Arme an ihren Seiten. Es war offensichtlich, dass sie keinen Widerstand leisten würde, aber sie war auch nicht im Begriff, mir zu helfen und das konnte ich ihr nun wirklich nicht zum Vorwurf machen.

Als das Kleid zu ihren Füßen lag, konnte ich nicht anders, als die Frau in ihrer Unterwäsche, die vor mir stand, zu bewundern. Ich würde lügen, wenn ich sagen würde, dass mein Körper nicht auf den Anblick reagierte.

Ich würde auch lügen, wenn ich verheimlichen würde, dass ich dankbar war, dass mein Schwanz hart wurde, denn ich hatte tatsächlich bereits in Erwägung gezogen, ein paar der blauen Pillen aus dem Medizinschrank meines Vaters zu stehlen, um diesen Abend zu überstehen, hatte mich allerdings nicht dazu überwinden können. Das Letzte, was ich brauchen konnte, waren Probleme mit der Performance, während ich sie rannahm – oder versuchte sie ranzunehmen – während meiner Aufnahme, unter dem strengen Blick der Ältesten. Ich hatte keine Ahnung, ob mein Körper sich weigern oder mitmachen würde.

Offensichtlich entschloss sich mein Körper allerdings trotz dieser voyeuristischen Reaktion mitzumachen, denn meine Hose formte ein kleines Zelt.

Ich hätte sie noch deutlich länger ansehen können. Ich hätte meine Lippen auf die Spitze ihrer Unterwäsche und des BHs legen und lecken können, wie ich wollte, aber dazu fehlte uns die Zeit. Vielleicht würden wir nie die Zeit haben, aber so oder so wusste ich, dass das hier definitiv nicht der richtige Moment dafür war.

Um Schritt eins abzuschließen, entledigte ich sie ihrer sexy Unterwäsche, machte einen Schritt nach hinten und atmete tief durch, um meine Nerven zu stärken. Ich konnte nun ihren gesamten Körper betrachten. Das einzige, was sie noch trug, war das schwarze Band, dass ich um ihren Hals gebunden hatte. Sie war mein Paket. Ein dunkles Geschenk. Meines.

Das hier war ein Augenblick, der nicht lange anhalten würde. Die Ältesten starrten noch immer auf das leere Bett und warteten, aber für diesen einen Augenblick war Grace nur für mich und meinen Blick da. Nur ich konnte sie ansehen, während sie vor mir stand. Freche Brüste, die meine Hände füllen würden, Kurven an genau den richtigen Stellen und eine blank rasierte Muschi, die darum flehte, Aufmerksamkeit zu bekommen.

Ihre Augen waren von dicken Wimpern umrandet und ihre Lippe zitterte. Ich konnte es sehen, fühlte es... sie kämpfte gegen ihre Scham an.

Das war für mich nicht in Ordnung. Ich musste ihr die Scham abnehmen, wenn ich es konnte.

Wenn sie nackt war, würde ich auch nackt sein.

Ich musste nicht alles ausziehen. Nirgendwo im Handbuch stand, dass ich nackt sein musste. Ich hätte einfach die Hose runterziehen und meinen Schwanz in sie rammen könnte, wie es, da war ich mir fast sicher, in der Vergangenheit viele der Anwärter getan hatten, aber das war nicht die Art Mann, die ich war.

Ich schuldete ihr etwas.

Sie verdiente besseres.

Wenn sie nackt und auf dem Präsentierteller sein würde, dann wäre mein Schicksal verdammt nochmal dasselbe.

Mal abgesehen davon, dass ein ziemlich kranker Teil von mir wollte, dass diese alten Wichser meinen blanken Hintern ansehen mussten. Ich wollte, dass sie sich unwohl fühlten – und zweifelsohne eifersüchtig sein würden – weil mein Schwanz garantiert größer war, als ihre. Ich war stolz auf meinen schlanken, trainierten und muskulösen Körper und würde ihn zu meinem Vorteil nutzen, wenn es darum ging, Spielchen mit den Männern zu spielen, die dazu gezwungen waren, mich so ficken zu sehen, wie sie es nur in ihrer Vorstellung tun konnten, wenn sie Pornos schauten und ihre schlaffen, faltigen Penisse streichelten.

Zweiter Schritt: Beug sie nach vorne und nimm sie von hinten.

Das Gute daran, sie in dieser Position zu ficken war, dass ich ihr Gesicht nicht sehen musste. Ich würde ihren Atem nicht auf meinem Mund spüren, der mich in Versuchung bringen würde, sie zu küssen, wenn ich in sie eindrang. Ich würde nicht ihren Körper in meinen Armen spüren oder sie gar halten, wobei ich mir klar war, dass das nichts war, was einer uns erwartete oder wollte.

Hier ging es nicht darum, Liebe zu machen. Das hier war Sex in seiner rohesten, verdorbensten und ursprünglichsten Form, während die anderen zusahen. Wir können sowieso ficken, wie die Tiere, da wir irgendwie auch in einem Käfig waren, umringt von unseren Wärtern.

Ich ergriff ihre Arme und führte sie zum Rand des Bettes. Sie leistete keinen Widerstand, versteifte nicht einmal. Tatsächlich war sie es, die sich nach vorne beugte und ihre Hände auf der silbernen und goldenen Bettdecke ablegte.

Dafür dankte ich Gott, denn es gab einen kurzen Augenblick, in dem ich erstarrte und meine Knie gaben fast nach, als sie es tat. Ich hätte nicht zu den Ältesten hinüberblicken sollen. Ich hätte nicht schauen sollen.

Motherfucker!

Ich hatte gewusst, dass er da sein würde. Tief in meinem Innersten hatte ich es gewusst. Natürlich würde er da sein. Er war einer der Ältesten. Aber ich wollte sein Gesicht nicht sehen, seine verurteilenden Augen, seine Lippen, die zu einem gemeinen Lächeln verzogen waren. Ich wollte ihn tatsächlich nicht sehen!

Meinen Vater.

Mein Vater würde mir dabei zusehen, wie ich diese Frau fickte.

Ekelhaft, krank, verdorben und ich hatte keine Wahl, außer schnell meine Augen zu schließen und seinen

Anblick aus meinem Gedächtnis zu verbannen. Ich durfte nicht daran denken, dass er mir zusah. Ich musste es. Ich musste es. Er würde mich nicht brechen und wenn ich es nicht schaffte diese Frau zu nehmen... würde ich bereits am ersten Abend versagen.

Nein, Vater, nein. Du wirst nicht gewinnen. Du kannst mir zusehen, solange du willst. Sieh mir dabei zu, wie ich es besser mache, als du es jemals könntest. Ich werde jeden einzelnen Schritt des Aufnahmerituals meistern und du kannst nichts daran ändern. Sieh zu, Wichser. Sieh zu.

Ihr Arsch. Ja, konzentriere dich auf ihren Hintern, denn jetzt, wo sie vorne übergebeugt auf das Bett blickte, konnte dieser meine gesamte Aufmerksamkeit erregen. Er war weiß und er rief nach mir. Ihre dünnen Schenke waren eng aneinandergepresst, aber ich wusste, dass sie mir Einlass gewähren würde, denn wir waren längst über den Punkt hinaus, an dem wir hätten umkehren können. Trotzdem wollte auch ich mehr.

Ich stellte mich hinter sie und drückte meinen harten Schwanz an ihren Arsch. Ich beugte meinen Körper über sie und brachte meine Lippen an ihr Ohr, umschloss ihren Körper und streichelte dann ihre Muschi, auf der Suche nach ihrem Kitzler.

Als ich mein Ziel fand und spürte, wie sich ihr Körper unter meinem versteife, ließ ich meinen Finger kreisen und übte ein wenig Druck aus, in der Hoffnung, dass ich irgendwie ein wenig sexuelles Verlangen in ihr hervorrufen konnte.

Meine Lippen ihrem Ohr flüsterten: „Sag ja, ich muss es hören. Sag ja."

Ich hörte sie einatmen und entschied mich meine Hand weiter bis zu ihrem Eingang gleiten zu lassen und befleckte ihn mit ihren Säften. Ich würde nicht eindringen... noch nicht.

„Sag es", verlange ich erneut. Vielleicht konnten die Ältesten mich hören. Vielleicht auch nicht. Es war mir egal.

Mein Finger hielt inne. Ich wartete. Aber ich wollte ihn so sehr in sie schieben, dass mein Schwanz vor Erwartung pochte.

„Ja", flüsterte sie schließlich. „Ja", wiederholte sie, für den Fall, dass ich sie beim ersten Mal nicht gehört hatte.

Nicht langsam, sondern mit Kraft, schob ich meinen Finger tief in sie. Stieß ihn hinein und zog ihn hinaus. Ich war stolz darauf, dass ihre Muschi bei jeder meiner Bewegungen etwas feuchter wurde. Ich weigerte mich, eine trockene Muschi zu nehmen. Sie hatte Besseres verdient. Das hatten wir beide.

Sie blieb still, aber ich stellte fest, dass ihr Atem sich änderte, als ich einen zweiten Finger in sie stieß, um sie auf meine Größe vorzubereiten. Ihr Körper erschauderte unter meinem, als ich meinen Schwanz näher an das Loch schob, auf das er wartete.

Dritter Schritt: Gehe die Verbindung ein.

Ich hatte meine Selbstkontrolle verloren und schob die Spitze meines Schwanzes an ihren Eingang. Ich ergriff ihre Hüften mit meinen Händen und stieß tief in sie. Sie war so unglaublich eng, dass ein Stöhnen meine Lippen verließ, was das Signal war, auf das die Ältesten gewartet hatten.

Sie begann wieder mit ihren Gehstöcken auf den Boden zu schlagen.

Immer und immer wieder schlugen sie und gaben somit den Rhythmus vor. Das Geräusch schien meine

Geschwindigkeit zu bestimmen, während ich die Frau unter mir nahm.

Rein und raus, immer im Rhythmus.

Sie drückte sich gegen mich und begegnete meinem Schwanz bei jedem Stoß, wodurch ich noch tiefer in sie eindrang. Meine Eier schlugen gegen ihren festen Hintern und ich machte mir Sorgen, dass es nicht sonderlich lange dauern würde.

Unsere Körper tanzten zu dem gruseligen Stakkato. Ich sah, wie sich ihre Finger in die Matratze krallten, während sie ihren Rücken durchdrückte, was ich als Zeichen der Lust deutete.

Die Gehstöcke schienen unsere Körper zu hypnotisieren und die lustvollen Blicke der Ältesten waren ein weiterer Katalysator für unsere Performance. Wir fickten für andere, aber wir fickten zeitgleich auch einander.

Ihr Stöhnen traf meines und ich belohnte unser tierisches Verlangen nach Erlösung, indem ich noch schneller und fester in sie stieß. Die Stöcke schlugen nun in meinem Rhythmus auf den Boden, perfekt synchron mit jedem meiner Stöße.

Rein und raus.

Schlag auf Schlag.

Ich war bereit zu kommen, ihr kleines, enges Loch mit meinem Samen zu füllen, aber ich war entschlossen, sie erst zum Höhepunkt kommen zu lassen. Ihre Vagina molk meinen Schwanz und ich wusste, dass sie kurz davor war.

Erneut glitt meine Hand um sie herum. Ich legte meinen Finger auf ihren Kitzler und zwang sie dazu, zu kommen. Es brauchte nicht mehr als eine leichte Berührung und ihr Stöhnen wurde zu einem Schreien, während ihr gesamter Körper unter mir erschauderte.

Das war alles, was ich brauchte, um in ihr zu explodieren, wobei meine eigenen Ausrufe von dem Schlagen der Stöcke gedämpft wurde.

Ich konnte nichts anderes hören als das wilde Schlagen der Gehstöcke der Ältesten, das fast wahnsinnig wirkte. Da war keine Ordnung mehr, kein Rhythmus, sondern stattdessen umrahmte der Missklang das Finale unseres Akts.

Ich blieb wo ich war, während ich um Atem rang, genauso wie Grace. Wir warteten. Wir hörten zu. Wir waren wie versteinert miteinander verbunden, während wir darauf warteten, dass das Schlagen aufhörte.

Und dann war da Stille.

Mein Schwanz steckte noch immer in der Fremden unter mir als ich wieder zu den Ältesten hinübersah, während sie den Raum verließen. Erneut trafen meine Augen die meines Vaters, diesmal allerdings...

War ich derjenige, der böse grinste.

Mit einem letzten Schlag ihrer Stöcke verließen die Ältesten des Ordens des Silbernen Geistes das Zimmer.

10

GRACE

AM NÄCHSTEN MORGEN stellte Mrs. Hawthorne mir einfach ein volles Tablett vor mir hin, bevor sie sich an das Sideboard stellte und Montgomerys Tablett hole, um es an das andere Ende des langen Tisches zu stellen. Und ich meine einen wirklich langen Tisch. Es war fast komisch, wenn irgendjemand erwarten würde, dass Montgomery und ich uns von einem Ende zum anderen unterhalten würden.

Vielleicht war allerdings das genau das, worum es ging. Vielleicht wollte man uns nach unserem engen Zusammentreffen der letzten Nacht ein bisschen Raum gönnen. Ich schluckte und begann dann, mir Luft zuzufächern. Konnten wir nicht den Ventilator anmachen oder so? Seit ich heute morgen neben Montgomery aufgewacht war, fühlte ich mich ein wenig fiebrig.

„Hier ist dein Frühstück, Freundchen."

Ich konnte sehen, wie Mrs. Hawthornes harte Züge

sich entspannten... was ich bei ihr so gar nicht erwartet hatte... als sie das Tablett vor Montgomery abstellte. Sein Essen wurde von einer silbernen Käseglocke beschützt, meines nicht. Mrs. Hawthorne hob diese, voller Elan, hoch, klopfte Montgomery auf den Rücken und strahlte zu ihm hinab. „Alles, was du magst."

„Danke, Mrs. H", sagt er und blickte nicht von der Zeitung auf, in die er vertieft war.

So war es gewesen, seit wir gemeinsam aufgewacht waren. Nun, jedenfalls seit *ich* aufgewacht war. Als ich endlich die Augen geöffnet und mich in dem prächtigen Bett wiedergefunden hatte, war er bereits in einem Anzug mit gesteiftem Hemd gekleidet gewesen und hatte in einem der Stühle beim großen Fenstern gesessen, wo er die Zeitung gelesen hatte.

Beide unsere Handys waren für die Dauer des Aufnahmerituals konfisziert worden, also hatten wir, mal abgesehen von seinem Laptop, den er für die Arbeit brauchte, nur altmodische Informationsquellen für das, was sich außerhalb dieser Mauern abspielte.

Ich hatte das Laken um mich selbst gewickelt und hatte mich, trotz allem, was in der letzten Nacht geschehen war, geschämt. Er war... *in* mir gewesen. Ich hatte vorher schon mal Sex gehabt, aber das war *nichts* und ich meine wirklich nichts im Vergleich zu dem, was passiert war. Er war so... so mächtig und bestimmend, aber zeitgleich sanft und rücksichtsvoll. Er hätte es einfach mit ein paar schnellen Stößen hinter sich bringen und kommen können, um die Ältesten zufrieden zu stellen, aber er hat mich aufgewärmt und mitgenommen, bis ich erschauderte und unter seinen Händen zitterte, wie Espenlaub.

„Hi", traute ich mich leise zu sagen.

Ich war nicht sicher, was ich erwartet hatte, aber irgendwie war es mehr, als sein kurzes: „Zieh dich an. Wir kommen zu spät zum Frühstück, wenn du dich nicht beeilst."

Das war es. Zwei Sätze von dem Mann, der gestern meinen Körper auf die intimste Weise kennengelernt hatte.

Ich beeilte mich allerdings trotzdem. Alles hier war ein Test, oder nicht? Ich wollte nicht schon an meinem ersten Tag versagen.

Also duschte ich schnell und machte mich fertig. Als ich in mein Handtuch gehüllt aus dem Bad kam, lagen ein Kleid und frische Unterwäsche für mich auf dem Bett. Ich nahm beides und beeilte mich ins Bad zurückzukommen, um mich anzuziehen.

Als ich wieder herauskam hatte Montgomery die Zeitung gefaltet und unter seinen Arm gesteckt. Den anderen Arm hielt er mir hin. „Wollen wir?"

Es war die Geste eines wahren Gentlemans, aber seine Stimme klang irgendwie falsch. Er war merkwürdig distanziert und ich verstand nicht, wieso. Hatte ich etwas falsch gemacht? Ich konnte mir nicht vorstellen, was ich getan haben könnte.

Trotzdem entschied ich mich, einfach mitzumachen. Ich ergriff seinen Arm und er führte mich den langen Flur und die große Treppe hinab in einen Raum mit einem Tisch, der locker über drei. Meter lang war. Er setzte mich an das eine Ende und nahm dann wie selbstverständlich am anderen Platz.

Ich musste die Augen zusammenkneifen, um sein Gesicht zu erkennen, so weit voneinander entfernt saßen wir und selbst dann konnte ich ihn nur ausmachen, wenn ich den Kopf verrenkte, um an der Blumendekoration in der Mitte des Tisches vorbeizusehen. Ich muss wohl nicht erwähnen, dass er, sobald er Platz genommen hatte, wieder die Zeitung in die Hand nahm und sich diese wie ein Schild vors Gesicht hielt.

Ich konnte mir nur unsere Umgebung ansehen.

Das Esszimmer schien aus einem Katalog zukommen. Der Tisch aus dunklem Mahagoni war gewachst und poliert worden und makellos, auch wenn er fast so alt sein musste, wie das Haus. Luxuriöse Volants bedeckten die Fenster, aber die schweren Vorhänge waren an den Seiten zusammengebunden, weshalb nur die dünnen, weißen Vorhänge das Morgenlicht abhielten. Diese allerdings wehten im Wind.

Die frische Luft war ein Segen und ich versuchte so viel wie möglich davon einzuatmen. Zeitgleich vergrub ich die Zehen in dem dicken Teppich unter meinen Füßen. *Bleib ruhig und gefasst.* Die letzte Nacht war nicht so schlimm gewesen. Zugegeben, einiges, was passiert war... war überraschenderweise sogar nett gewesen. Ich wurde rot, als ich daran dachte, wie ich in Montgomerys Armen gezittert hatte, während ich gekommen war.

Montgomery tat so, als wäre es für ihn vollkommen normal, in einer solchen Umgebung zu sein. Vielleicht war es das für ihn auch. Vielleicht war das hier ein normaler Sonntagmorgen für ihn.

Mein Frühstück war normalerweise ein Pop-Tart, den ich mir schnappte, während ich im Begriff war, das Haus zu verlassen, weil ich für meine Schicht im Diner, die um sieben anfing, spät dran war. Wir hatten im Trailer nicht einmal einen Esstisch gehabt, weil wir wenig Platz hatten und sowieso immer auf dem Sofa aßen, während wir fernsahen. Ja, wir hatten wirklich Klasse.

Zehn Minuten später war Mrs. Hawthorne mit unserem Essen hereingekommen.

Ich blickte auf die halbe Grapefruit und die Eier, die in kleinen Tassen lagen, die die perfekte Form und Größe hatten, um sie aufzunehmen. Sie hatten noch ihre Schale, wie genau ich sie also essen sollte, war mir ein wahres Rätsel.

Ich sah fasziniert zu, wie Montgomery eines hochhob und einen der Löffel auswählte, der auf seiner Serviette lagen. Er klopfte auf das Ei und pellte dann gekonnt den oberen Teil ab, bevor er das gekochte Ei darin zu essen begann.

Als ich allerdings versuchte es ihm gleich zu tun, schaffte ich es nur, das Ei dazu zu bringen, ein Spinnennetzartiges Gebilde aus Rissen in der Schale zu bilden. Ich versuchte es erneut und drückte dabei die gesamte Seite des Eis ein. Auf der Stelle legte ich den Löffel auf den Tisch und schob das kleine Ei von mir weg.

Grapefruit, die konnte ich essen.

Nur, dass ich Grapefruit hasste. Sie war zu sauer.

Montgomery nahm einen weiteren Löffel zur Hand und aß die Frucht elegant aus ihrer Schale.

Vielleicht sollte ich der Grapefruit eine zweite Chance geben. Vielleicht würde sie süßer sein, als ich sie in Erinnerung hatte. Tapfer schob ich meinen Löffel in die Frucht, aber scheinbar hatte ich zu viel Druck ausgeübt, denn der Saft der Frucht spritzte auf mein Kleid. Ich konnte nicht anders, als vor Überraschung aufzuschreien, was dazu führte, dass Montgomery mich endlich ansah.

„Entschuldigung", zuckte ich zusammen und hob meinen Löffel mit der Grapefruit in die Höhe. „Saftige kleine Biester, nicht wahr?"

Aufgrund der Entfernung zu ihm war ich mir nicht

sicher, aber ich dachte, ich hätte ein kleines Grinsen in seinem Mundwinkel gesehen. Einen Augenblick später vertiefte er sich wieder in seine Zeitung. Ich verdrehte die Augen und schob die Grapefruit in meinen Mund.

Nur um mich daran zu verschlucken. Mist. Mann. So, sauer. Ich schaffte es irgendwie, den Bissen zu schlucken, aber ich musste dabei das Gesicht verziehen, weil die Frucht so sauer gewesen war.

Sofort griff ich nach dem nächsten Getränk, dass ich fassen konnte und trank in der Hoffnung, den Geschmack zu überdecken. Leider war der Becher, nach dem ich gegriffen hatte, allerdings mit Orangensaft gefüllt. Als der Saft meine Zunge berührte machte er die Säure nur noch dominanter.

Oh Gott, hatten sie den Orangensaft mit Grapefruitsaft gemischt? Wer waren diese sadistischen Bastarde?

Ich schaffte es kaum den Saft nicht auszuspucken, aber das Husten konnte ich nicht unterdrücken, besonders nicht, nachdem ich geschluckt hatte. Ein wenig war in die falsche Röhre gelangt, weshalb ich noch mehr husten musste.

Und dann war Montgomery plötzlich da und seine Hand schlug fest auf meinen Rücken. „Geht es dir gut? Versuche zu atmen."

Ich wusste, dass mein Gesicht knallrot wurde, während ich nach Luft schnappte. Oh ja, in diesem Augenblick war ich war das absolute Abbild der Eleganz. Ich Idiotin.

Tränen sammelten sich in meinen Augen während ich meinen Stuhl vom Tisch zurückschob und in die Knie ging, weil ich nach Luft schnappte. Das führte allerdings nur dazu, dass ich noch mehr husten musste. Montgomery rieb mir weiter über den Rücken und dann ließ er, wie magisch, ein Glas Wasser mit Eis erscheinen. Ich griff danach und nahm einen Schluck von dem kühlen Wasser, hustete noch einmal und schaffte es dann endlich, durchzuatmen.

„Danke", brachte ich schließlich mit kratziger Stimme hervor, während ich durch feuchte Wimpern zu Montgomery hinaufblickte. Oh Gott, ich musste schrecklich aussehen. Wenn dieses Frühstück ein weiterer Test war, dann hatte ich ihn eindeutig vermasselt.

„Gern geschehen. Hier." Er reichte mir eine weiße Stoffserviette und ich wischte mir durch das Gesicht, was sich verzog, als ich die Mascara auf dem steifen, weißen Leinenstoff sah. Ich wischte mir unter den Augen entlang, um die Folgen einigermaßen einzudämmen.

„Ich schätze, dieses ganze elegante Ladyzeugs liegt mir nicht sonderlich, was?" Mein Lächeln war dünn als ich wieder zu ihm hinaufblickte.

Er verzog kurz das Gesicht. „Ach, du machst das alles gut."

Er zog sich ein wenig zurück und es wirkte, als sei er im Begriff an sein Ende des Tisches zurückzukehren, aber ich streckte die Hand aus und ergriff sein Handgelenk. „Warte", flüsterte ich. „Geh nicht."

Mein Begehren schien ihn zu überraschen.

„Ich meine, können wir ein wenig miteinander reden? Ich bin nicht wirklich sicher, was jetzt passiert. Was als nächstes passieren wird, meine ich. Wird es immer sein, wie in der letzten Nacht? Sie alle... werden sie uns so zusehen?"

Ich konnte keinen Blickkontakt mit ihm halten, während mir alles, was in der vorherigen Nacht passiert war, sich vor meinem geistigen Auge wiederholte. Mein

Blick war auf den Tisch gefallen, aber ich hatte sein Handgelenk nicht losgelassen. Im nächsten Augenblick allerdings löste er sich aus meinem Griff.

„Nein. Es wird anders sein."

Überrascht sah ich zu ihm hinauf. „Was meinst du?"

Er seufzte und ließ eine Hand durch seine Haare gleiten. „Ich dachte, sie hätten dir mehr erzählt, um dich vorzubereiten."

„Nein, das haben sie nicht."

Er biss die Zähne zusammen während er aus dem Fenster blickte. „Ja, das verstehe ich langsam."

Ich erwiderte nichts und wartete darauf, dass er mehr sagte.

Nach der kurzen Stille tat er das, aber er blickte weiter aus dem Fenster, anstatt mich anzusehen. „Es wird anders sein. Wir werden Einladungen für unterschiedliche Veranstaltungen bekommen. Wir werden immer wieder gebeten werden..." Kurz glitt sein Blick in meine Richtung, aber nur kurz. „... *aufzutreten*. So wie letzte Nacht."

Auftreten. Ein Sexauftritt.

Ich blinzelte und starrte auf den Tisch.

„Was ist mein Safeword?" Darüber hatten wir letzte Nacht nicht gesprochen. Wir hatten wirklich keine Zeit dazu gehabt. Montgomery schien überrascht über meine Frage. „Es ist, was immer du wählst."

„Perlenkette."

Er lachte laut und ich fühlte, wie sich Wärme in meiner Brust ausbreitete.

Ein Geräusch hinter uns führte dazu, dass ich über meine Schulter blickte. Hinter der Tür waren Schritte zu hören. Montgomery bewegte sich neben mir und ich wusste, dass auch er den Blick in diese Richtung gelenkt hatte.

Es war eine der Frauen von letzter Nacht. Eine weitere mögliche Schönheit. Und offensichtlich hatte sie eine lange Nacht hinter sich, die nun dazu führte, dass sie barfuß, mit zerzausten Haaren und noch immer im Ballkleid gekleidet über den Flur ging. Neben ihr war ein dünner, großer Mann mit kurzem grauem Haar.

Er blickte in unsere Richtung und lächelte. Das Lächeln allerdings war nicht an mich gerichtet. Er lächelte Montgomery an und ich konnte spüren, wie dieser sich neben mir versteifte.

„Vater", brachte Montgomery hervor.

Das Mädchen blickte in unsere Richtung und ihr Mund öffnete sich, bevor sie die letzten paar Stufen der Treppe heruntereilte. Montgomerys Vater allerdings joggte die letzten Schritte, packte sie am Ellenbogen und küsste sie leidenschaftlich, wobei seine Hand um sie herum glitt und ihr auf den Hintern schlug, bis sie kreischte und lachte.

Als er endlich von dem Mädchen abließ, starrte er Montgomery an und kniff dem Mädchen noch einmal in die Brust, bevor er sie entließ.

Ich dachte er würde vielleicht zu uns herüberkommen, aber er grinste nur und folgte dem Mädchen hinaus.

Ich mochte den Mann nicht. Montgomerys Vater. Ich blickte zu Montgomery hinauf und sah, dass er wieder die Zähne zusammenbiss, hatte allerdings keine Ahnung, was er dachte.

„Ich verstehe das nicht", sagte ich leise, nachdem die Eingangstür hinter den beiden zugefallen war. „Das Mädchen. Ich dachte, nur die Anwärter könnten uns aussuchen."

„Manchmal glauben die Mädchen, die nicht ausgesucht werden, dass es ihnen ebenfalls ein Ticket in ein besseres Leben ermöglichen würde, wenn sie mit den Ältesten schlafen."

„Tut es das?"

Montgomery sah mich wütend an. „Nur wenn du glaubst, dass das Leben einer Gelegenheitshure, die ab und an ein diamantenbesetztes Armband oder anderes Zeugs bekommt, ein Leben ist, das du dir wünschst."

Seine Worte waren vehement und voller Wut und vielleicht sogar Hass. Ich konnte ihn nicht verstehen. Hasste er mich? Dachte er, ich sei eine Hure? Wenn man die Tatsachen betrachtete, schlief auch ich für Geld mit ihm.

„Wieso hast du mich ausgewählt?" Die Worte hatten meine Lippen verlassen, bevor ich überhaupt darüber nachgedacht hatte.

Ich hätte das nicht fragen sollen, dass bedeutete Montgomerys Gesicht mir auf der Stelle, denn es verhärtete sich. Seine Gesichtszüge wurden noch ernster, als er sich zu mir umdrehte.

„Vergiss all das romantische Zeugs auf der Stelle. Wir beide wollen etwas und das Aufnahmeritual wird uns dabei helfen, es zu bekommen. Wir sind hier, um einander zu benutzen, um im Leben voran zu kommen. Nichts weiter."

Seine Worte fühlten sich an, wie ein Schlag ins Gesicht.

„Wer sagt, dass ich irgendwelche romantischen Vorstellungen hatte?" Die Wut, die für die gegenwärtige Situation viel zu stark war, ergriff mich und ich konnte mir nicht erklären, warum.

Ich war allerdings noch nie gut darin gewesen, den Mund zu halten. „Du glaubst, dass alle Frauen im Umkreis von 50 Meilen dir zu Füßen liegen, wie Mrs. Hawthorne, nur weil du reich bist und ganz nett aussiehst? Pfff", ich setzte mich aufrechter auf meinen Stuhl. „Ich dachte nur, wir könnten freundlich miteinander umgehen, weil wir das hier zusammenmachen."

„Wir machen das nicht zusammen. Wir sind hier alleine. Ich bekomme, was ich will. Du bekommst, was du willst. Ende der Geschichte."

„In Ordnung." Ich hob das Kinn ein wenig höher. „Dann erklär mir die Regeln, damit ich dich nicht verärgere, mein Herr."

Seine Augen verengten sich zu Schlitzen. „Du bewegst dich nie ohne mich an deiner Seite durch diese Villa. Du achtest darauf, was du sagst. Du musst verstehen, dass du die nächsten drei Monate in einer Welt verbringen wirst, in der die Männer sprechen und die Frauen ihren Mund halten. Es ist mir egal, ob du es magst oder nicht. Niemand zwingt dich, hier zu sein. Also benutzte entweder dein Safeword und verliere alles oder tue das, was dir gesagt wird."

„Denn du möchtest mich wie ein Sexspielzeug benutzen, genau wie dein Vater gerade diese Frau?"

Nun, das machte ihn wirklich wütend.

„Niemals. Ich bin nicht wie mein Vater." Die Worte kamen durch zusammengebissene Zähne und er kam mir so nah, dass sein Gesicht nur wenige Zentimeter von meinem entfernt war.

„Wieso machst du all das hier, wenn du es so sehr hasst?", fragte ich. Es schien, als würde ich ihn tatsächlich nicht verstehen. „Wieso bist du hier?"

„Ich bin hier, weil das hier eben ist, wie es funktioniert. Ich bin hier, um das zu bekommen, was mir zusteht. Und ich denke, diese Diskussion zwischen uns ist hiermit beendet. Wir sind hier, um einen Job zu erledigen und das werden wir. Nicht mehr und nicht weniger."

Jetzt war ich an der Reihe, ihm einen bösen Blick zuzuwerfen. Nicht mehr und nicht weniger? Die Diskussion war zu Ende, weil er das entschieden hatte? Was für ein eingebildeter, arroganter, herrischer...

Eine Klingel ertönte und dann kam Mrs. Hawthorne mit einem weiteren Tablett ins Zimmer. Sie trat mit einem Lächeln auf den Lippen ein, dann allerdings sah sie Montgomery und mich in einer Stellung, die eindeutig auf einen Konflikt hinwies. Sofort verdunkelte sich ihr Ausdruck und ihr böser Blick war direkt auf mich gerichtet.

„Stören Sie direkt an Ihrem ersten Morgen den Frieden?", fuhr sie mich an.

Ich warf die Hände in die Luft. „Ich habe gar nichts getan!"

„Alles ist in Ordnung, Mrs. H. Ist der zweite Gang bereit?"

Ihre Züge wurden weicher. „Ja. Und ihr Vater hat mich auch angewiesen, Ihnen die Einladung für den heutigen Abend zu überbringen."

Montgomery nahm Mrs. Hawthorne das Tablett ab. „Danke, Mrs. H. Den Rest schaffe ich alleine."

Mrs. Hawthorne wirbelte um ihn herum. „Nein, das ist nicht deine Aufgabe. Ich bin hier, um mich um dich zu kümmern."

Montgomery schenkte ihr ein Lächeln und brachte wieder die Sanftheit, die ich manchmal in ihm sah, zum Vorschein. Was seine an mich gerichtete Kälte nur noch frustrierender und verwirrender machte. „Sie haben sich seit Jahren um mich gekümmert. Warum machen Sie nicht heute morgen frei?"

„Ich habe in all den Jahren, die ich hier arbeite, noch nie einen Morgen frei gemacht!", sagte Mrs. Hawthorne entrüstet mit plötzlich dickem, irischem Akzent, so als würde sie der Vorschlag komplett aus der Fassung bringen.

Aber Montgomery war bereits damit beschäftigt, den dicken, cremefarbenen Umschlag mit der Einladung, den er vom Tablett genommen hatte zu untersuchen, nachdem er dieses auf dem langen Tisch abgestellt hatte.

Er reichte mir eine zweite Einladung. „Ich bringe dich zurück auf das Zimmer. Ich habe einiges, um das ich mich heute kümmern muss. Du kannst dort zu Ende essen und dich auf heute Abend vorbereiten."

Ich zögerte nur kurz, bevor ich die Einladung nahm und las dann schnell, um herauszufinden, was der Abend für mich bereithielt.

Am Ende der Anleitung fand ich eine Anweisung: *Sie werden Ihrem Master den ganzen Abend zu Füßen liegen, so wie ein gehorsames Haustier.*

11

Montgomery

Ich fragte mich, was schlimmer war: Die Veranstaltungen oder auf diese zu warten. Sich in unserer kleinen Gefängniszelle die Zeit zu vertreiben war nicht gerade einfach. Das Ticken der Uhr, die auf dem Nachttisch stand und auf jede vergangene Sekunde hinwies brachte mich dazu, sie gegen die Wand werfen zu wollen.

Grace schien mit allem recht gut klarzukommen und verbrachte den Großteil des Tages zusammengerollt in einem der Sessel und las ein Buch.

Ich vertiefte mich in meinen Laptop und versuchte, die nötige Arbeit zu erledigen. Ich war froh, dass ich mich entschlossen hatte, selbst nachzusehen, denn mein Vater übernahm bereits das Ruder und versuchte Deals und Projekte, die mir unterstanden, an sich zu reißen.

Ich musste mein Revier markieren und sicherstellen, dass die Angestellten wussten, dass ich nun zwar für 109 Tage nicht im Büro erscheinen würde, aber mich dennoch drum kümmerte. Und da es nur noch eine Frage der Zeit war, bis die gesamte Firma an mich übergehen würde, wären sie klug, wenn sie nicht zu weit gehen oder meinem Vater erlauben würden, die Kontrolle zu übernehmen. Das hier wäre eine gute Zeit, um herauszufinden, wem ich, wenn all das hier vorbei war, tatsächlich vertrauen konnte und wem nicht.

Ein Tablett mit Wurst und Käse wurde uns zum Mittagessen gebracht und da das Bad an unser Zimmer angrenzte, hatten wir bisher tatsächlich keinen Grund gehabt, dieses zu verlassen. Wahrscheinlich waren wir beide froh gewesen, ein bisschen Ruhe zu haben, um unsere Gedanken zu ordnen und uns mental auf das, was der Abend bringen würde, vorzubereiten.

Wir beide sprangen förmlich auf, als es an der Tür klopfte und Mrs. H mit zwei Schachteln in den Händen den Raum betrat.

„Ich habe Ihre Kleidung für den Abend" erklärte sie, dabei schenkte sie mir ein Lächeln und behandelte Grace als würde diese nicht existieren.

„Danke, Mrs. H", sagte ich für Grace und mich, weil ich davon ausging, dass Grace still bleiben würde.

Mrs. H warf einen schnellen Blick auf Grace und lenkte dann ihre Aufmerksamkeit wieder auf mich. „Viel Glück heute Abend." Daraufhin verließ sie ohne ein weiteres Wort den Raum.

„Ich weiß nicht, wieso diese Frau mich hasst", verkündete Grace, während sie das Buch schloss und es auf den Tisch neben sich legte.

„So ist Mrs. H. einfach. Es dauerte eine Weile, bis sie sich für Fremde erwärmt. Du musst bedenken, dass sie mich schon mein ganzes Leben lang kennt."

Grace stand auf und ging hinüber zu den Schachteln, die Mrs. H auf das Bett gestellt hatte. „Ich frage mich, was für ein teures Kleid und welche Juwelen sie für den heutigen Abend ausgesucht haben."

Ich musste gegen das Bedürfnis zu lachen ankämpfen und unterdrückte auch mein Lächeln. Ich hatte das Gefühl, dass Grace vollkommen ausrasten würde und ich konnte nicht anders als die kommende Überraschung als lustig zu empfinden... auf eine sehr dunkle und verstörende Weise.

Scheinbar war es mir nicht so gut gelungen, meine Erheiterung zu verstecken, wie ich gehofft hatte.

„Was?", fragte sie. „Was ist so lustig?"

Ich schüttelte einfach nur den Kopf und wartete darauf, dass sie ihre Schachtel öffnete. Ich wusste nicht genau, was darin auf sie wartete, aber ich hatte eine ziemlich gute Vorstellung.

Als sie die Kiste öffnete, weiteten sich ihre Augen und ihr: „Was zur Hölle?", brachte mich dazu, in Gelächter auszubrechen.

Sie zog ein schwarzes Halsband und eine goldene Leine heraus. Ihr Mund stand offen und ihre Finger hielten die Gegenstände, als würden sie brennen.

Sie sah mich geschockt und voller Horror an. „Ist das irgendwie ein Witz?"

Ich lachte weiter und schüttelte den Kopf.

„Wieso lachst du?", rief sie. „Sie können nicht wirklich erwarten, dass ich das anziehe? Und wo ist die echte Kleidung?" Sie warf einen weiteren Blick in die Schachtel, so als würde sie erwarten, etwas übersehen zu haben. „Sie wollen das ich nackt gehe? Das ist doch ein Witz!"

Ich lachte so sehr, dass mein Bauch wehtat. Ich war ein kruder Bastard, aber ihre Reaktion war einmalig und ich hatte einen wirklich verschrobenen Sinn für Humor.

Sie warf das Halsband und die Leine auf das Bett und

öffnete meine Schachtel. „Und was musst du heute Abend anziehen?" Als sie einen schwarzen Smoking, eine Fliege und polierte schwarze Schuhe herauszog, verdrehte sie die Augen. „Ich kann das alles nicht glauben. Du darfst dich schick anziehen und ich muss ein...ein was? Hund? Ein nackter Hund sein?"

„Du hast doch nicht etwa erwartet, dass das hier einfach werden würde, oder?", fragte ich schließlich, als ich mein Lachen unter Kontrolle bekommen hatte. „Und es ist nicht so, als wärest du vor dem Orden noch nie nackt gewesen."

„Aber nicht beim Essen? Soll ich einfach mein trockenes Hühnchen essen und mit zu vielen Gabeln kämpfen und so versuchen als wäre ich eine Lady mit guten Manieren, während alle meinen nackten Hintern sehen können?"

„Wenn es das ist, was sie für den Abend geplant haben, dann ja."

Sie hob das Halsband und die Leine erneut hoch. „Was ist, wenn ich mich weigere?"

Mein Gesicht verfinsterte sich. „Du kennst die Antwort auf diese Frage."

Sie schnaubte: „Ich kann nicht glauben, dass ich das überhaupt in Erwägung ziehe."

„Es könnte schlimmer sein", warf ich ein.

„Wie?"

„Die Leine hätte aus deinem Hintern kommen können, anstatt um deinen Hals gelegt zu werden."

Ihre grünen Augen schienen fast aus ihrem Kopf zu quellen. „Ihr seid alle kranke Schweine, wisst ihr das?"

Ich fing wieder an zu lachen: „Schuldig. Und meine Liebe, du hast noch gar nichts von all dem gesehen."

Ohne ein weiteres Wort nahm Grace ihre Leine und

ihr Halsband und stürmte ins Bad. Ich wusste, dass sie den Abend durchziehen würde... tatsächlich war ich ziemlich überzeugt davon, dass sie das ganze Aufnahmeritual durchziehen würde. Ich konnte sehen, dass sie eine entschlossene Frau war, die es sich nicht erlauben würde, zu versagen oder den „kranken Schweinen" zeigen würde, dass sie an sie herankamen und dafür musste ich sie nur noch mehr bewundern.

Ich zog schnell meinen Smoking an, während ich darauf wartete, dass Grace aus dem Badezimmer kam. Für eine Frau, die quasi nichts anzuziehen hatte, brauchte sie unglaublich lange.

Ich ging hinüber zur verschlossenen Tür und klopfte: „Grace? Ist alles in Ordnung?"

„Ja", kam ihre Antwort durch die Tür.

„Wir müssen uns auf den Weg machen, wenn wir nicht zu spät kommen wollen. Brauchst du Hilfe?"

„Ja", hörte ich sie sagen, während sie die Tür einen Spalt weit öffnete. Sie stand dort nur von einem Handtuch bedeckt und ihre langen, blonden Locken fielen ihren Rücken hinab. Ihre roten Lippen sagten: „Ich kann das Halsband nicht zumachen."

Ich nahm ihr Halsband und Leine ab und verschloss es, während ich ihr Spiegelbild betrachtete. Sie war wunderschön. Niemand konnte die Tatsache bestreiten und auch wenn ich mit Sicherheit sagen konnte, dass ich bisher noch niemals das Verlangen verspürt hatte, eine Frau mit Halsband zu meinen Füßen zu haben, konnte ich plötzlich sehen, dass das interessant werden könnte, allerdings nur mit Grace.

Und diese Lippen.

Mein Schwanz zuckte bei dem Gedanken daran, dass sich diese um ihn legen und saugen und lecken würden.

Meine schmutzigen Gedanken wurden unterbrochen, als ich bemerkte, wie eng sie das Handtuch um sich geschlungen hatte. Wir würden das Zimmer nicht verlassen können, solange sie es trug, aber ich konnte auch verstehen, dass sie es niemals schaffen würde es einfach fallen zu lassen und so zu tun, als wäre es das normalste auf der Welt nackt, nur mit einem Halsband und einer Leine ausgestattet, durch die Gegend zu stolzieren.

Ich zog die Jacke meines Smokings aus und legte diese um ihre Schultern. Dann ergriff ich das Handtuch und zog es ihr vom Körper, sodass sie sich selbst nicht dazu überwinden musste.

Ich sah ihr in der Reflektion des Spiegels direkt in die Augen und sagte: „Es ist Zeit zu gehen."

Sie nickte und wickelte die Jacke fest um sich. Sie war groß und lang genug, dass sie den Großteil ihres Körpers bedeckte und auch wenn sie es ihr nicht erlauben würden, sie beim Abendessen anzulassen, wäre sie auf jeden Fall eine Hilfe für den Weg durch den Flur und die Treppe entlang, sodass sie sich noch ein wenig Würde bewahren konnte.

Als wir auf die Tür des Raums zugingen, in dem das Essen stattfinden würde, hielt ich inne nahm ihr das Jackett ab und zog es mir selbst wieder an. Ich legte meine Hand auf Graces Schulter und drückte sie fest.

„Du musst auf alle Viere gehen.", sagte ich so leise, dass nur wir beide meine Anweisung wahrnehmen konnten.

Sie leistete keinen Widerstand, sondern ging auf Hände und Knie und wartete darauf, dass ich die Führung übernehmen würde. Ihr Hintern war straff, ihr Körper bereit zur Attacke, wie der eines Pumas und ich fühlte das überwältigende Verlangen hinabzugreifen und ihre weiche Haut zu spüren.

Ich hatte weiterhin das Bedürfnis, auf ihren blanken Hintern zu schlagen, während Geilheit durch meine Adern floss.

Lecker... und auch wenn ich keinen Hunger auf das Abendessen hatte, war ich förmlich verhungert, was sie anging.

Ich würde mein Bestes geben müssen, sie nicht den ganzen Abend lang anzustarren, wenn ich mich selbst unter Kontrolle halten wollte. Eine Frau mit Halsband zu meinen Füßen zu haben war niemals eine Fantasie von mir gewesen, aber jetzt, wo ich Grace sah... war eine neue Flamme in den Schatten meines geheimsten Verlangens entzündet worden.

Mit festem Griff um die Leine öffnete ich dir Tür und betrat den Raum. Die Ältesten und Mitglieder standen überall im Raum verteilt mit Getränken in der Hand und unterhielten sich, als wäre das hier eine völlig normale Party mit Geschäftsfreunden.

Niemand hatte einen Umhang an. Sie alle waren in teuren Smokings gekleidet und präsentierten noch teurere Uhren und Manschettenknöpfe. Macht und Vermögen schienen den Raum zu dominieren.

All das würde vollkommen normal erscheinen, wenn man ein wichtiges Detail außer Acht ließ. Überall im Raum knieten Frauen an den Füßen und hatten nichts weiter an als ein Halsband und eine Leine, genau wie Grace.

Unsere Haustiere.

Zumindest wäre Grace nicht als einzige nackt, sodass alle Blicke auf sie fallen würden. Ich hoffte, dass sie das genauso empfand und hoffte, dass sie diese ganze verrückte Inszenierung irgendwie Vertrauen schenkte.

„Unser Ehrengast ist angekommen.", verkündete Mr. St. Claire. Er hob sein Glas Scotch in meine Richtung. „Gentleman, wollen wir?", dabei deutete er auf den langen Tisch, der bereits perfekt gedeckt worden war. Riesige Kerzenleuchter waren die einzige Dekoration und ließen die Szene ein wenig gotisch erscheinen, obwohl das hier eigentlich ein Raum war, der perfekt für die Schönen und Reichen war.

Namensschilder, die mit Gold beschriftet worden waren, wiesen jedem einen Platz zu, aber mir war bereits klar, dass wir am Ende des Tisches, genau gegenüber meinem Vater platznehmen würden. Eines Tages würde ich am Kopf sitzen und das musste ich mir ins Gedächtnis rufen, während ich an der Leine zog um die krabbelnde Grace in Richtung unseres Platzes leitete. Ich lief um ihret Willen langsam, denn mir war klar, dass der Marmorboden, über den ihre Hände und Knie glitten, kalt war und blaue Flecken hinterlassen würde, weshalb ich den Blick nach vorne gerichtet hielt.

Nicht all die Männer waren allerdings so rücksichtsvoll. Einige der Ältesten zogen heftig an ihren Haustieren, zogen sie fast schon hinter sich her, während sie schnellen Schrittes voraneilten. Einige der Frauen schienen genau zu wissen, was zu tun war und schafften es irgendwie Eleganz auszustrahlen. Offensichtlich war das hier nicht ihre erste Dinner Party dieser Art in der Oleander Manor.

Mein Vater, der beweisen musste, was für ein Arschloch er wirklich war, griff seinem Haustier tatsächlich in die Haare, anstatt sie an der Leine zu führen und zog sie hinüber zum Tisch, während sie das Gesicht verzog und die Zähne zusammenbiss. Ich hoffte tatsächlich das Grace sah, wie schlecht einige der anderen Haustiere behandelt wurden, nur damit sie einen Vergleich hatte.

Ja, zweifelsohne dachte sie, ich sei ein Monster. Aber ich wollte, dass sie wusste, dass ich ein deutlich wilderes Biest sein könnte.

Während ich meinen Platz einnahm und Grace sich an meinen Füßen hinkniete, was sie bei den anderen Haustieren beobachtet hatte, ließ ich die Hand hinab und über ihren Kopf gleiten. Das tat ich nicht um sie zu erniedrigen, sondern um ihr ein stilles Kompliment zu zollen, weil sie das alles bis hierhin so toll gemacht hatte. Wir waren auf derselben Seite und ich musste sie daran erinnern, dass wir das die ganze Zeit über sein mussten, wenn wir das hier überstehen wollte.

Der erste Gang wurde serviert und mein Vater sah dies als Zeichen, das Essen offiziell zu beginnen. „Lassen Sie uns unseren Hunger stillen, Gentlemen."

Er griff, wie alle anderen Männer auch, unter den Tisch. Hosen öffneten sich, einige der Mitglieder hoben ihre Hintern so weit von ihren Stühlen, dass sie ihre Hosen herunterziehen konnten, während andere einfach nur ihre Schwänze aus ihrem Kuhstall befreiten. Mein Vater blickte zu mir herüber und nickte, um mir zu bedeuten, dass ich dasselbe machen sollte.

Würden wir hier alle um diesen Tisch sitzen, während unsere Schwänze draußen hingen und essen?

Meine Frage allerdings wurde beantwortet als ich sah und hörte, wie die Knie der Haustiere sich über den Boden bewegten, als diese sich in Position brachten, um ihren Herren einen zu blasen. Die Haustiere, die noch nicht so viel Erfahrung hatten, wie Grace, zögerten zunächst, aber schließlich taten alle dasselbe.

Selbst Grace...

Ich konnte sehen wie ihre Augen über die anderen Frauen glitten, während Grace die anderen bei dieser verdorbenen Handlung beobachtete. Ich sah zu, wie sie tief durchatmete und sich über die Lippen leckte. Sie wartete nicht lange, sondern tat es den anderen gleich und kroch zwischen meine Beine.

Mit ihre großen, grünen Augen blickte sie zu mir hinauf während sie ihre roten Lippen senkte und die Spitze meines harten Schwanzes in Ankündigung für das, was kommen würde, küsste.

Einige Männer stöhnten, andere aßen ihre Muschel-suppe während ihr Schwanz gelutscht wurde, andere unterhielten sich entspannt mit ihren Sitznachbarn, so als wäre da überhaupt keine Frau unter dem Tisch, die ihnen einen Blowjob gab. Ich konnte nicht mehr tun, als Graces Haare mit beiden Händen zu ergreifen und ihr dabei zu helfen, ihn ganz in den Mund zu nehmen. Ich zwang sie dazu, mich von Anfang an komplett hineinzulassen.

Keine Spielchen. Kein langsames Heranwagen. Alles von mir.

Mit ihren dünnen Fingern ergriff sie meinen Schwanz und streichelte mich, während sie ihre Lippen eng über mich stülpte und die komplette Länge leckte. Hinauf und hinab. Sie begann einen Rhythmus aufzunehmen. Ihre Zunge malte Kreise. Ihre Faust wurde fester. Ihr Mund liebkoste mich. Und ich stöhnte ohne Scham, während ich die anderen Gäste des Abendessens ausblendete.

Es gab nur Grace und mich.

Ihren Mund. Meinen Schwanz.

So richtig, auch wenn es so falsch war.

„Unsere Haustiere brauchen ihre Milch, Gentlemen. Es ist nur fair, dass auch sie ein Prachtmahl erhalten", hörte ich meinen Vater sagen. Schnell richtete ich wieder meine volle Aufmerksamkeit auf Grace und darauf, wie perfekt sie meinen Schwanz anhimmelte und wie viel Kontrolle sie bereits über meinen Körper hatte.

Als sie ihren Mund ein klein bisschen weiter öffnete und ich das Gefühl hatte, dass sie meinen Schwanz fast verschluckte, verlor ich langsam die Kontrolle. Ich weigerte mich dieser Katze ihre Milch zugeben, wenn sie sie wollte.

Ich würde entscheiden wann. Immer ich.

Ich festigte meinen Griff in ihren Haaren und übernahm den Rhythmus, während ich ihr Gesicht nahm. Hoch und runter, schnell und hart und ich hatte die Kontrolle.

Ja, es war mir beigebracht worden, mich wie ein Gentleman zu benehmen, wenn es allerdings um den Sex ging, war ich derjenige, der stets die Macht hatte. Ich würde in ihrem Mund kommen, aber noch nicht. Ich musste den wunderschönen Anblick vor mir noch ein klein wenig länger genießen.

Das Stöhnen wurde intensiver, das tiefe Knurren, was ein Ende bedeutete, umringte mich und ich konnte immer mehr Frauen sehen, die sich zurückkneigten und den auf ihren Gesichtern verbliebenen Samen ihrer Herren von ihren Lippen wischten.

Aber ich war noch nicht so weit. Noch nicht.

Ich wusste, dass ich Grace an ihr Limit brachte. Viel mehr konnte sie nicht ertragen. Mit jedem Stoß schob ich meinen Schwanz tiefer und auch wenn ihre Augen zu Tränen begannen und ihr Mascara die perfekt geformten Wangen hinunterlief, leistete sie nicht den geringsten Widerstand.

Ihre Augen trafen meine, so als würde sie mich herausfordern, noch mehr zu tun.

Fester zu stoßen.

Ihren Mund so einzunehmen, wie ihre Vagina, weniger als 24 Stunden zuvor.

Der zweite Gang wurde serviert, obwohl ich den ersten noch nicht einmal angefasst hatte. Das war allerdings egal. Mein Hunger wurde auf deutlich bessere Weise gestillt.

Meine Grace.

Meine.

Ich konnte es nicht länger zurückhalten und als sie sich ein weiteres Mal meinem Schaftansatz genähert hatte, floss mein Samen in ihren Hals. Ich hatte ein Klingeln in den Ohren, meine Zehen hatten sich verkrampft und ich konnte mich nicht an das letzte Mal erinnern, dass ein Orgasmus so intensiv gewesen war. Grace hielt inne als sie schluckte, während mein Schwanz noch immer in ihrem Mund war und ließ ihn dann langsam herausgleiten, sah verführerisch zu mir hinauf, während sie sich über den Mund wischte und lächelte.

Sie lächelte verdammt nochmal.

Genau das war der Moment in dem mir klar wurde, dass ich die perfekte Schönheit gefunden hatte. Sie würde diesen gesamten Prozess ohne Probleme überstehen. Sie würden sie nicht brechen können.

Oh, und sie würden ihr Bestes geben.

Aber sie würden es nicht schaffen, diese Schönheit zu brechen.

12

GRACE

NACH DER SZENE bei der Dinner Party brauchten wir beide einen Augenblick, um uns zu sammeln und durchzuatmen. Alles war so schnell so intensiv geworden.

Und dann war ich nackt zu seinen Füßen und saugte ihn tief in mich. Aber zum ersten Mal erschien es mir, trotz der offiziellen Bezeichnung, nicht wie ein Job.

Es war die verrückteste Situation, in der ich mich je befunden hatte, auch wenn alle einfach nur ruhig dasaßen. Überall um uns herum aßen die Männer von dem schönen Porzellan, so als wäre nichts Außergewöhnliches geschehen und die Geräusche von Besteck auf Porzellan und aneinanderstoßenden Champagnergläsern erfüllten den Raum.

Während wir Mädchen zwischen ihren Beinen am Boden knieten...

Ich konnte Montgomerys Reaktionen durch die Anspannung in seinen Beinen spüren. Das, was ich mit ihm tat, brachte ihn an den Rand, aber er weigerte sich, zu kommen. Ich weiß nicht, wieso mich das so geil machte. Normalerweise machten Blowjobs mich eigentlich immer müde, aber die Art und Weise wie seine Hand zeitgleich sanft und dominant über meinen Kopf fuhr... sie *sprach* etwas in mir an.

Also hörte ich einfach auf, nachzudenken. Ich höre auf damit, mir selbst vorzuschreiben, wie ich auf die Situation reagieren sollte und wie nicht. Ich gab mich ihr hin. Ich gab mich ihm hin, während er mit seinen strengen und doch feurigen Augen zu mir hinabblickte.

Später allerdings, als wir uns fürs Bett fertig machen, wurde plötzlich alles, was sich beim Essen eröffnet hatte, zurückgezogen. Montgomery zog sich in sich selbst zurück und blieb dort die ganze Woche über. Auch, wenn wir uns ein Zimmer teilten, waren wir voneinander so weit entfernt, als lebten wir auf zwei unterschiedlichen Kontinenten.

Es gab nur ein großes Bett, aber Montgomery nutzte lieber Handtücher und eine Decke, um direkt neben dem Fenster ein Bett auf dem Boden zu erstellen. Dort schlief er die ganze Woche über.

Und auch wenn er mir gegenüber in Anwesenheit der anderen Männern bei dem Event eine natürlich erscheinende Dominanz gezeigt hatte, war er ruhig und reserviert, wenn wir alleine waren. Stillschweigend hielt er die Tür für mich offen, wenn er sah, dass ich ins Bad ging.

Jeden Morgen rollte er sein improvisiertes Bett wieder auf und half mir dabei, das Bett zu machen, auch wenn er nicht darin geschlafen hatte.

Den ganzen Tag über arbeitete er hingebungsvoll an seinem Laptop, der auf dem kleinen Tisch in der Ecke sein zuhause gefunden hatte, während ich meine Tage mit

Lesen verbrachte. Er schien vielbeschäftigt und wichtig und ich wollte ihm eine Millionen Fragen über sein Leben und seinen Job stellen.

Aber zwischen uns war eine Grenze gezogen worden. Ich war mir allerdings nicht wirklich sicher, wer sie gezogen hatte. Nun, vielleicht war das nicht wahr. Er hatte es getan.

Er hatte diese Grenzen gezogen, aber ich konnte nicht sagen, dass ich dafür nicht irgendwie dankbar war. Mit jedem überkandidelten Gericht, das zum Essen aufgetischt wurde, wurde mir klarer, dass ich hier keinesfalls mithalten konnte.

Montgomery war von einem anderen Schlag und genau darum ging es – er war *gezüchtet* worden, so zu sein. Das hier war eine kleine Ansammlung von Menschen, deren Blut gepflegt worden war. Durch ihre verschrobenen Ansichten, Traditionen und Rituale, die ihnen fast so heilig waren, wie die Kirche, war es über Generationen hinweg *gepflegt* worden. Vielleicht war das so, weil ihre Macht und ihr Geld sie zu Göttern in ihrem Königreich auf dieser Erde machte.

Also, ja, wahrscheinlich war es das Beste, wenn ich mich nicht zu viel mit Menschen wie Montgomery abgab. Die Aura von distanzierter Höflichkeit, die wir über die letzten sieben Tage kultiviert hatten, funktionierte für mich *einwandfrei*.

Es gab nur ein *kleines* Problem.

Immer mal wieder erwischte ich Montgomery dabei, *nicht* tief in die Arbeit vertieft zu sein. Immer mal wieder erwischte ich ihn dabei, wie er mich ansah.

Und zugegeben, vielleicht manchmal, aber nur manchmal... wenn ich ihn beim Starren ertappte, erwischte er mich ebenfalls, weil ich ihn bereits ansah.

Mann! Alles wäre so perfekt, wenn diese verdammten Funken nicht ständig zwischen uns sprühen würden.

Er teilte vielleicht nicht das Bett mit mir, aber trotzdem konnte ich nicht einschlafen, weil ich wusste, dass sein warmer, männlicher Körper nur wenige Meter entfernt von mir war.

Es war egal, wie laut die Grillen draußen zirpten, ich konnte sein Atmen stets hören. Die Art und Weise, wie es sich beruhigte, wenn er schließlich einschlief. Er schnarchte nicht, wie einige meiner Exfreunde. Es war eher ein regelmäßig lautes, aber beruhigendes Ausatmen im zehn Sekunden Takt, so als würde sich die Spannung, die er den ganzen Tag über mit sich rumtrug, endlich in einer Art explosionsartigem Atemzug entladen.

Manchmal fragte ich mich, ob ihm das Atmen leichter fallen würde, wenn ich neben ihm schliefe. Ich fragte mich, ob er jemals jemanden gehabt hatte, der ganz auf seiner Seite war, hundertprozentig ohne Agenda oder Hintergedanken. Es schien, als lebe er in einer ziemlich verworrenen, mörderischen Welt. Gab es jemanden, dem er wirklich komplett vertraute?

Und dann erinnerte ich mich selbst daran, dass mich das nichts anging.

Mein Weg und der dieses wunderschönen Mannes, der das Gewicht der Welt auf den Schultern zu tragen schien und eine unglaublich dominante Seite hatte, die sich in seinen Augen zeigte, wann immer das Verlangen ihn überkam, würden sich zweifelsohne von mir trennen und ich würde nicht zurückblicken. Es gab tausende Gründe, wieso ich mir das nicht leisten konnte.

Ich war gerade dabei, diese Überzeugung zu bestätigen, als die nächste Einladung während des Mittagessens zu uns kam. Es gab Ingwer-Apfel-Hühnchen-Salat auf einem Bett aus frischem Grün... und die Einladung, der eine weitere Schachtel folgte.

Mein Magen drehte sich um, als ich sah, wie klein die Schachtel war. Sie war nicht viel größer als die in der letzten Woche und sie war sicherlich nicht groß genug, um echte Kleidung zu beinhalten.

„Danke, Mrs. H.", sagte Montgomery zu Mrs. Hawthorne. Diese strahlte ihn an und ging dann wieder zur Tür hinaus, welche sie hinter sich schloss.

Ich sah zu Montgomery hinauf und war überrascht, als sich unsere Blicke trafen. Besonders als das Grinsen, welches ich die ganze Woche lang nicht gesehen hatte, plötzlich wieder da war und einen Mundwinkel nach oben zog.

„Bist du bereit für den Schock?", zog er mich auf.

Ich hätte wütend sein sollen, aber diese komplett andere Seite von Montgomery so überraschend zu sehen führte dazu, dass ich mich selbst albern fand. Ich nahm ihm die Schachtel ab und öffnete sie.

"Ich versteh es nicht", erklärte ich, während ich auf die drei verschiedenfarbigen Halsbänder, die darin lagen, hinabsah. Sie alle waren aus Leder gefertigt. Eines war schwarz, eines rot und eines weiß. Ich hatte keine Kleidung erwartet, obwohl ich tatsächlich zumindest gehofft hatte, dass ein wenig Unterwäsche da sein würde. Aber ich hatte keine Ahnung, wie ich das hier verstehen sollte. Sollte ich alle drei tragen, an unterschiedlichen Körperstellen, oder was?

Ich blickte zu Montgomery hinauf und drehte die Schachtel in seine Richtung, sodass er einen Blick hineinwerfen konnte.

Ich erwartete irgendeine Schlaumeier-Antwort, statt-

dessen schluckte er allerdings schwer und sein Adams-
apfel hüpfte.

„Was? Was heißt das?"

Montgomery schien von meiner Frage überrascht zu
sein und sah mir in die Augen. Dann räusperte er sich.

Er hob das schwarze Halsband aus der Kiste und
bedeutete mir, mich umzudrehen, damit er es anlegen
konnte. Das tat ich und versuchte nicht zu erschaudern
als seine kühlen Finger auf meinen warmen Nacken
trafen.

„Nun, die Einladung für heute Abend ist irgendwie
ein ‚Alle dürfen mal'."

Ich versuchte mich umzudrehen, damit ich ihm ins
Gesicht sehen konnte, seine Finger allerdings drückten sich
in meinen Nacken und er sagte bestimmt: „Bleib stehen",
allerdings war sein Tonfall sanft und ich gehorchte sofort.

Er sprach weiter, während er das Leder durch den
Verschluss schob und sicherging, dass es nicht zu eng war,
bevor er es schloss.

„Viele der Männer heute Abend werden eine weib-
liche Begleitung haben und jeder von ihnen hat die Wahl,
welches Halsband er seiner Frau gibt. Schwarz heißt, dass
sie ihrem Gentleman alleine gehört und nicht geteilt wird.
Weiß heißt, dass sie allen auf der Party zu Verfügung steht
und von jedem benutzt werden kann, der sie möchte."

Ich konnte nicht anders, als schwer schlucken,
während er mir das erklärte. Meine Stimme war schwach,
als ich fragte: „Und das rote?"

Ich starrte noch immer geradeaus und Montgomerys
Finger machten sich noch immer an meinem Nacken zu
schaffen, auch wenn er den Verschluss meines Halsbands
bereits geschlossen hatte. Meines *schwarzen* Halsbands.

„Rot heißt, dass die Frau geteilt wird, aber nur wenn ihr Herr es möchte und seine Zustimmung erteilt."

Seine Zustimmung.

Es entging mir nicht, dass die Meinung der *Frau* keine Rolle zu spielen schien.

Montgomery allerdings entging ebenfalls nicht, dass ich *nichts* auf seine Worte erwidert hatte. Er ergriff meine Schultern und drehte mich um, sodass ich ihn ansah.

„Wir zwingen keine der Frauen, hier zu sein", sagte er. „Sie alle haben die Wahl, genauso wie die Männer. Genauso, wie du dich entschlossen hast, hier zu sein. Wir sind Erwachsene und dies sind die Spiele, die die Erwachsenen, die es sich leisten können, spielen wollen."

Meine Gedanken überschlugen sich für einen Augenblick. Die Tatsache, dass er es angesprochen hatte, zeigte mir, dass ich nicht die einzige war, die gemischte Gefühle hatte, was das hier anging. Dann allerdings lächelte ich und versuchte so freundlich, wie möglich auszusehen, während ich die Augenbrauen hochzog: „Ich habe nichts gesagt."

„Oh, richtig." Er löste seinen Griff von meinen Schultern und machte einen Schritt nach hinten. „Wie auch immer. Lass uns einfach den Abend hinter uns bringen. Gut, dass du schon geduscht hast. Ich mache mich jetzt auch fertig." Er ließ die Hände durch seine Haare gleiten, so als wüsste er nicht, was er jetzt mit ihnen tun sollte und verschwand dann im Badezimmer.

Montgomery duschte lange und er brauchte noch länger, um sich fertig zu machen, weshalb ich, als er schließlich in seinem perfekten Smoking auftauchte, das Gefühl hatte, das wir bereits spät dran waren.

Mrs. H. war da gewesen, um sich um meine Haare und mein Make-Up zu kümmern, weil sie mir tatsächlich noch immer nicht vertraute, nachdem ich als ein „Desaster", wie sie es beschrieben hatte, an meinem ersten Tag hier angekommen war. Sie war allerdings trotzdem fertig gewesen, bevor Montgomery wieder aus dem Bad kam und ich konnte sie leise fluchen hören, während sie auf ihrer Armbanduhr nach der Zeit sah.

Es schien, als hätte Montgomery keine einzige Sorge, als er schließlich in das Zimmer schlenderte und mir einen Arm hinhielt. „Heute gibt's nichts zum Überwerfen", war alles, was er sagte, ohne überhaupt in meine Richtung zu blicken. „Sie erwarten, dass du mit nichts als dem Halsband am Körper erscheinst."

Ich zog den seidenen Bademantel, den ich angezogen hatte, während er im Bad gewesen war, etwas fester um meinen Körper. Dann überwand ich mich, meinen Griff zu lockern und, nachdem ich ausgeatmet hatte, schlüpfte ich aus dem Mantel und ließ ihn zu Boden fallen.

Montgomery warf mir nur einen kurzen Blick zu – und auch nur auf meine Knöchel – bevor sich seine Wangen rot färbten und dann fixierte er den Blick auf die Tür, während er mir wieder seinen Arm anbot.

„Komm. Bleib an meiner Seite. Wir sind schon spät dran, aber ich hatte keine Lust auf all den höflichen Smalltalk und den Schwachsinn. Je schneller wir da sind und wieder gehen, desto besser."

Spielte mir mein Gehirn einen Streich oder erschien er heute nervös? Ich schluckte schwer und meine Hand glitt an das dicke Lederhalsband um meinen Hals.

„Wird alles gut gehen?", fragte ich leise.

„Was?" Zum ersten Mal in den letzten Stunden sah er mir wirklich ins Gesicht. Sein strenger Gesichtsausdruck wurde immerhin ein klein wenig weicher. „Alles wird gut gehen. Bleib einfach die ganze Zeit über an meiner Seite."

Ich nickte, wie ein Wackeldackel. Das musste er mir nicht zweimal sagen.

Ich beeilte mich, an seine Seite zu kommen und ergriff seinen Arm. Der teure, weiche Stoff seines teures Smoking-Jacketts war kühl und fühlte sich unter meinen Fingern glatt ein. Bei der Berührung lief mir ein Schauer über den Rücken und zwar nicht nur, weil die Klimaanlage an diesem heißen Tag auf Hochtouren lief oder weil ich wusste, dass die Aufgabe, die vor uns lag, nicht leicht sein würde.

Nein, es war, weil ich ihn berührte. Wenn ich irgendwas aus der Vergangenheit gelernt hatte, dann, dass wir einander heute Abend noch deutlich mehr berühren würden. Nachdem ich eine Woche lang keinerlei Kontakt gehabt hatte, würde ich heute wieder ins kalte Wasser gestoßen werden.

Aber ich trug ein schwarzes Halsband. Er hatte es gewählt, sodass *er* der einzige wäre, der *mich* anfassen durfte. Es war albern, dass die Tatsache dazu führte, dass sich Wärme in meiner Brust ausbreitete.

Bevor ich länger darüber nachdenken konnte, was der Abend wohl bringen konnte, führte Montgomery uns in Richtung der Tür und dann hinaus in den Flur.

Da war ich nun, nackt, wie am Tag meiner Geburt, wenn man von dem Halsband absah und ging über den glatten, gebohnerten Boden einer der ältesten und schönsten Villen des ganzen Bundesstaats.

Ich hätte mich wohl deplatziert gefühlt, wenn nicht bereits beim Erreichen der Haupttreppe unzählige nackte, sich windende Körper in unser Blickfeld gekommen wären, die im Raum unten auf uns warteten.

Ich machte große Augen, was ich allerdings auf der

Stelle bereute, wenn man bedachte, dass viele ältere, von Falten gezeichnete Exemplare zur Schau standen.

Da war ein dicker Mann in einer Ecke auf einem mit Flügeln verzierten Stuhl, der von einer jungen Frau geritten wurde, die aussah, als würde sie für ein Rodeo trainieren. Eine andere Frau zeigte ihr Talent für Gymnastik während sie sich über zwei Männer beugte. Einer war unter ihr, einer über ihr und beide grunzten und drückten sich in ihre unterschiedlichen Löcher...

„Mach den Mund zu, Liebling", murmelte Montgomery in mein Ohr und ich konnte das Lächeln in seiner Stimme hören. „Ansonsten fängst du vielleicht eine Fliege."

Ich schloss auf der Stelle den Mund.

„Wie schön, dass ihr euch auch endlich dazu entschlossen habt, uns mit eurer Anwesenheit zu beehren", erklang eine laute Stimme von unserer Linken.

Ich blickte gerade rechtzeitig hinüber um einen Mann – denselben Mann, den ich auch an meinem ersten Morgen hier gesehen hatte, mit der Schönheit, die nicht gewählt worden war, die nach einer langen Nacht den Rückzug angetreten hatte. Montgomerys Vater.

Er trug kein Oberteil und sein – Oh, mein Gott, sein halbsteifer *Schwanz* hing einfach so heraus. Das war sicherlich praktisch, denn er hatte gerade aufgehört, mit einer Frau Sex zu haben, die noch immer über eine Ottomane gebeugt war und deren Hintern in die Luft ragte, um zu uns herüber zu kommen.

Montgomerys Kinn versteifte sich. „Vater."

Montgomerys gute Laune war verschwunden. Plötzlich war sein Gesicht vollkommen emotionslos und er fixierte seinen Blick auf die Wand, in der Nähe der Decke. Ich konnte nicht glauben, dass sein Vater einfach so vor ihm her stolzierte. Das war offensichtlich etwas, was Montgomery nicht sehen wollte.

Aber es würde sich zeigen, dass ich noch überhaupt nichts gesehen hatte.

„Ein kleines Vögelchen hat mir gezwitschert, dass du noch härter arbeitest, als sonst. Einen Deal nach dem anderen. Dass du das Office von hier leitest." Sein Vater schüttelte den Kopf und nahm ein Glas Champagner vom Tablett einer Kellnerin, die vorbeikam und zwei glitzernde regenbogenfarbene Aufkleber über ihre Nippel geklebt hatte. Ansonsten trug sie nur einen Tanga und Montgomerys Vater konnte natürlich nicht anders, als ihr in den Hintern zu kneifen, als sie sich zum Gehen abwendete.

Ich hasste es wirklich, wenn Kunden das bei mir taten. Ich würde jede Wette eingehen, dass dieses Mädchen einfach nur versuchte, Geld zu verdienen, um über die Runden zu kommen, aber diese Bastarde konnten einfach nicht davon ab, sie den ganzen Abend über zu betatschen. Wenn man bedachte, auf was für einer Party wir hier waren, würde es wahrscheinlich da nicht mal enden.

Montgomery erwiderte nichts, biss die Zähne zusammen und hielt den Blick auf die Wand gerichtet.

Sein Vater grinste ihn an und war öffentlich amüsiert davon, dass er es geschafft hatte, ihn zu ärgern. „Es schein mir, als hättest du nicht ganz verstanden, worum es bei der Aufnahme geht. Oder vielleicht hast du einfach nicht die Richtige gewählt, wenn sie es nicht einmal schafft, dich einen Augenblick lang von der Arbeit abzulenken."

Sein Vater ging näher auf mich zu und streckte seine Hand in Richtung meiner Brust. Wenige Zentimeter, bevor er mich berührte, schoss Montgomerys Hand hervor und ergriff die seines Vaters am Handgelenk. „Schau ihr Halsband an, Vater. Du kennst die Regeln."

Aber sein Vater gluckste einfach nur: „Oh, oh. Du weißt, dass alles ein Test ist. Die Ältesten sehen es nicht gerne, wenn jemand sein Spielzeug nicht teilen möchte. Und wenn du glaubst, dass ich jemandem, der sich nicht an die Spielregeln hält, die Schlüssel zu meinem Königreich überlasse... nun..."

Sein Vater machte einen Schritt nach hinten und ließ die Hand sinken. „Vielleicht bist du nicht der Sohn, zu dem ich dich erzogen habe."

Endlich blickte Montgomery seinen Vater an. Er sah ihm direkt in die Augen.

„Oh, ich bin hier, um das Spiel zu spielen. Und es gibt sicherlich Väter und Söhne, die diese besondere Art der Nähe genießen..." Diesmal bewegte sich Montgomerys Blick in eine andere Richtung und ich versuchte zu sehen, wohin er blickte.

Nicht weit von uns entfernt war eine Frau über eine Art Bank gebeugt. Ein junger Mann nahm sie von hinten, während sie einem älteren Herrn, der vor ihr stand, einen blies. Im ersten Augenblick wollte ich mich abwenden, aber das hier war die Welt, in der ich nun lebte und ich zwang mich, einen weiteren Blick zu riskieren.

Die beiden Männer, einer jung und einer alt, hatten eindeutige Züge. Sie hatten dieselbe Nase, dieselbe Haarfarbe, denselben Körperbau. Sie mussten Vater und Sohn sein. Und sie fickten zeitgleich dieselbe Frau.

Meine Augen fielen wieder auf Montgomerys Vater. War es das, was er wollte? Hatte er gehofft, dass sein Sohn das rote oder gar weiße Halsband auswählen würde, sodass ich die Frau sein würde, die zeitgleich von Vater und Sohn genommen wurde?

Ein Schauer lief meinen Rücken hinunter. Ich hatte von Anfang an gewusst, dass mein Körper auf eine Weise benutzt werden würde, die ich mir niemals vorstellen konnte, aber *das*? Das ging wirklich zu weit. Und wenn es nur die Tatsache war, dass mir dieser Mann erst zweimal begegnet war und beide Male so unangenehm gewesen war, dass ich es mir wirklich nicht vorstellen konnte. Ich konnte mir nicht recht erklären, wie Montgomery sein Sohn sein konnte.

„Das war noch nie etwas für mich", beendete Montgomery seinen Satz, fast so als wäre es eine vollkommen normale Unterhaltung.

Und dann ließ er seine Hand fallen und begann, mich zu fingern. Direkt vor seinem Vater, während sie sich weiter unterhielten.

Die Berührung ließ mich zusammenfahren, aber ich zwang mich, nicht zurückzuweichen. Mein Gesicht war zweifelsohne knallrot und ich musste mich wirklich zusammenreißen, um nicht die Arme um mich selbst zu schlingen und so wenigstens einen Teil von mir zu bedecken, als immer mehr der Anwesenden zu uns herüberschauten.

„Weißt du", erklärte Montgomery. „Ich dachte, ein Teil des Ordens zu sein hieß, dass man ein König unter Männern sei. Und heute, als König, ist es mein Wunsch, dass die gesamte Aufmerksamkeit meines Haustiers auf mich gerichtet ist. Ist das nicht so, Haustier?"

Er schnippte mich den Fingern, die die sich gerade eben noch an meiner intimsten Stelle zu schaffen gemacht hatten und deutete auf den Boden.

Und, in Gottes Namen, ich kniete mich hin.

Das hier war schließlich am Ende der Unterschied zwischen Montgomery und seinem Vater. Wenn sein

Vater so etwas versucht hätte, hätte ich ihm ins Gesicht gespuckt.

Nach unserer gemeinsamen Woche und meiner Erkenntnis, dass Montgomery eine nicht gern gesehene Entscheidung getroffen hatte, als er das schwarze Halsband wählte... Nun, da hatte sein Vater recht.

Das hier war ein Test.

Ich wusste vielleicht nicht, was für Montgomery auf dem Spiel stand, aber er war gut zu mir gewesen und ich wollte es ihm gleichtun. Ich wollte, dass er Erfolg hatte. Und ich wollte mit Sicherheit, dass er seinen Vater übertrumpfte.

Also ging ich vor ihm auf die Knie. Ich neigte mein Gesicht in Richtung des Bodens, streckte die Arme vor mir aus und tat so, als würde ich ihn anbeten. Innerlich bereitete ich mich auf das vor, was als nächstes kommen würde.

13

Montgomery

Aus Szenen wie dieser bestanden feuchte Träume.

Grace, die vor mir niederkniete, in einer Position, die meinen Schwanz zum Pulsieren brachte. Ich hatte noch nie im Leben jemanden so sehr ficken wollen. Ich hatte so sehr versucht, ein Gentleman zu sein. Ich wollte der Frau den Respekt zollen, den sie verdiente, auch wenn wir beide in diesem erniedrigenden und schmutzigen Albtraum aus Lust und Verführung gelandet waren.

Aber auch meine Selbstkontrolle war begrenzt.

Ich konnte dem Bedürfnis, mein inneres Monster zu kontrollieren, nicht mehr nachkommen.

Mein Vater hatte das Feuer entzündet, aber Grace und die Haltung, in der sie sich befand, schürten es.

Ich konnte nicht denken, mich um nichts sorgen. Nichts, außer das unzähmbare Verlangen, meinen Schwanz in ihre enge Muschi zu stoßen, dominierte meine Handlungen, als ich meine Hose öffnete, hinter sie trat und, wie das Tier, das ich in Wirklichkeit war, hinter ihr auf die Knie ging.

Ihre Muschi glänzte, ihre Schenkel öffneten sich weiter und sie drückte den Rücken durch, als sie spürte, dass ich mich ihr näherte. Sie wartete auf mich, gab sich mir hin; sie gehörte mir und sie wusste es.

Ich packte ihre Haare und zog ihren Kopf nach hinten, während ich die Spitze meines Glieds in ihr kleines, enges Loch schob. Das böse Monster in mir zog es in Erwägung, ihren Arsch zu erobern, aber das würde ich mir für eine andere Nacht aufsparen. Jetzt war ihre feuchte Muschi alles, was ich brauchte.

Mit einem mächtigen Stoß vergrub ich meinen Schwanz in ihrer Möse. Als ich bis zu den Eiern in ihr steckte, stöhnte ich laut auf und es war mir vollkommen egal, dass mein Vater noch immer an meiner Seite war. Ihm würde langweilig werden und er würde sich ein anderes Spielzeug suchen oder eben nicht... letztendlich war es mir egal.

In diesem Moment ging es um Grace. Es ging darum, sie zu erobern. Ich bewies meinem Arschloch-Vater, dass ich ein König unter Männern war und diese Frau, die meinen Penis so willig nahm, war meine Königin.

Animalistisch. Unkultiviert. Ich nahm sie, wie ein geiler Löwe. Paarte mich mit meiner Kreatur. Meiner. Ich würde niemals teilen. Würde niemals verleihen.

Meine Augen fielen auf das schwarze Halsband um ihren Nacken und mir wurde klar, dass das die einzige Farbe war, die sie jemals tragen würde. *Schwarz. Schwarz. Schwarz.* Mein Schwanz wäre der einzige, der ihre Löcher füllte. Nur meiner. Meiner.

Graces Beine zitterten und sie verlor den Halt und glitt zu Boden. Ich schlug ihr warnend auf den Hintern, fest und als sie sich nicht direkt wieder in Position brachte, schlug ich sie noch einmal, noch fester.

„Pose für mich, Schönheit", verlangte ich, während ich meinen Penis noch tiefer in sie stieß. Ich nahm sie ohne Erbarmen und gab ihr nicht einen Augenblick der Erholung zwischen meinen Stößen.

Mit neugewonnener Kraft schob sie ihren Hintern nach oben, drückte se den Rücken durch und schrie, als sie kam.

„Schrei meinen Namen", wies ich sie an. „Laut, damit alle wissen, wem du gehörst." Ich nahm sie noch schneller. „Schreie ihn. Jetzt."

„Montgomery!", entfuhr es ihr. „Montgomery!"

„Wem gehört deine Pussy?"

„Dir, Sir. Dir", entgegnete sie mit einer Bereitschaft, die ich nicht erwartet hatte, aber wertschätzte.

Aber es reichte nicht. Ich wusste, dass alle Augen auf uns ruhten. Ich wusste, dass die alten Schwänze hart waren und ebenfalls meine Schönheit erobern wollten. Ich musste mein Revier markieren. Es war, als müsste ich das, was mir gehörte, anpinkeln.

Als ich als im Begriff war, zu kommen, zog ich meinen Schwanz heraus und kam auf ihren Hintern und Rücken. Mein cremiger Samen tropfte in ihre Arschritze und verteilte sich auf ihrem Rücken, sodass alle ihn sehen konnten.

Grace bewegte sich nicht, wenn man von ihrem schnellen Atmen absah. Sie ließ meine Markierung über ihre weiche, makellose Haut gleiten. Es entging mir nicht, dass sie sich unterworfen hatte und sie würde später ihre Belohnung bekommen.

Diese Schönheit gehörte mir und nachdem wir so

öffentlich gezeigt hatten, wer ihr Meister war... würde das niemand mehr anzweifeln.

Hatte ich den heutigen Test bestanden?

Verdammt, ja das hatte ich.

Ich würde jeden herausfordern, genauso zu ficken, wie wir gerade. Wir hatten den Raum bestimmt.

König und Königin.

„Das muss... schwer für dich gewesen sein", sprach ich das Offensichtliche an, nachdem wir auf unser Zimmer zurückgekehrt waren.

Sie kam gerade aus dem Bad, wo sie die Spuren meines Höhepunkts beseitigt hatte und trug nun nichts weiter, als eines meiner T-Shirts von Harvard. Ich mochte es, sie in meiner Kleidung zu sehen. Ich hatte das überwältigende Bedürfnis, sie in den Arm zu nehmen, hielt stattdessen aber Abstand. Wahrscheinlich brauchte sie den gerade und das konnte ich ihr wirklich nicht vorwerfen.

Sie zuckte mit den Schultern, hielt den Blick allerdings gesenkt. „Wir müssen tun, was wir tun müssen."

„Wieso?", fragte ich sie. „ich hab dich noch nie gefragt, warum du hier mitmachst. Geht es nur ums Geld?"

Aus irgendeinem Grund glaubte ich nicht, dass es das war. Da war etwas in Graces Entschlossenheit, das mich glauben ließ, dass es einen deutlich schwerwiegenderen Grund gab, wieso sie sich entschlossen hatte, eine Schönheit des Ordens zu werden.

„Du warst nie arm", sagte sie, während sie mir zum ersten Mal in die Augen sah, seit sie das Badezimmer verlassen hatte. „Du hast keine Ahnung, wie es sich anfühlt, sich darum zu sorgen, ob man genug Geld für Essen hat oder ein Dach über dem Kopf oder..." Sie warf die Hände in die Luft... „Um einfach zu *leben*. Es fühlt sich immer hoffnungslos an und man kämpft jeden Tag dagegen. Man lebt jeden Tag, weil man es muss, nicht weil man es möchte."

„Ich wache morgens nicht glücklich auf." Die Verletzlichkeit in ihrer Stimme, als sie das sagte, ergriff mich und ich fragte mich, ob sie das jemals zuvor laut vor jemandem gesagt hatte. „Ich hatte am Ende des Tages nie das Gefühl, dass es ein guter Tag gewesen war. Ich bin müde. Ich bin geschafft. Ich mache einfach das, was ich tun muss, um ein Leben zu führen, was ich schon seit langer Zeit nicht mehr möchte. Und ja, ich weiß, dass man es da rausschaffen kann, wenn man hart arbeitet und den Kreis durchbricht, aber es ist nicht einfach. Und in letzter Zeit bin ich jedes Mal, wenn ich es versucht habe, wieder da gelandet, wo ich angefangen habe."

Sie atmete hörbar aus und es wirkte, als sei ihr ein Stein vom Herzen gefallen, das alles vor mir darzulegen.

„Du hast recht", entgegnete ich. „Ich habe keine Ahnung, wie sich das anfühlt."

„Verurteilst du mich dafür?"

Ich schüttelte den Kopf. „Nein, keineswegs. Ich kann dich nicht dafür verurteilen, dass du genau dasselbe machst, wie ich. Niemand weiß, welche Absichten oder Geschichten dahinterstecken, außer wir selbst."

„Aber siehst du mich als Prostituierte?", fragte sie und die Tatsache, dass dabei ihre Stimme brach, verriet mir, dass sie besorgt war.

„Nein", sagte ich und trat auf sie zu. „Glaubst du, dass ich ein Monster bin?"

Langsam schüttelte sie den Kopf, aber ihre zusammengekniffenen Augen zeigten, dass sie darüber nachdachte. „Nein. Nein, überhaupt nicht."

„Also sind wir einer Meinung. Wir tun das, was wir tun müssen, aus unseren eigenen Gründen. Du bist vielleicht arm und ich bin vielleicht reich, aber wir haben trotzdem beide Gründe, die uns dazu zwingen."

Sie nickte. „Ich war schon immer arm und musste kämpfen, aber das heißt nicht, dass ich keine Träume habe. Große, *große* Träume. Ich möchte das Märchen genauso, wie alle anderen auch."

Sie hob die Arme und deutete auf das Zimmer. „Ich möchte auch reich sein und Komfort erleben. Aber das ist mir nicht in die Wiege gelegt worden. Wenn ich ein solches Leben führen möchte, dann muss ich die schweren Entscheidungen treffen und es mir erarbeiten." Erneut verengten sich ihre Augen, so als würde ihr all das erst gerade klar werden.

„Möchte ich dieses Aufnahmeritual absolvieren? Nein, definitiv nicht. Aber die andere Frage ist: Möchte ich zurückgehen und meinen schlechten Job als Kellnerin in einem heruntergekommenen Diner in einer beschissenen Kleinstadt wieder? Möchte ich sehen, wie meine Träume mit jedem Dollar Trinkgeld weiter und weiter verschwinden? Nein."

Sie zuckte mit den Schultern und ihre Augen waren distanziert. „War heute Abend schwer? Ja. Aber ich würde es wieder tun, wenn ich müsste. Ich werde alles tun, um meine Träume zu verwirklichen. Denn so sehr ich mir wünsche, Cinderella zu sein, gibt es keinen Traumprinzen, der kommt und mich rettet. Ich muss mich selbst retten."

Sie sah das hier also nicht alles mit rosaroter Brille und hatte mich zum Traumprinzen erklärt. Gut. Aber jedes Wort, das ihren Mund verließ, machte mich nur noch neugieriger. „Was ist es, was du willst, wenn das hier vorbei ist?"

„Dasselbe wie du", beantwortete sie meine Frage. Sie streckte den Nacken, so als würde sie Verspannungen lösen. Es war eine komplett natürliche Bewegung, aber sie betonte die Zerbrechlichkeit, die Weiblichkeit ihrer Schulter und ihres Halses.

„Ich möchte ein Geschäft, das ich führen kann. Ich möchte Macht. Ich möchte Geld, das ich verdiene, wie ich es will. Ich möchte die sein, die über mein Schicksal bestimmt, anstatt irgendeinem ekelhaften Chef ausgeliefert zu sein. Ich möchte die Kontrolle über mein Leben haben und ein Erbe hinterlassen, das meins ist. Ich möchte meine Intelligenz zeigen können und dafür respektiert werden."

„Nun, den letzten Teil deines Traums hast du bereits verwirklicht", erklärte ich mit einem Lächeln. „Ich kann sehen, wie intelligent du bist und ich respektiere dich. Ich kann sehen, wie stark du bist. Ich sehe die Entschlossenheit hinter deinen grünen Augen. Aber ich kann sehen, wieso du mehr willst, als das."

Sie ging hinüber zum Kamin und stand davor, starrte in den leeren Raum, wo ein Feuer brennen würde, wenn es nicht eine so unglaublich schwüle, heiße Nacht wäre.

„Ich fühle mich schmutzig", gab sie mit leiser Stimme zu. „Ich glaube nicht einmal, dass Duschen irgendwas bringt." Sie seufzte. „Ich weiß, warum ich all das hier tue. Ich habe mich mental auf jedes einzelne Event, jede

Einladung vorbereitet, aber das ändert nichts daran, dass ich mich schmutzig fühle."

Ich wollte ihr diese Gedanken nehmen. Sie sollte sich stets rein und perfekt fühlen. Ich musste sie von den dunklen Gedanken, die drohten, sie vollkommen einzunehmen, befreien. Das brauchten wir beide.

„Warum gehen wir nicht eine Weile raus?", fragte ich sie, während ich auf sie zuging und ihr meinen Arm anbot, wie es für mir zur Angewohnheit geworden war.

„Ich weiß nicht, wie es bei dir aussieht, aber ich kann wirklich etwas frische Luft gebrauchen." Stillschweigend legte sich ihr Arm und meinen und sie folgte mir aus der Oleander Manor hinaus. Der Geruch der Magnolien, die Geräusche der Insekten und das gelegentliche Quaken der Frösche bot den perfekten Hintergrund für den makellosen Sternenhimmel.

Normalität.

Wenn auch nur für ein paar Stunden.

Als wir hinüber zum Pool gingen, sagte ich: „Es ist warm heute Nacht. Ich glaube, eine Runde im Pool ist genau das, was wir beide brauchen."

Ich musste nicht mehr sagen oder versuchen, sie zu überzeugen, denn Grace begann auf der Stelle damit, sich auszuziehen.

In dem Moment, in dem sie im Begriff war, komplett nackt in den Pool zu springen, blickte sie über die Schulter zu mir herüber. „Es ist nicht so, als wären wir nicht schon ein paar Mal voreinander nackt gewesen. Ich glaube nicht, dass wir noch schüchtern sein müssen."

Ich kicherte. „Klingt plausibel." Nun zog auch ich mich aus, während ich ihr dabei zusah, wie sie elegant in den Pool sprang und das kristallklare Wasser mit ihrem makellosen Körper durchbrach.

Ins Wasser zu springen war erfrischend, aber noch erfrischender war es, Grace dabei zuzusehen, wie sie um mich herumschwamm. Sie machte sie keine Sorgen darüber, ob ihre Haare nass wurden oder ihr Make-Up verschwamm oder die perfekte Frau und anziehend zu sein. Das war etwas, was ich bei all den Frauen, mit denen ich bisher zusammen gewesen war, stets vermisst hatte. Reizende Begleiterinnen kosteten einen ordentlichen Preis und Grace war weit davon entfernt, einfach nur ein schöner Anblick zu sein.

„Glaubst du, dass uns jemand sehen wird?", fragte sie, als sie sich das Wasser aus den Augen wischte und ihre nassen Haare nach hinten warf.

„Macht das einen Unterschied?"

„Nein, wahrscheinlich nicht", entgegnete sie mit einem verspielten Grinsen auf den Lippen. „Ich habe meine Sittsamkeit an der Tür abgegeben."

„Es ist nichts falsch daran, sich in seinem Körper und mit seiner Sexualität wohl zu fühlen", philosophierte ich und auch mir war es egal, ob mich jemand beim Nackt-schwimmen sehen würde.

„Tatsächlich... tue ich das nicht. Zumindest nicht bisher. Ich weiß, das hört sich wahrscheinlich wahnsinnig an, wenn man bedenkt, dass ich jetzt eine der Schön-heiten bin, aber ich bin nicht gerade erfahren. Ich war immer die Art Mädchen, die ihren Körper eher versteckt, als zur Schau stellt. Ich mag die Aufmerksamkeit nicht."

„Das ist schade, dass du so denkst", entgegnete ich und schwamm näher an sie heran. „Du hast einen wunderschönen Körper und du solltest ihn nicht verstecken."

„Das ist das erste ehrliche Kompliment, dass du mir gemacht hast." Sie lachte, während sie ihre Arme durchs

Wasser treiben ließ, fast so als würde sie tanzen. „Schon komisch. Alles hier ist so verdreht. Wir hatten Sex miteinander, bevor wir überhaupt miteinander gesprochen haben. Wir waren auf viele Arten intim... sind weiter gegangen, als ich wirklich jemals mit irgendwem anders gegangen bin und wir haben uns noch nicht einmal geküsst. Wir folgen nicht den klassischen Regeln der Brautwerbung, Mr. Kingston", zog sie mich auf.

„Nein, davon sind wir weit entfernt", stimmte ich ihr zu und näherte mich. Ich musste sie in meiner Nähe haben. Ihre Anziehungskraft war zu stark. „Dafür möchte ich mich entschuldigen."

„Wofür?" Sie machte große Augen.

„Dafür, dass ich dir nicht gegeben habe, was du verdienst. Ich hätte sagen sollen, was ich dachte, all die Komplimente aussprechen. Und ich hätte dich küssen sollten, bevor wir miteinander geschlafen haben."

„Ich denke nicht, dass du irgendwas falsch gemacht hast." Sie neigte den Kopf, sodass sie mich ansehen konnte. „Wenn man die Umstände bedenkt, wäre es wohl nicht angemessen gewesen, hättest du mich in jener Nacht oder zu irgendeinem anderen Zeitpunkt geküsst."

Für einen kurzen Augenblick wirkte sie plötzlich sehr distanziert. „Küssen hat mit Gefühlen zu tun. Dir liegt etwas an jemandem, den du küsst. Du solltest es mit ganzem Herzen wollen, nicht nur mit... Nun, du solltest küssen *wollen*." Ihre Wangen färbten sich wunderschön rosa.

Ich überbrückte das letzte bisschen Abstand zwischen uns. „Aber was ist, wenn ich dich küssen wollte und du das nicht möchtest?"

Sie blickte zu mir hinauf. Die Wassertropfen auf

ihrem Gesicht funkelten im Licht des Pools und im blassen Mondschein.

„Du bist wunderschön, Grace. Alles an dir erregt meine Aufmerksamkeit. Ich wünschte, ich könnte dir alles geben, was jemand wie du verdient. Ich wünschte, ich könnte dich mit dem Respekt behandeln, den ich an den Tag legen würde, wenn wir nicht in diesem Haus eingesperrt wären. Ich wünschte, dass alles anders wäre und dass ich es richtig machen könnte."

Inmitten dieser Welt, in der falsche Lächeln und Maskeraden, die nie abgelegt wurden, alles dominierten, war es überraschend erfrischend, eine einfache Wahrheit auszusprechen.

„Richtig machen?"

Ohne darüber nachzudenken ließ ich einen Finger durch ihre Haare gleiten und nickte: „Es wäre schön gewesen, mit dir auf ein Date zu gehen, dir Blumen zu schenken, dich zur Tür zu geleiten und dir einen Gute-Nacht-Kuss zu geben."

„Das wäre schön gewesen", erwiderte sie leise und ihr Atem traf auf mein Gesicht.

Unsere Blicke trafen sich und ich konnte nichts weiter als meinen Herzschlag hören.

„Darf ich dich küssen, Grace?"

Mit einem hörbaren Atemzug öffneten sich ihre Lippen und ihre Wimpern verdeckten die Sicht auf ihre Augen. „Ja", flüsterte sie.

Ich bewegte mich so langsam, wie ich konnte und legte sanft meine Lippen auf ihre. Meine Hand legte sich auf ihren Hinterkopf und ich zog sie an mich heran, um die Verbindung zu stärken.

Wärme breitete sich in mir aus, obwohl wir von dem kühlen Wasser des Pools umgeben waren. Ich wollte mehr, so viel mehr. In diesem Moment war allerdings alles, was ich von dieser Frau nehmen würde, ihr Mund.

Ein Kuss.

Ein einfacher und trotzdem bedeutender Kuss.

Im Privaten.

Unserer, für niemand anderen.

Das Aufnahmeritual würde nur noch schlimmer werden. Wir beide würden Dinge tun müssen, die wir nicht tun wollten, aber wir würden sie tun. Ich wollte nicht an die Zukunft oder den Orden des Silbernen Geistes denken.

Ich wollte mich nur auf den Kuss konzentrieren.

Ich wollte Grace von allen Blicken abschirmen. Von den versauten Gedanken und dunklen Verlangen. Das hatte sie verdient. Sie hatte meine Hingabe und meinen Respekt verdient und in genau diesem Moment, während ich ihre Zunge herausforderte, mit meiner zu tanzen, würde ich einfach diesen Kuss im Privaten genießen.

14

GRACE

DIE FOLGENDE WOCHE war anders als die vorherige gewesen war. Oberfläche betrachtet sah sie wahrscheinlich nicht viel anders aus. Montgomery schlief noch immer auf dem Boden neben dem Bett und wir sprachen noch immer nicht viel miteinander.

Aber wir aßen stets gemeinsam und wir hatten einfach... eine neue Entspanntheit zwischen uns, die zuvor nicht da gewesen war.

Er lächelte mich morgens an, wenn ich aufwachte. Er wachte immer vor mir auf. Ich wusste nicht, wie er das schaffte, da keiner von uns einen Wecker hatte, aber er war vor mir wach.

Eines Tages wachte ich auf und ertappte ihn dabei, wie er mich ansah. Er tat nicht einmal so, als hätte er das nicht getan. Er lächelte einfach und sagte: „Guten Morgen, Grace. Hast du gut geschlafen?" Komplett ruhig, cool und gefasst.

Aber das war eben Montgomery, oder nicht? Nichts schien ihn aus der Bahn zu werfen. Nun, mal abgesehen von seinem Vater vielleicht. Aber den hatte er so bestimmt auf seinen Platz verwiesen, dass ein naiver, dummer Teil von mir sich fragte, ob es überhaupt Hindernisse gab, die Montgomery nicht überwinden konnte.

Es war gefährlich so zu denken, weshalb ich mein Bestes gab, ihn zu ignorieren. Glücklicherweise hatte die Villa eine Bücherei und glücklicherweise mochte ich Krimis. Gerade las ich mich durch alle Werke von Agatha Christie und nahm zwischendurch immer mal wieder ein Buch von Daphne du Maurier zur Hand.

Auch wenn ich fest entschlossen war, mich von Montgomery fern zu halten, fand ich mich an einem Sonntag beim Mittagessen, das wir auf der Südterrasse einnahmen, weil es schön und sonnig war, dabei wieder, dass ich ihm aufgeregt die gesamte Geschichte von *Jamaica Inn* nacherzählte.

„Es ist viel, viel besser als *Rebecca*. Warum reden alle Leute nur von *Rebecca*, wo Jamaica Inn doch so viel besser ist? Da gibt es Piraten und Schiffbrüche und es ist einfach viel mehr los, als bloß ein blöder, langweiliger, alter, psychotischer Geist der Ex. Viel mehr als nur Tote! Und jeder weiß, dass es bei einem guten Thriller am Ende immer eine respektable Menge von Toten gibt!"

Montgomery lachte. „Ich kann nicht behaupten, dass ich das jemals so betrachtet hätte."

Mir allerdings stockte der Atem, einfach nur, weil ich ihn ansah.

Worüber hatten wir nochmal gesprochen? Gott, es war unfair, dass er so attraktiv sein musste. Ich biss mir auf die Unterlippe.

In der letzten Nacht hatte ich einen Sextraum von ihm gehabt. Einfach aus dem Nichts.

Er hatte mich die elegante Treppe hinabgeführt und ich hatte das schwarze Halsband umgehabt.

Aber diesmal war niemand unten gewesen, der gewartet hatte. Es waren nur wir beide gewesen.

Er war allerdings genauso grob und dominant, wie er an jenem Abend gewesen war. Hatte mich mit diesem rohen, unkontrollierten Verlangen genommen. Leidenschaftlicher, als ich jemals erwartet hatte, dass es ein Mann sein konnte.

Ich war mitten in der Nacht aufgewacht und hatte mich in den Laken verfangen und atmete schwer.

Montgomery hatte, wie immer, still am Boden neben dem Bett gelegen. Hatte ich geschrien und ihn aufgeweckt? Oder war er noch immer am Schlafen und ich war einfach nur paranoid gewesen?

Zunächst war ich mir sicher gewesen, dass ich niemals wieder einschlafen können würde, aber bevor ich wusste, was geschehen war, fielen Sonnenstrahlen durch die Fenster und er lächelte zu mir hinab und fragte mich, ob ich gut geschlafen hatte. Ich hätte schwören können, dass ich ein Glitzern in seinen Augen gesehen hatte.

„Du scheinst gerne zu lesen", stellte Montgomery fest, während er die silberne Haube wieder auf seinen Teller setzte, da er aufgegessen hatte.

Ich tat es ihm gleich und lehnte mich zurück. Ich fühlte mich vollgefressen. Niemals in meinem gesamten Leben hatte ich so viel gegessen, wie in den letzten paar Wochen.

„Das hab ich schon immer gerne getan, aber meistens habe ich zu viel zu tun. Oder andere Leute im Haus schauen lieber fern."

Als ich noch Kind gewesen war, hatte meine Mutter den ganzen Tag den Fernseher laufen lassen und der gegenwärtige Loser in ihrem Leben hatte meistens den Sportkanal angehabt oder aber Videospiele gespielt. Ich war mir nicht sicher, was schlimmer war... wahrscheinlich die Videospiele, denn das hieß, dass er den halben Tag und bis in den frühen Morgen irgendwelche Teenager über das Headset angeschrien hatte.

„Ich mag die Stille", erklärte ich leise, während ich den Blick von meinem Platz von der weißen Veranda aus über das Land um die Villa schweifen ließ. „Was ist mit dir? Woran arbeitest du? Irgendwas Interessantes?"

Bevor er antworten konnte, tauchte Mrs. Hawthorne in der Schiebetür auf. Sie neigte den Kopf in Montgomerys Richtung und stellte dann unsere beiden Teller auf ein silbernes Tablett. Bevor sie allerdings ging, legte sie jeweils eine Einladung vor uns und verschwand ohne ein Wort. Die Hingabe dieser Frau war wirklich beängstigend.

Montgomery war den ganzen Morgen über entspannt und freundlich gewesen, jetzt allerdings zogen sich seine Brauen zusammen.

„Mach schon", ermutigte ich ihn. „Mach ihn auf. Was wartet diesmal auf uns?" Mein Herz begann schneller zu schlagen, während ich ihn fragte.

Meine Worte schienen Montgomery allerdings aus seiner Trance gerissen zu haben und er riss den cremefarbenen Umschlag auf und zog die Einladung, die sich darin befand, heraus. Ich tat es ihm gleich und ließ die Augen schnell über die Worte gleiten.

Sie sah aus wie gewöhnlich. Wir sollten um sieben Uhr im Ballsaal sein. Ich konnte keine besonderen Anweisungen finden.

Montgomery allerdings sah besorgt aus.

„Gibt es etwas, worüber ich mir Sorgen machen sollte?"

Montgomerys Augen starrten in die Ferne und bewegten sich schnell, so als wäre er tief in Gedanken versunken.

„Nach meinem Auftritt beim letzten Event wird mein Vater klarstellen wollen, dass er noch immer die Autorität hat." Seine Augen trafen wieder meine. „Unterschätze ihn nicht. Er ist gefährlich."

Ich hob den Kelch aus Kristallglas an, der mein Wasser beinhaltete und nahm einen Schluck. „Aber er kann mich nicht anfassen, oder? Weil ich dir gehöre?"

Montgomerys Ausdruck wurde steif. „Verlass dich da nicht drauf. Das hier könnte schmutzig werden. Wenn ich zu sehr versuche, dich zu beschützen, wird er ganz andere Geschütze gegen uns auffahren."

Diesmal war ich die, die ihre Gedanken sammeln musste. All das hier war so verwirrend. Er sagte, er könne mich nicht beschützen, aber er sagte auch „uns", so als wären wir in all dem hier zusammen.

Aber ich hatte es selbst gesagt. Es gab keinen Traumprinzen, der kam, um mich zu retten. Montgomery versuchte einfach nur, das beste aus der Situation zu machen und wenn ich klug war, dann würde ich genauso strategisch denken, wie er.

„Richtig", sagte ich und stand auf. „Verstanden. Wir beide müssen einfach nur das tun, was wir tun müssen, um das hier zu überstehen. Ich nehme es dir nicht übel."

Also begann ich zu gehen, allerdings ergriff Montgomery mein Handgelenk. „Grace."

Ich hielt inne und wartete auf das, was er zu sagen hatte. Aber er ließ nichts weiter folgen, also riss ich mich los, ging hinüber zur Schiebetür und wartete stumm darauf, dass er mit mir gemeinsam den langen Flur zurück zu unserem Zimmer gehen würde.

Wir gingen ohne ein weiteres Wort zurück und die unangenehme Stille, die in der letzten Woche verschwunden war, trat wieder auf, nur diesmal deutlich schlimmer.

EINE SCHACHTEL, die nichts weiter enthielt, als zwei Bademäntel, wurde zu unserem Zimmer gebracht. Mein Bademantel war durchscheinend, in dunklem lila und mit einem Rand aus Seide, während Montgomerys üppig und dick und aus silbernem Satin war.

Wir duschten beide und zogen uns schweigend an.

Es fühlte sich ein bisschen so an, als wären wir im Begriff, vor das Exekutionskommando zu treten. Es war so schwer herauszufinden, wie man sich mental auf diese Dinge vorbereiten konnte, wenn man keine Ahnung hatte, was vor sich ging.

Wahrscheinlich würde es allerdings damit enden, dass Montgomery und ich Sex hatten. Auch wenn ich so nervös wegen all dem war, was auf mich zukam, begann es bei dem Gedanken daran in meinem Magen zu rumoren. Und dann wurde mir auf der Stelle schlecht, als ich daran dachte, dass sein schrecklicher Vater wahrscheinlich dabei zusehen würde.

Eines war sicher, ich könnte wirklich ebenfalls einen Bourbon vertragen, den ich die Männer immer trinken sah, nur um meine Nerven zu beruhigen. Offenbar war die Annahme allerdings, dass die Schönheiten zu zerbrechlich waren, um so etwas zu trinken oder so? Wie auch immer, bisher war mir, seit meiner Ankunft hier, noch kein Tropfen Alkohol angeboten worden.

Ich schnaubte, während ich den praktisch durchsichtigen Bademantel überzog. Ich würde jede Wette eingehen, dass sie in der Vergangenheit mit alkoholkranken Schönheiten zu tun hatten, weil dieser Scheiß hier jeden zum Trinken bringen könnte, wenn auch nur, um die Nerven zu beruhigen.

Und dann, bevor ich überhaupt wusste, was passierte und sicherlich bevor ich bereit war, nahm Montgomery meinen Arm und führte mich die verdammte Treppe hinunter.

Ich holte tief Luft und wir gingen um die Ecke und in den Ballsaal.

Zu meiner Überraschung waren diesmal allerdings nicht überall Frauen und Männer verteilt, die sich irgendwelchen Schandtaten widmeten.

Nein, stattdessen standen dort die Ältesten und andere Männer des Ordens und sahen in ihren silbernen Umhängen ziemlich feierlich aus.

Und an der Wand vor dem hellen Feuer in dem Kamin, war ein Mann, der...

„Ist das...", begann ich zu flüstern, aber Montgomery bedeutete mir mit einem Drücken am Arm, den Mund zu halten. Stattdessen führte er mich näher heran, bis mein Verdacht sich bestätigte.

Es war ein mobiles Tattoo-Studio. Zwei Stühle waren aufgestellt worden. In einem saß bereits der Tätowierer, neben ihm ein kleiner Tisch mit allem, was er brauchte: die Tätowiermaschine und ein kleiner Fingerhut aus Plastik, voll mit schwarzer Farbe.

Beunruhigt sah ich zu Montgomery hinauf. „Ich dachte, es würde keine bleibenden Schäden geben."

Er biss die Zähne zusammen, aber dann senkte er den Kopf, sodass er mir ins Ohr flüstern konnte: „Der Orden liebt es, Regeln aufzustellen und dann alle möglichen Wege zu finden, sie zu brechen. Ich könnte mir vorstellen, dass ein Tattoo nicht als bleibender *Schaden* angesehen werden würde, weil es Leute gibt, die sie sich stechen lassen, weil sie sie mögen."

Ich atmete schneller. Scheiße. Ich hatte noch nie ein Tattoo gewollt. Ich hasste Nadeln. Ich war immer der Ansicht gewesen, dass jeder, der sich eines stechen ließ, verrückt sei, weil er es freiwillig machte.

Aber es geht um deine Zukunft. Was ist eine Stunde Schmerz im Vergleich zu deiner gesamten Zukunft?

Wobei, konnte ich ihnen wirklich vertrauen, dass sie ihren Teil der Vereinbarung einhielten, wenn es ihnen so leichtfiel, irgendwelche Schlupflöcher zu finden und somit die Regeln zu umgehen?

Montgomerys Vater löste sich aus der Gruppe. „Ah, Junge, da bist du ja. Du bist als Erster dran. Setz dich."

Montgomerys Vater legte die Hände auf die Rückenlehne des Stuhles, der dem Tätowierer gegenüberstand und hatte ein breites Grinsen aufgelegt.

Montgomery ließ keine Sekunde verstreichen. Unauffällig drückte er meinen Arm und ließ ihn dann los, um selbstbewusst zum Stuhl hinüber zu gehen und sich zu setzten.

„Dein Handgelenk", erklärte der Tätowierer. Der Kerl brachte Montgomerys Arm in Position und legte die Innenseite seines Handgelenks frei und auf eine Armlehne, die mir zuvor nicht aufgefallen war.

Niemand schenkte mir Aufmerksamkeit oder schien gerade irgendwelche Erwartungen an mich zu haben, also sah ich einfach zu und biss mir auf die Unterlippe.

Der Tätowierer bereitete Montgomerys Handgelenk vor, rasierte die kurzen Haare ab, legte das Kontaktpapier auf und zog es dann wieder ab. Auf Montgomerys Haut war ein kleines, aber geschmackvolles Bild von zwei sich kreuzenden Säbeln zurückgeblieben.

Dann kam der Teil, der mir schwerfiel. Das Geräusch der Tätowiermaschine erklang und der Tätowierer begann langsam mit seiner Arbeit. Immer wieder tauchte er die Spitze seiner Nadel in die schwarze Tine, um mehr davon aufzunehmen und dann ging er wieder die Linien der Tätowierung entlang, während er immer wieder über-flüssige Tinte und Blut wegwischte, während er arbeitete.

Ich war mir nicht sicher, ob es besser war, wegzu-schauen oder hinzusehen und herauszufinden, was sie gleich von mir erwarten würden.

Am Ende allerdings dauerte es nicht annähernd so lange, wie ich erwartet hatte. Der Tätowierer beherrschte sein Handwerk. Es waren nur rund dreißig Minuten vergangen, bis er sein Kunstwerk vollendet hatte.

Er säuberte Montgomerys Handgelenk mit einem Antiseptikum und wickelte dann Frischhaltefolie und Klebeband darum.

Die Ältesten schlugen ihre Gehstöcke auf den Boden, als würden sie Applaudieren, als das Ritual sein Ende fand. Jetzt fragte ich mich, ob sie alle ebenfalls diese kleinen Säbel auf das Handgelenk tätowiert hatten. Und die ehemaligen Schönheiten? War auf ihnen dasselbe Motiv verewigt? Erwarteten sie, dass ich das jetzt auch tat?

Montgomery hatte zu keinem Zeitpunkt irgendwelche Emotionen gezeigt, weshalb ich nicht wusste, ob es wehgetan hatte oder nicht. Er stand auf und ich erwartete, dass man mir als nächstes die Anweisung erteilen würde, nach vorne zu kommen.

Der Tätowierer allerdings begann damit, seine Ausrüstung wegzupacken.

Meine Augen trafen Montgomerys und ich konnte ihm ansehen, dass er genauso überrascht war, wie ich. War das hier wirklich nur ein Test für ihn? Kam ich dieses Mal wirklich so einfach davon? Ich meine, nicht dass ich mich beschweren würde, aber...

„Jetzt ist es an der Zeit, die Schönheit zu markieren", rief Montgomerys Vater.

Ich verzog verwirrt das Gesicht.

„Wieso geht er dann?", stellte Montgomery die Frage, die mir auf der Zunge lag. Der Tätowierer würdigte uns keines Blickes, als er den Ballsaal verließ und ein paar Augenblicke später hörten wir, wie die Haustür hinter ihm zuschlug.

„Du hast doch nicht erwartet, dass es so leicht sein würde, oder?", zog Montgomerys Vater ihn auf. „Wir sind hier, um herauszufinden, woraus du gemacht bist, Sohn. Bist du wirklich in der Lage, das zu tun, was getan werden muss? Wenn ja, dann nimm das Brandeisen und markiere deine Schönheit, so wie all deine Vorfahren es gemacht haben."

Und dann deutete der Mann hinüber zum Feuer und auf ein kleines Detail, das mir bisher entgangen war.

Aus den heißen, roten Flammen stach etwas, was ich für einen Schürhaken gehalten hatte, hervor. Dann allerdings holte Montgomerys Vater es hervor und schwang es herum.

Das eine Ende war so heiß, dass es weiß glühte und sein direkter Anblick schien mir die Augen zu verbrennen. Ich schaffte es, gerade lange genug hinzusehen, um festzustellen, dass das Motiv in etwa Montgomerys brandneuem Tattoo entsprach – der Form von zwei gekreuzten Säbeln.

Nein.

Scheiße, nein.

Ohne nachzudenken, machte ich einige Schritte rückwärts.

Montgomery stellte sich vor mich, um mich vor dem Brandeisen zu schützen.

Und plötzlich war mir klar, dass das hier innerhalb von drei Sekunden komplett falsch laufen könnte.

Ich konnte es vor meinem inneren Auge sehen. Montgomery, der sich gegen seinen Vater stellte, der nein sagte und dass das krank und barbarisch sei. Dann würden wir beide rausgeworfen werden und dann?

Ich würde wieder ins Nirgendwo, irgendwo in Georgia gehen, hätte kein Geld, keine Zukunft.

Und Montgomery. Sein Vater würde gewinnen. Ich wusste nicht, was alles auf dem Spiel stand, aber ich wusste, dass Montgomery die Firma seines Vaters nicht bekommen würde, wenn er die Tests hier nicht erfolgreich bestand.

Aber das war ein verdammtes Brandeisen! Sie dachten, dass sie mich mit einem Brandmal markieren konnten. Das war nicht fair! Das war nicht etwas, dem ich zugestimmt hatte.

Ha. Naja, was gab's sonst noch Neues?

„Sie wird auch ein Tattoo bekommen", erklärte Montgomery seinem Vater entschlossen, während mir hunderte Gedanken durch den Kopf gingen. „Mehr nicht."

Montgomerys Vater ging auf ihn zu, sodass er direkt vor ihm stand. „Glaubst du wirklich, du kannst herkommen und die Regeln unserer Traditionen ändern?

Das ist genau das, was mit deiner Generation falsch ist und wieso dieses Aufnahmeritual noch wichtiger ist, als *jemals* zuvor."

Er sah zu den anderen Ältesten herüber. „Möchten wir, dass diese Jünglinge herkommen und so tun, als könnten sie es besser als wir? Besser als seit Jahrhunderten praktizierte Rituale und respektierte Traditionen? Wir müssen uns selbst schützen." Er blickte zu Montgomery herüber: „Selbst vor unserem eigenen Blut, wenn es nicht gewillt ist, als vollwertiger und ebenbürtiger Bruder an allem teilzunehmen." Zu den anderen Mitgliedern des Ordens sagte er: „Brüderschaft über allem!"

„Brüderschaft über allem", kam das Echo von den versammelten Männern.

Montgomerys Gesicht war rot vor Wut und ich konnte ihm ansehen, dass er im Begriff war, etwas zu erwidern. Das würde zu nichts führen. In diesem Moment hatte sein Vater die Masse auf seiner Seite. Er hatte auf ihre Bruderschaft verwiesen und es wäre für Montgomery förmlich unmöglich, seine Weigerung als irgendwas anderes zu verkaufen, als den Verrat der gesamten Gruppe.

„Ich werde es tun", sagte ich und machte einen Schritt nach vorne, bevor Montgomery noch etwas sagen konnte. Und bevor ich wirklich darüber nachdenken konnte, denn das war die einzige Möglichkeit, wie wir das hier schaffen konnten: Indem wir nicht nachdachten. Manchmal musste man eben auf sein Bauchgefühl hören und einfach ins kalte Wasser springen.

Montgomerys Kopf schwang in meine Richtung und ich sah den Konflikt in seinen Augen.

Oh Gott, ich war mir nicht sicher, was ich hier tat, aber ich würde es mir jetzt nicht anders überlegen. Meine Augen ruhten auf Montgomerys.

Ich konnte mir nicht vorstellen, wie es sich anfühlen würde und ich durfte es auch gar nicht versuchen.

Aber ich konnte Montgomery ansehen und die anderen Männer der Gruppe ausblenden, um das hier zu überstehen, so wie alles andere zuvor auch.

Montgomery ging auf mich zu und senkte den Kopf. „Sag Perlenkette", flüsterte er leise, aber bestimmt. „Geh. Verlass diesen Ort und denke nicht mehr daran."

Seine Augen brannten vor Wut und ich wusste, dass sie an mich gerichtet war. Er war wütend wegen mir.

Über Montogmerys Schulter hinweg konnte ich seinen Vater zufrieden lächeln sehen. Er dachte, er hätte gewonnen. Er dachte, ich würde gehen.

Aber er machte die Rechnung ohne Grace Morgan. Er hatte keine Ahnung, wie stur ich sein konnte.

Meine Augen trafen erneut Montgomerys. „Ich vertraue dir."

Dann legte ich den Bademantel ab.

Es tat schlimmer weh, als ich mir jemals hätte vorstellen können.

Montgomerys Vater hatte versucht, die Kontrolle über das Brandeisen zu haben, aber Montgomery hatte es ihm abgenommen und dafür war ich ihm dankbar. Wenn irgendjemand mir diese Verletzung zuführen musste, dann wusste ich, dass Montgomery den wenigsten Schaden anrichten würde.

Aber es bereitete trotzdem höllische Schmerzen, als das Eisen die Stelle an meiner Hüfte berührte.

Ich bin nicht stolz drauf, aber ich habe geschrien. Ich konnte nicht anders.

Montgomery riss das Brandeisen fast im selben Moment, in dem es meine Haut berührt hatte, wieder weg, aber das Geräusch der verbrennenden Haut war noch immer im ganzen Raum hörbar.

Nicht einmal das laute Schlagen der Gehstöcke, konnte meine Schreie überdecken.

Montgomery warf das Brandeisen zurück in das Feuer, wobei Funken flogen und Flammen schlugen, dann hob er mich hoch, als wäre ich ein Baby und rannte fast die Treppe hinauf.

Auf dem Nachttisch befand sich bereits eine Creme für Verbrennungen.

Ich konnte die Tränen der Erniedrigung bei dem Gedanken, dass Mrs. Hawthorne diese in voller Erwartung des heutigen Abends dort abgestellt hatte, kaum unterdrücken.

Ich hielt meine Augen geschlossen. Ich konnte Montgomery nicht ansehen. Er hatte mir soeben in einem Raum voller fremder Männer, die sich gegen uns gestellt hätten, wenn er nicht so gehandelt hätte, ein Brandmal verpasst.

Das hier war kein sicherer Ort. Ich dachte, ich könnte mit allem klarkommen, dass es das wert sein würde, aber es tat so weh und all das hier war so außer Kontrolle...

Ich konnte die Tränen nicht mehr zurückhalten und sie liefen meine Wange hinab. Das war das erste Mal seit meiner Ankunft hier, dass ich weinte.

„Scheiße", fluchte Montgomery. „Es tut mir so leid. Grace, das musst du mir glauben. Ich hatte keine Ahnung, dass sie... Es tut mir so leid."

Es war nicht seine Schuld. Ich wusste, dass es nicht seine Schuld war. Aber ich konnte die Worte, die ihn erlösen würden, einfach nicht aussprechen. Ich weinte einfach weiter.

Montgomery zog mich in seine Arme und dann, als das noch immer nicht nah genug war, nahm er mich auf seinen Schoß.

Ich weinte gegen seine Brust. Seine starken Arme legten sich um mich und zum ersten Mal an diesem Abend fühlte ich mich sicher.

Ich drückte mein Gesicht in den weichen Stoff seines Bademantels, trocknete so einen Großteil meiner Tränen und schaffte es schließlich, zu ihm hinaufzublicken. Mir war nicht klar gewesen, dass wir uns so nahe waren. Unsere Gesichter waren nur wenige Zentimeter voneinander entfernt.

Und dann war dort, wo vor wenigen Momenten nichts als Schutz und Trost gewesen war, war plötzlich... mehr.

Die Intensität des Abends, der Adrenalinrausch wegen des Schmerzes, sein Verlangen, mich davor zu bewahren, die Umstände, die uns beide hergeführt hatten...

Verzweifelt nahm ich sein Gesicht und küsste ihn.

Er war überrascht. Das wurde mir klar, als er einen Augenblick brauchte, bevor er reagierte. Aber dann reagierte er.

Sein Griff um mich wurde noch fester und sein Mund legte sich wie ein Sigel auf meinen. Es schien, als wäre ich nicht die einzige, die wegen des Abends mit unterdrückten Gefühlen zu kämpfen hatte.

Alles, was er den ganzen Abend über nicht hatte sagen können, drückte er durch den Kuss aus. Ihm taten meine Schmerzen so leid. Er mochte und wertschätzte mich.

Die Schmerzen meiner Hüfte wurden plötzlich von der Euphorie, in seinen Armen zu sein, überschattet. Ich vergrub meine Hände in seinen Haaren, ließ die Fingernägel über seine Kopfhaut gleiten. Er stöhnte und bewegte sich unter mir.

„Grace", stöhnte er leise, während er mich anders auf seinem Schoß positionierte und seine Lippen von meinen trennte, um seine Stirn gegen meine zu legen. „Ich muss die Creme auf deine Verbrennung auftragen. Ich kann mit der Vorstellung, dass du Schmerzen hast, nicht umgehen."

Ich schüttelte den Kopf und versuchte, ihn wieder zu küssen, aber er lachte einfach: „Leg dich hin."

Ich stöhnte vor Enttäuschung, ließ mich allerdings, wie von ihm verlangt, rückwärts aufs Bett fallen.

Mit sanften Fingern trug er die Creme auf die Verbrennung auf. Ich öffnete den Mund und biss dann wegen der Schmerzen die Zähne aufeinander. Einige Augenblicke später passierte allerdings etwas Wundervolles. Das Gefühl des Brennens wurde durch eine kühle, beruhigende Taubheit im gesamten Bereich des Brandmals ersetzt.

Ich atmete erleichtert auf und ließ die Hände über meinen Kopf fallen. „Können wir uns jetzt küssen?"

Montgomery schüttelte einfach nur mit großen Augen den Kopf. „Jemand wie du ist mir wirklich noch niemals begegnet."

Ich schnaubte: „Das glaube ich dir."

Aber Montgomery lachte nicht. Er sah mich mit einer dunklen Intensität in den Augen an, die ich so langsam wirklich zu gut kannte. „Tatsächlich glaube ich, dass du für heute Abend eine Belohnung verdient hast."

Und dann kroch er auf das Bett, zwischen meine Beine und begann, meine Schenkel zu massieren. Meine inneren Schenkel. Hinauf zu meiner...

Aber dann hielt er inne, bevor er irgendwas Interessantes erreichte und sah zu mir hinauf. „Sag mir, wenn ich etwas tue, was du nicht möchtest."

Ich schüttelte nur leicht den Kopf und traute mich kaum zu atmen. „Oh", schaffte ich leise hervorzubringen: „Nein, alles gut."

Er gab sich nicht die Möglichkeit, selbst noch einmal darüber nachzudenken. Er vergrub sein Gesicht an meiner intimsten Stelle und ich lernte, dass er Talente bezüglich seiner Zunge verheimlicht hatte, die ich niemals erwartet hatte.

Und der Abend, der mit dem schlimmsten Schmerz meines Lebens begonnen hatte, endete in der süßesten Ekstase.

15

Montgomery

ZEIT...

Grace musste sich fühlen, als würde das Eis, auf dem sie stand, immer dünner. Ich zumindest hatte das Gefühl. Es war genug Zeit vergangen, dass ich nicht mehr wusste, den wievielten Tag wir in diesem selbstgewählten Exil von der Gesellschaft verbrachten. Ihr Brandmal heilte gut, dank der Medizin, die Mrs. H. uns gab, um es zu behandeln. Mein Tattoo war ziemlich verheilt und den Großteil der Zeit leugneten Grace und ich, dass wir diese Markierungen für die Ewigkeit auf unseren Körpern haben würden.

Zeit...

Wenn man meine Mutter außer Acht ließ, hatte ich noch nie so viel Zeit mit einer Frau verbracht.

Und trotzdem war es egal, wie viele Stunden Grace und ich gemeinsam verbracht hatten, denn sie war noch immer eine Fremde. Das war eine bizarre Tatsache, wenn man bedachte, dass wir mehrfach miteinander Sex gehabt haben und intimer miteinander gewesen waren, als ich es jemals mit einer anderen gewesen wäre und dass wir diese verrückte Reise als Einheit absolvierten.

Wir waren Teammitglieder, spielten auf derselben Seite und trotzdem war es auf unserer Seite sehr still. Wir hatten keinen Schlachtplan, denn wir gingen blind in den Krieg.

Zeit...

Wir hatten genug Zeit miteinander verbracht, sodass wir uns in der Gegenwart des anderen und in der Situation wohl fühlten, aber trotzdem wurde jeder Tag anstrengender. Es juckte mir in den Fingern in mein Leben zurückzukehren, zu meinem Geschäft... oder besser zu dem, was bald mein Geschäft sein würde und meine Freunde und die Familie wieder zu sehen.

Ich wollte die Normalität nicht nur für mich, sondern auch für Grace. Nachdem sie markiert worden war, begann ich mir Sorgen zu machen, wie viel mehr von diesem Aufnahmeritual Grace und ich würden aushalten können.

Als Mrs. H mit weiteren Schachteln in das Zimmer kam, die uns zeigen würden, was die Nacht für uns bereithielt, stellte ich fest, dass sich etwas in der Art und Weise, wie Mrs. H sich gab, geändert hatte.

„Sie sehen müde aus", stellte ich fest als ich ihr die Schachteln abnahm. „Wann hatten Sie das letzte Mal einen Tag frei? Sie brauchen eine Pause."

Sie lächelte und tätschelte meinen Arm. „Mach dir keine Sorgen, Freundchen. Ich werde eine Pause bekommen, wenn keiner meiner Jungs mehr in der Villa ist und das durchmacht, was du durchmachst. Ich schulde es deiner Mutter, hier zu sein und mich bei all dem hier um dich zu kümmern und es gibt keinen Ort, an dem ich lieber wäre. Mein Platz ist hier auf Oleander und das wird er auch immer sein."

Zum ersten Mal seit wir das Aufnahmeritual begonnen hatten, blickte Mrs. H tatsächlich hinüber zu Grace und schenkte ihr ein seichtes Lächeln und ein Kopfnicken. Graces große Augen zeigten, dass auch sie es wahrnahm und die kleine Geste der Freundlichkeit überraschend fand.

Dann sagte Mrs. H: „Ich werde bald zurück sein, um Grace zu begleiten." Ohne ein weiteres Wort verließ sie den Raum.

„Sie begleitet mich?", fragte Grace, während sie auf die Schachteln zuging, die ich soeben auf dem Bett abgestellt hatte. „Wieso begleitest du mich nicht? Werden wir getrennt? Muss ich heute Abend etwas alleine machen?"

Ich schüttelte den Kopf und hasste es, dass sie so besorgt klang: „So funktioniert das hier nicht."

Ich öffnete die Schachteln und wusste aufgrund der Kleidung und eines Gegenstands, der auf meinem Smoking lag, auf der Stelle, was der Abend für uns bereithielt.

Ich hob die Essstäbchen hinaus und deutete damit auf den Kimono, der in Graces Box war. „Als ich noch kleiner war, habe ich tatsächlich an einigen Events des Ordens teilgenommen, wie dem von heute Abend. Ich bin mir ziemlich sicher, dass ich weiß, was uns erwartet."

Sie hielt den Kimono an ihren Körper, sah zu mir auf und erwartete eine Erklärung.

„Es heißt *Nyotaimori*. Das ist eine japanische Tradition, bei der die Frau... du... komplett nackt auf den Tisch gelegt und mit Sushi, Shumai und Sashimi bestückt wird. Die Männer im Raum essen das dann von dir herunter."

Anstatt peinlich berührt oder gar ängstlich zu sein, lachte Grace und ihre grünen Augen leuchteten vor Freude. „Ist das ein Scherz? Sie wollen mich mit rohem Fisch bedecken? Und dann werdet ihr den Fisch von meinem Körper essen?"

Ihre Reaktion brachte mich zum Lächeln. „Eines der beliebtesten Rituale hier auf Oleander. Der Orden lässt tatsächlich die Söhne vieler Mitglieder an der Partie mit dem Sushi-Mädchen als Dekoration teilnehmen. Das war das erste Mal, dass ich je eine nackte Frau gesehen habe."

Sie lachte noch einmal. „Das hier ist Wahnsinn. Ich hoffe, die Wichser bekommen E-coli oder sowas, weil sie von mir essen. Ich hoffe, dass ich es irgendwie schaffe, dass sie rennen müssen."

Mein Lächeln verwandelte sich in ein lautes Lachen. Und so sehr ich es genoss, dass sie die Stimmung aufgeheitert hatte, wollte ich ihr weiterhin Informationen an die Hand geben, die die Situation für sie einfacher machen würden.

„Sie werden dich erst im Kühlschrank vorbereiten. Deinen Körper herunterkühlen. Du wirst außerdem so still wie möglich liegen und einfach geradeaussehen müssen. Diese Männer sind wie Haie, wenn sie Blut im Wasser riechen und auch nur das kleinste Anzeichen sehen, dass du verunsichert bist oder Angst hast, dann werden sie dich direkt auf dem Tisch fertig machen. Zeige keine Gefühle. Gar keine. Verstehst du?"

Als sie nicht direkt antwortete, ergriff ich ihre Hand und drückte diese, bis sie mir in die Augen sah.

„Es ist wichtig, dass du ihnen nicht gibst, was sie wollen. Sie werden es dir im Gesicht ablesen, wenn du dich erniedrigt fühlst oder dich schämst. Sie würden dich liebend gerne zusammenzucken sehen, wenn sie Fisch von sehr intimen Stellen deines Körpers essen. Und sie *werden* dich anfassen. Das ist einfach eine Tatsache. Ich werde dich nicht beschützen können, egal wie sehr ich es will."

Sie erwiderte den Druck meiner Hand und nickte. „Ich verstehe. Und so sehr mich das hier objektiviert, bezweifle ich doch, dass es schlimmer wird, als das Brandmal. Ich schaffe das."

Sie nahm ihren Kimono und ging in Richtung Bad, dann hielt sie inne und warf mir über die Schulter ein warmes Lächeln zu, welches mein Herz dazu brachte, schneller zu schlagen. „*Wir* schaffen das."

Ich hatte Sake in dem Glas, an dem ich nippte, während ich Grace bewachte. Das kranke Arschloch in mir liebte den Anblick von ihr, ihres fast komplett entblößten Körpers, der mit farbenfrohem Sushi und Blumen verziert worden war. Sie war wunderschön und die Art und Weise, wie sie ihren Blick fest an die Decke gerichtet hatte und pflichtbewusst ihre Rolle als Sushi-Mädchen spielte, verstärkte das Gefühl nur noch mehr. Die Stärke dieser Frau befeuerte meine Eigene. Ich wusste mit Sicherheit, dass ich das hier niemals ohne sie überstehen könnte.

Zeitgleich hasste ich es allerdings, den Männern mit ihren Essstäbchen zuzusehen, wie sie auf sie zugingen und Fisch von ihr nahmen, so als wäre sie nicht mehr, als ein edles Stück Porzellan. Die Blicke blieben viel zu lange an ihren Brüsten und ihrer Muschi hängen und als Rache dafür wollte ich ihnen die Augen auskratzen. In diesem Moment hasste ich jeden einzelnen von ihnen und es gab nichts, was ich hätte tun können, um die Party und das, was sie als Highlight ansahen, zu beenden.

Meine Grace, von der sie alle aßen.

Das einzige Gute am Abend war, dass die anderen Anwärter auch an dem Event teilnehmen durften, sodass wenigstens einige freundliche Gesichter um mich herum waren. Sie versuchten mich zu respektieren und zu kontrollieren, wohin ihre Blicke fielen. Diese kleinen Gesten der Loyalität machten mich dankbar.

Walker St. Claire war der erste, der auf mich zu kam, als er sein eigenes Sakeglas fest in der Hand hielt. „Wie läuft das Aufnahmeritual?"

„Was meinst du denn?", entgegnete ich knapp. „Ich bin bereit dafür, diese Hölle hinter mir zu haben."

„Ich bin auch nicht bereit, dass es für mich anfängt. Aber ich freue mich darauf, den Einfluss, den ich im Gegenzug gewinne, für mich zu nutzen."

Walker bemerkte Sully, der entspannt auf uns zukam. „Lass dich nicht auf Sullys Spielchen ein. Er hat wirklich schlechte Laune. Er ist wütend darüber, dass er das hier mitmachen muss, obwohl er sich geschworen hat, dass er es niemals tun würde. Kein Entkommen von den Ketten unserer Herkunft."

Sully war niemand, der freundliche Begrüßungen mochte. Nichts an dem Mann war formell, weshalb ich nicht überrascht war, dass er sich einfach in Walkers und meine Unterhaltung einklinkte. „Also, kann ich etwas von dem Sushi essen oder ist das so, als hätte ich was mit deinem Mädchen?", zog er mich mit einem frechen Grinsen im Gesicht auf. „Ich habe Hunger... aber ich werde deine Wünsche respektierten."

Ich verdrehte die Augen und nahm einen weiteren Schluck: „Bleib verdammt nochmal einfach von ihr weg."

„Das habe ich mir gedacht", sagte Sully, der ebenfalls Sake trank. „Bekommst du wenigstens guten Sex hier?"

Ein Ältester ging zu Grace hinüber und piekte ein Sashimi an, das direkt an ihrer Muschi platziert worden war. Er leckte sich die Lippen vor Lust und zwar nicht auf den Fisch. Mit jeder Minute, die verging, wurde ich wütender.

„Ich hoffe bei Gott, dass ihr beide große Schwänze habt, denn diese alten Schlappschwänze werden euch dabei zusehen, wie ihr fickt. Nichts hier ist mehr privat." Ich wusste, dass mein Tonfall schnippisch war, aber ich musste mich wirklich zusammenreißen, nicht auf irgendwas einzuprügeln.

Sully leerte sein Glas und schüttelte den Kopf. „Das hier ist alles krank. Ich brauche irgendwas Stärkeres zu trinken. Ich hoffe, das ist es wert. Das hoffe ich wirklich..."

Mehr sagte er nicht und dann machte er sich auf die Suche nach etwas, was seinen eigenen Hass auf den Orden des Silbernen Geistes würde zähmen können.

Ich hätte bleiben und mich weiter mit Walker unterhalten sollen, aber ich hatte gerade keinen Kopf für Höflichkeiten. Ohne mich zu entschuldigen ging ich hinüber zu dem Tisch und lehnte mich an Graces Ohr.

„Du machst das toll. Bleib stark", flüsterte ich. Ich wollte ihr Gesicht liebkosen, ihre Wange küssen, irgendwas tun, damit sie sich bei all dem hier nicht ganz so einsam fühlte.

Ich hatte nicht erwartet, dass sie mir antworten würde, da ich mir sicher war, dass sie ihr ordentlich Angst eingetrichtert hatten, während sie ihr die Regeln erklärt und erörtert hatten, was sie von ihr erwarteten, während sie das Sushi überall auf ihrem Körper platzierten.

„Ich mochte Sushi noch nie", hörte ich meinen Vater sagen, als er auf mich zukam, Bourbon und Essstäbchen in den Händen. „Aber heute werde ich eine Ausnahme machen."

„Ich habe heute gehört, dass du dich mit Harrison getroffen hast." Ich musste ihn ablenken, für Grace und für mich, denn wenn ich ihm würde zusehen müssen, wie er es auch nur wagte, sie zu berühren, würde ich ihm vielleicht ins Gesicht schlagen.

„Ich weiß nicht, wieso du dich überhaupt um das Geschäft kümmerst, während du hier bist", erklärte er, während er den Blick über Graces Körper gleiten ließ, was mich dazu brachte, ihm die Augen mit den Stäbchen in meiner Hand ausstechen zu wollen. „Besonders, wenn dir dieses exquisite Stück Fleisch zur Verfügung steht."

„Harrison exportiert gegenwärtig nur Dinge vom Schwarzmarkt", fuhr ich fort und spürte, wie mein Kiefer steif wurde.

„Das ist genau der Grund, wieso ich mich mit ihm getroffen habe."

„Mir war nicht bewusst, dass wir solche Geschäfte machen. Das ist ein Risiko, dass es nicht wert ist, einzugehen."

Mein Vater nahm ein Sashimi, dass elegant auf Graces Nippel balanciert war und stieß es auf den Tisch, ohne auf nur den Hauch der Absicht zu haben, es zu essen, sondern stattdessen mit der Intention, ihren Körper freizulegen. „Lass mich mir darüber Gedanken machen, was es wert ist und was nicht, Sohn."

„Auch wenn es das Geschäft in Gefahr bringt?", fragte ich, während ich Graces ruhigen Atem beobachtete, auch wenn ich wusste, dass sie es hasste, dass mein Vater sie anstarrte.

„Man braucht Eier, um ein Königreich zu führen."

„Man braucht Intelligenz und muss kluge Entscheidungen fällen", warf ich ein. Ich hasste es, dass dieser Mann es schaffte, mich wütender zu machen, als die meisten anderen es konnten.

Mein Vater ließ seine Stäbchen um Graces Nippel gleiten, ihren Bauch hinunter und ließ dann die Spitzen am Eingang ihres Schlitzes verweilen. Ein perfekt platziertes Stück Fisch, das in Seetang gewickelt war, lag direkt über ihrer Klitoris und ich erwartete, dass er es bewegen würde, wie er es mit dem auf ihrem Nippel getan hatte, stattdessen hielt er allerdings weiter inne und grinste mich dann an.

„Du redest, als würde die Firma dir gehören. Das tut sie nicht. Und du solltest dich wirklich auf das schöne neue Spielzeug, dass Daddy dir besorgt hat, konzentrieren."

Er ließ die Stäbchen in ihren Schlitz gleiten und benutzte sie, ähnlich wie eine Schere, um ihre Lippen zu trennen. Grace blieb still liegen, obwohl ich ihr keine Vorwürfe gemacht hätte, wenn sie ihre Beine zusammengepresst oder sich aufgerichtet hätte, um dem Arschloch eine zu verpassen, denn das hatte er verdient.

Aber das tat sie nicht. Sie blieb einfach bewegungslos liegen.

„Ich hasse Sushi, aber ich glaube, ich würde den Geschmack hiervon mögen", erklärte mein Vater, der seelenruhig den Kopf zu Graces Muschi senkte und leckte.

Ich hatte bis zu diesem Moment nicht gewusst, wie es sich anfühlte, wenn man jemanden aus rasender Wut umbringen wollte. Er fasst etwas an, was mir gehörte. Er tat es direkt vor meinen Augen. Machte sich über mich lustig, als sei all das hier einfach ein Spiel. Und er hatte eine *Ehefrau*! Meine unschuldige Mutter... weshalb ich ihn nur noch mehr würgen wollte.

„Hör auf", verlangte ich leise.

Der Raum war gefüllt von lauten Unterhaltungen und ich wollte nicht, dass die Aufmerksamkeit auf uns fiel. Das würde nur dazu führen, dass mein Vater sich noch mehr profilieren wollen würde.

Er erhob sich und ließ die Hand dabei über den Mund gleiten. „Fischig." Dann platzierte er ein einzelnes Stäbchen an ihrem Eingang und schob es ihn sie hinein. „Das entspricht überhaupt nicht meinem Geschmack."

Grace schnappte nach Luft, ihre Augen schlossen sich, aber sie fasste sich schnell, sodass niemand außer meinem Vater und mir es mitbekamen.

Er begann damit das Essstäbchen in sie zu schieben und wieder herauszuziehen, während er mich ansah. Ich wusste, dass er herausfinden wollte, wie sehr mich das aus der Fassung brachte, aber ich würde ihm nicht so viel Macht über mich einräumen.

Stattdessen nahm ich einen weiteren Schluck und schluckte die Wut, die in mir brodelte, herunter.

„Diese Schlampe ist dir zu wichtig", sagte er, während er sich weiterhin mit dem Stäbchen an ihr verging, aber sie bewegte sich nicht das kleinste bisschen. „Das ist dein erster von vielen Makeln. Die Schönheiten sind einfach nur Spielzeuge für uns. Es ist nicht so, als würden wir sie heiraten oder so. Sie sind es nicht wert. Sie sind nur dafür gut, dass man etwas in ihre Löcher stopft. Sie verdienen unseren Respekt nicht. Sie sind es nicht einmal wert, dass man an sie denkt. Sie sind einfach nur da, um benutzt zu werden. Sie erfüllen ihren Zweck."

Das Stäbchen fickte sie weiter und ich musste mich wirklich zurückhalten, um dem Verlangen, ihn umzubringen, nicht nachzugeben. Ich konnte mir nur vorstellen, was die arme Grace gerade durchmachte.

„Im Gegensatz zu den Frauen, die wir heiraten? Wie Mama? Es ist offensichtlich, wie sehr du sie gerade respektierst."

„Sohn, du hast noch viel zu lernen."

Ich hätte meine wahren Gefühle, was meinen Vater anging, niemals zugegeben, bis das Aufnahmeritual begann. Ich hatte mich nach seiner Liebe gesehnt. Ich hatte verzweifelt gewollt, dass er mich liebt. Ich hatte ihn stolz machen wollen. Er war mein Vater und ich hatte einfach akzeptiert, dass er... nun..., dass er eben kein echter Vater war. Aber ich hatte bis jetzt nicht zugeben wollen, was ich wirklich fühlte. Niemandem gegenüber, nicht einmal gegenüber mir selbst.

Bis jetzt...

Ich hasste diesen Mann verdammt nochmal.

Er konnte mich dazu bringen, dass ich mich nach nur einem Satz schwach und klein fühlte und dass ich mich schämte. Er hatte meine Mutter scheiße behandelt. Zweifelsohne hatte er sie über die Dauer ihrer Ehe hinweg stets betrogen. Gerade in diesem Augenblick belästigte er Grace direkt vor meinen Augen, einfach nur, weil er wusste, dass er sich das herausnehmen konnte. Er hatte die Macht und ich hatte sie nicht. Die Wut brannte in mir und alles, was ich tun konnte, war zuzusehen.

Aber ich wusste auch, dass ich in diesem Moment dieses kranke Spiel beenden musste. Ein taktischer Rückzug war notwendig... jetzt.

Sein Ziel war es, dass ich aufgab oder Grace dazu zwang, aufzugeben und ich würde nicht zulassen, dass das passierte. Nicht nach seiner Vorstellung.

Also drehte ich mich weg, so schwer es mir auch fiel... drehte Grace meinen Rücken zu... und ging weg. Ich hoffte, dass sich mein Vater jetzt, wo er seinen Zuschauer verloren hatte, eine andere, unterhaltsamere Aktivität suchen würde und dann würde Grace es zumindest nicht länger aushalten müssen, dass ein Essstäbchen in sie geschoben wurde.

Und wenn ich nicht gegangen wäre, wenn ich nicht gegangen wäre und mich mit meinen Freunden unterhalten und so getan hätte, als hätte ich Spaß auf der Party, dann wäre ich gebrochen. Ich hätte all das hier nicht nur für mich, sondern auch für Grace ruiniert. Und da diese starke Frau einfach auf dem Tisch lag und sich nicht das kleinste bisschen bewegte, konnte ich wenigstens meine Wut für sie unter Kontrolle bringen.

Glücklicherweise war genug Sake da und dieser war stark genug, denn der Abend endete früher, als normalerweise und all die alten Knacker stolperten nach Hause oder in eines der Gästezimmer, um ihren Rausch auszuschlafen.

Mrs. H und einige Kellner schoben den Tisch, auf dem Grace lag, aus dem Raum und ich wusste, dass sie oben sein und auf mich warten würde. Ich verabschiedete mich von den paar Männern im Raum, die noch meine Freunde waren und hatte das kaum zu bändigende Bedürfnis, eine Wand zu schlagen.

Ich stürmte in das Zimmer und sah mich nach Grace um, aber dann hörte ich die Dusche im Bad. Ich hasste mich selbst. Ich hasste jeden und alles. Ich wollte schreien. Ich wollte jemanden verprügeln. Ich wollte ficken.

Und ficken war das, was ich tun würde.

Immerhin hatte ich darüber selbst Kontrolle.

Ich zog mich aus, ging ins Bad und stieg zu Grace in die Dusche, ohne sie zu warnen, ohne um Erlaubnis zu bitten.

Der Gentleman in mir war in dieser Nacht wirklich gebrochen worden. Jetzt war dort nur noch ein kochendes Inferno der Dunkelheit.

Grace zuckte zusammen und ließ die Seife, die sie in den Händen hielt, fallen. Sie schrie nicht und wies mich auch nicht an, zu gehen, was gut war, denn es wäre für mich förmlich unmöglich gewesen, der Aufforderung Folge zu leisten. Stattdessen machte sie einen Schritt zur Seite, sodass ich unter den Wasserstrahl treten konnte.

Ich war nicht wütend auf sie. Meine Wut war absolut nicht in ihre Richtung gerichtet. Aber ich war unglaublich wütend. Ich musste es an jemandem auslassen. Und da sie alles war, was mir zur Verfügung stand... wäre sie meine Beute.

„Er hat dich angefasst", sagte ich, als ich meine Hand um ihren Hals legte, um sie an mich heranzuziehen.

„Das hat er", flüsterte sie, aufgrund des Wassers kaum hörbar.

„Du gehörst mir. Mir.", knurrte ich, während ich ihren nassen Körper umdrehte, sodass sie die geflieste Wand ansah. Ich ergriff ihre Handgelenke und platzierte sie, damit sie Halt hatte.

Den würde sie brauchen.

Mein innerer Dämon verlangte, dass ich das, was mir gehörte, zurücknahm.

Mein Vater würde an diesem Abend nicht der letzte Mann gewesen sein, der sie angefasst hatte.

„Du wirst mir ganz gehören. Immer!", erklärte ich. Sie nickte wütend.

Ich ließ ihre Handgelenke los und war erfreut, dass sie sie dort ließ, wo ich sie platziert hatte. Dann ergriff ich ihre Hüften und zog ihre untere Hälfte in Richtung meines harten Schwanzes. Ich wollte, dass sie ihren Arsch herausstreckte und bereit für mich war. Ohne Vorwarnung drückte ich meinen nackten Finger in ihren Anus.

Sie versteifte sich, blieb allerdings stehen. „Montgomery..."

„Meins", war alles, was ich sagen konnte, während ich meinen Finger tiefer in ihren Arsch schob, um sie auf das, was als nächstes passieren würde, vorbereitete.

Ich bewegte meinen Finger hin und her, zog ihn heraus und schob ihn wieder rein, bereitete ihr kleines, enges Loch vor. Sie stöhnte und quäkte jedes Mal, wenn ich mehr Platz beanspruchte, aber sie leistete keinen Widerstand.

Mein Schwanz pochte, aber ich wollte, dass sie bereit war. Ich wollte ihren Arsch für mich markieren. Ich wollte, dass sie meinen Namen schrie. Ich wollte, dass sie niemals vergessen würde, wem sie gehörte... egal, welcher Wichser sie anfasste oder sie auch nur mit einem dreckigen Hintergedanken anblickte.

Aber ihr fester, kleiner Arsch war nicht bereit. Nicht für meine Größe... noch nicht. Und da ich nicht sonderlich viel Geduld übrig hatte... schob ich meinen Schwanz mit einem kräftigen Stoß in ihre Muschi.

Mein Finger verlieb in ihren Hintern, während ich in sie stieß.

Ich war nicht sanft. Ganz im Gegenteil.

Bei jedem Stoß mit meinen Hüften benutzte ich ihre Muschi. Ich nahm sie, als würde ich einen Mann verprügeln... aggressiv und hart. Ich spreizte ihr Arschloch mit meiner Hand, während ich ihre kleine Muschi fickte. Meine Eier schlugen gegen sie und das Geräusch unserer nassen Körper in der Dusche und das Stöhnen unseres erotischen Begehrens brachte mich über die Kante.

„Ich gehöre dir", schrie sie, während sie um meinen Penis herum pulsierte. „Ich gehöre dir!"

16

ÜBERRASCHT WACHTE ich auf und meine Arme bewegten sich rasch, um meinen nackten Körper zu bedecken. Nur, dass ich nicht mehr nackt war. Ich trug ein viel zu dickes Nachthemd aus Baumwolle und jetzt war es von Schweiß durchnässt.

Es war ein Albtraum gewesen. Nur ein Albtraum.

Nur, dass das nicht wahr war, denn ich hatte ihn in der letzten Nacht durchlebt. Ein Schauer durchfuhr meinen gesamten Körper.

Plötzlich musste ich verdammt nochmal raus. Die Wände waren im Begriff, aufeinander zuzufahren. Ich wusste nicht, ob ich das hier weiterhin tun konnte.

Ich blickte über den Rand des Bettes und sah Montgomery, der friedlich schlief.

Wie spät war es? Das Licht, das durch das Fenster hereinfiel war grau, nicht nachtschwarz. Es musste fast Morgen sein. Es sollte ruhig in der Villa sein.

Ich stieg an der gegenüberliegenden Seite von Montgomerys Lager aus dem Bett und zog einen dicken Bademantel und Schlappen an. Auch wenn mir heiß war, hatte ich das Gefühl, dass die Kleidung an diesem Ort, wo alle stets darauf bedacht waren, mich auszuziehen, mir eine Art Rüstung bot.

Und dann schlich ich hinüber zur Tür, zuckte zusammen, als der Boden quietschte und schlich hinaus.

In den letzten Wochen hatte ich gelernt, mich in Oleander Manor zurechtzufinden und fand den Weg zum Treppenhaus für die Angestellten, das Mrs. Hawthorne mich am Tag meiner Ankunft hinaufgeführt hatte.

Geräuschlos rannte ich die Treppe hinunter und warf dann einen vorsichtigen Blick in die Küche. Es würde genau ins Konzept passen, dass Mrs. H hier zu dieser gottlosen Stunde sitzen, Tee trinken und auf ungehorsame Schönheiten warten würde, die einen Weg nach draußen suchten.

Es war allerdings alles dunkel und ruhig und ich rannte in Richtung Tür, durch die Küche. Dann, endlich, rannte ich in die Freiheit.

In dem Augenblick, in dem ich einen Schritt vor die Villa gesetzt hatte, war es, als würde mir ein Stein vom Herzen fallen.

Einen Augenblick lang sah ich hinüber zur Auffahrt, die Allee aus Eichen entlang, die so stolz standen und den Weg fort von diesem dunkeln Ort bedeuteten. Wenn ich rannte und ein gutes Tempo fand, dann wäre ich vor Sonnenaufgang weg.

Und dann wandte ich mich davon ab, verzog das Gesicht und war verwirrt. Montgomery hatte mich in der letzten Woche zu einem kleinen See am südöstlichen

Rand des Grundstücks gebracht und das war der Weg, den ich stattdessen einschlug.

Als ich dort ankam, war mir so warm, dass ich auf der Stelle den Bademantel ablegte. Dann starrte ich frustriert hinaus auf den See.

Der Himmel war inzwischen hell genug, dass ich den einmaligen Anblick des perfekten, ruhigen Sees erblicken konnte. Auch die Vögel wachten auf und begannen zu zwitschern.

Es war wunderschön. Es sollte mich beruhigen, mir helfen, die Mitte zu finden. Das war der Grund, warum ich hergekommen war... oder nicht? Oder um ein bisschen frische Luft zu genießen ohne... *sie*?

Aber es funktionierte nicht. Jetzt, wo ich alleine war, fühlte sich alles...

Es fühlte sich...

Ich war einfach so....

Ich konnte nicht einmal...

„Was machst du, Grace?", vernahm ich plötzlich Montgomerys Stimme hinter mir. Er hörte sich wütend an. „Du hast keine Ahnung, was sie mit dir anstellen würden, wenn sie dich ohne meine Begleitung vorfinden würden."

Ich drehte mich um und sah ihn etwa anderthalb Meter hinter mir stehen.

„Du bist mir gefolgt?", fragte ich ungläubig.

„Wenn du so dumme Dinge tust, wie alleine durch die Gegend zu rennen, dann kannst du deinen Hintern darauf verwetten, dass ich alles tun werde, um dich zu beschützen."

„Mich beschützen?" Meine Stimme war nun eine Oktave höher. Und dann warf ich mich in seine Richtung.

Ich schlug gegen ihn, schubste ihn so sehr ich konnte.

Er bewegte sich kaum, als ich auf ihn traf, was mich nur noch wütender machte.

Ich schlug gegen seine Brust. Endlich hatte ich etwas gefunden, woran ich meine Wut, meine Frustration ablassen konnte. Er ließ es geschehen. Was mich nur noch wütender machte, denn ich wusste, dass meine Fäuste für ihn wie die eines Kindes waren. Ich konnte ihm keinen wirklichen Schaden zufügen.

Diese Bastarde würden mich brechen und ich konnte nicht einmal...

Ich hob die Hand, um ihn ins Gesicht zu schlagen und endlich ergriff er mein Handgelenk und hielt mich mitten in der Bewegung fest.

Und als ich in sein Gesicht blicke, im Begriff ihn anzuschreien, ihn anzuspucken, entdeckte ich, dass sein Ausdruck von Sorge und Zuwendung geprägt war.

Zum Teufel, er war nicht einmal das Ziel, an dem ich meine Frustration ablassen wollte und wir beide wussten es. Ich riss meinen Arm aus seinem Griff und verfluchte die Tatsache, dass mir das nur möglich war, weil er es zuließ.

Dann drehte ich mich von ihm weg und rannte in Richtung des Stegs, der auf den See führte. Ich rannte so schnell ich konnte.

Montgomery rief meinen Namen, aber ich hielt nicht an. Ich wusste endlich, was ich brauchte.

Ich sprang vom Ende des Stegs, zog die Knie an meine Brust und traf das Wasser in einer spritzenden Explosion.

Ich tauchte tief in das dunkle Wasser und ließ endlich alles raus, an dem einzigen Ort, wo es ging. Ich öffnete den Mund und schrie. Das Wasser erstickte die Geräusche meines Schmerzes, aber ich hörte nicht auf.

Ich schrie und schrie und schrie.

Als warme Arme sich von hinten um mich schlangen und mich an die Oberfläche zogen, leistete ich keinen Widerstand.

Ich war schlapp. Endlich hatte ich einen Weg gefunden, mich meiner Wut zu entledigen und mir war bisher nicht einmal klar gewesen, dass ich danach gesucht hatte. Die Verbindung von mir und Montgomery in der Dusche hatte geholfen, ein klein wenig davon loszuwerden, aber wenn ich den Rest der Wut nicht loswurde, würde ich explodieren. Es war egal, wie nutzlos meine Schreie in diesem Augenblick waren. Es war nicht so, als würden sie irgendwas ändern.

Gestern ruhig auf dem Tisch liegen zu bleiben, während der Wichser sich mit diesen verdammten Essstäbchen an mir vergangen hatte, war das Schwerste, was ich jemals in meinem Leben hatte überstehen müssen...

Ich tauchte erneut unter und schrie noch einmal, nur um sicher zu gehen, dass ich es loswurde.

Montgomery streichelte meinen Rücken und ließ mich schreien.

Als ich schließlich gegen ihn sackte, trug er mich wortlos aus dem See. Das war gut. Ich fühlte mich endlich neutral. Ich hatte keine Worte, hatte nicht die nötigen Mittel, um meine Gefühle zu durchforsten.

Und in Montgomerys Armen zu sein, der uns inzwischen auf einer Steinbank am Steg gesetzt hatte, fühlte sich gut an. Es fühlte sich gut an, dass sich endlich mal jemand um mich kümmerte.

Ich beschwerte mich nicht einmal, als er mir das schwere, durchnässte Baumwollnachthemd über den Kopf zog und mir stattdessen den Bademantel, den ich abgelegt hatte, anzog.

Er hatte ebenfalls einen Bademantel mitgebracht und zog diesen an, wobei er sich diskret seiner nassen Boxershorts entledigte.

„Grace, ich...“

Aber ich schüttelte den Kopf, zog meine Beine auf die Bank und kuschelte sich an seine Brust. „Psst, können wir einfach einen Moment so sitzen? Es ist so ruhig.“ Ich atmete aus und spürte, dass die Anspannung zum ersten Mal seit langer Zeit meinen Körper verließ.

Mir war nicht klar gewesen, dass ich eingeschlafen war, bis Montgomery mich leicht durchschüttelte. Ich blinzelte in das helle Sonnenlicht.

„Scheiße, entschuldige. Ich wollte dich nicht aufwecken. Aber ich wollte nicht, dass du einen Sonnenbrand bekommst. Wenn du weiterschlafen möchtest, dann bringe ich dich unter die Eiche dort drüben.“

Er war so süß, dass mein Herz schmerzte.

„Ist schon okay“, sagte ich und plötzlich war mir peinlich, was passiert war. Dann allerdings entschied ich mich, einfach drauf zu scheißen. „Jetzt, wo wir hier draußen sind und uns niemand zusieht oder zuhört, glaubst du, wir könnten uns ein wenig unterhalten, bevor wir zurückgehen?“

Ich konnte noch nicht zurückkehren.

Montgomery schien von meinem Anliegen überrascht zu sein, aber er nickte und stellte mich auf meine eigenen Beine.

Ich schob mir die Haare aus dem Gesicht, welches ich bei dem Gedanken daran, wie wild ich nach dem Schwimmen vor dem Sonnaufgang im See aussehen musste, verzog.

Er sah mich besorgt an, so als würde er erwarten, dass

ich wieder ausrastete und ihn jeden Moment angehen könnte.

„Grace, ich hätte nicht... Als wir gestern wieder im Zimmer waren, in der Dusche, war ich zu brutal?"

Ich lachte laut auf. Dachte er wirklich, dass es darum ging? Männer waren Idioten.

„Nein, das war in Ordnung. Ich meine..." Ich konnte spüren, dass ich rot wurde. „... mehr als in Ordnung." Aber ich fühlte noch immer so viel, dass es nicht genug gewesen war. Wenn es jemals einen Zeitpunkt gegeben hatte, um ehrlich zu sein, dann war es dieser.

Ich streckte die Hand aus und ergriff seinen Unterarm. „Es war perfekt. Es war genau das, was ich in dem Moment gebraucht habe. Ich musste sie loswerden. Innerlich und äußerlich. Ich musste wissen, dass ich noch eine Frau war und nicht nur... ein namensloses, gesichtsloses *Objekt*. Ich wollte nicht mit Samthandschuhen von dir angefasst werden, als könnte ich brechen. Du warst perfekt, falls dir mein Orgasmus das nicht ohnehin schon gezeigt hat."

Okay, ich konnte ihm beim letzten Teil nicht mehr in die Augen sehen, ich konnte ihn gar nicht ansehen, aber ich konnte sein Lächeln spüren.

Als ich allerdings einen Augenblick später zu ihm rüber sah, war es weniger präsent.

„Aber all das hier"... er biss die Zähne so fest zusammen, dass ich Angst hatte, dass sie brechen würden. „... mein *Vater*. Es geht dir an die Substanz."

Ein trockenes Lachen entfuhr mir: „Ja, so könnte man es nennen."

Er zog mich fester an sich heran, sodass mein Rücken gegen seine Brust gedrückt war, während wir beide auf den See hinausblickten. „Ich hasse es."

„Aber Hass ändert nichts. Und wir sind erst bei der Halbzeit." Ich seufzte erschöpft.

Einen langen Augenblick lang war Montgomery still, bis er vorsichtig sagte: „Ich hab dich auf die Straßen blicken sehen, als du erst aus der Villa gegangen bist. Wieso bist du nicht gerannt? Nach dem letzten Abend würde ich verstehen, wenn du einfach die Straße hinunterrennen und nie zurückblicken würdest, warum hast du es nicht getan?"

Ich kuschelte mich an Montgomerys Brust. Irgendwie war es so einfacher. Es war einfacher, in seinen Armen zu sein, ohne ihn ansehen zu müssen.

Er stellte die verbotene Frage. Wir sollten niemals über unsere Hoffnungen und Träume sprechen, denn das hieß, dass wir über die Zukunft redeten. Wir sollten nach dem Ende des Rituals keinen Platz im Leben des Anderen haben.

Sein Vater hatte es noch am letzten Abend gesagt: Man konnte mich nicht daten oder gar heiraten. Sie waren blaublütig und ich war die Art Frau, die sie benutzten und dann entsorgten.

Nein, Montgomery würde nie mehr als ein kurzzeitiger Partner sein, mit dem ich diesen Sturm überstand. Aber das hieß nicht, dass wir einander nicht menschlich behandeln konnten. Und Menschen unterhielten sich, teilten sich Dinge mit.

Also öffnete ich mich ihm. Ich erzählte ihn von meinen Kursen und dass ich einen wirklichen Abschluss machen wollte. Ich erzählte, dass ich ein Restaurant eröffnen wollte, dass sich im Laufe der Zeit zu einem Treffpunkt für die Gemeinschaft entwickeln sollte. „Ich habe sogar schon Ideen, was die Speisekarte angeht. Sie soll luxuriös sein, aber trotzdem ein breites Publikum ansprechen, nicht nur die Elite."

Dann blickte ich unsicher hinab in meinen Schoß. „Ich weiß, dass es schwer ist, mit einem Restaurant Gewinn zu machen, aber ich will ja auch keine Millionen machen. Und mir ist das Essen wichtig, aber das liegt daran, dass ich den Menschen zeigen will, was es für tolles Essen gibt, das nicht aus der Fritteuse kommt. Ich schätze, ich möchte einfach in die Gesellschaft investieren und mich dort, wo ich am Ende bin, zuhause fühlen."

Endlich, *endlich*, würde ich ein wahres Zuhause haben und ich würde auch für andere einen solchen Ort schaffen.

Also Montgomery nichts entgegnete, fühlte ich mich dumm. „Wahrscheinlich hört es sich für dich einfach wie Traumtanzerei an."

Ich konnte fühlen, wie sich Montgomerys Körper hinter mich bewegte und als ich mich nach ihm umsah, sah ich ihn den Kopf schütteln. Seine Augen waren voller Gefühle, die ich nicht deuten konnte. Seine Brauen waren zusammengezogen und er sah mich mit einem Feuer in seinen fast durchsichtigen blaugrauen Augen an. Mir stockte der Atem.

„Mir ist noch nie jemand begegnet, der redet wie du. Du bist...", er ließ den Satz im Raum stehen, schüttelte den Kopf.

Ich lag noch immer in seinen Armen und hatte den Kopf ihm zugewandt. Er hob eine Hand, schob mir die Haare aus dem Gesicht und steckte sie hinter mein Ohr. Ich erschauderte, als er mich berührte.

„Irre?", schlug ich vor und schenkte ihm ein schiefes Lächeln.

Er grinste: „Ich wollte eigentlich unglaublich sagen, aber irre funktioniert auch."

Ich schlug ihm auf den Arm, aber diesmal war es ein sanfter Schlag. Als ich wieder in Richtung des Sees blickte, kuschelte ich mich erneut in seine Arme. „Was ist mit dir? Wenn du das hier bestehst, dann bekommst du die Firma deines Vaters, richtig?"

„Jep."

„Und er macht irgendwas Illegales, aber das ist nicht, was du machen willst."

Seine Arme drückten mich ein wenig fester an ihn. „Du hast es gehört."

„Nackter Sushi-Teller... erinnerst du dich? Ich hatte nicht viel mehr zu tun, als mir die Unterhaltungen anzuhören."

Er lachte laut los. „Ich kann nicht glauben, dass du da jetzt schon Witze drüber machen kannst."

Es war besser zu lachen, als zu weinen. „Komm schon, das hier ist quasi die Beichte. Wie wirst du den Bastard entthronen? Ich werde besser schlafen können. Besonders, wenn ich irgendwie helfen kann."

„Woher weißt du, dass ich einen Plan habe?"

„Ich habe dir zugesehen", gestand ich. „Ich achte auf dich, während du arbeitest und ich weiß, dass du mehr tust, als nur E-Mails zu beantworten. Sag es mir... ich kann helfen. Du kannst mir vertrauen."

Er atmete hörbar ein und nickte: „Gut, denn ich werde dich brauchen. Wir tun das zusammen und ich weiß, dass wir es zusammen schaffen können."

17

Montgomery

„Was ist los?", fragte Grace, die von dem Buch, das sie den ganzen Tag über gelesen hatte, aufsah.

„Nichts", murmelte ich und blickte wieder auf meinen Laptop. „Die Arbeit."

„Ich bin mir sicher, dass es nicht einfach ist, deinen Job von diesem Schlafzimmer aus zu erledigen."

„Du hast keine Ahnung. Und es ist nicht gerade hilfreich, dass mein Vater ein verdammter Idiot ist. Ich weiß nicht, ob ich bisher einfach blind gewesen bin oder ob ihm jetzt, wo er älter wird, einfach alles egal ist, aber er geht unglaubliche Risiken ein."

„So wie ich deinen Vater einschätze, scheint es mir, als hätte ihn die Moral in seinem Lebenswandel bisher nicht sonderlich beschränkt", erklärte Grace. „Aber du bist klüger und besser als er."

Ich konnte mich nicht mehr konzentrieren und das lag nicht nur an unserer Unterhaltung, sondern auch daran, dass ich wusste, dass Mrs. H jeden Augenblick mit unserer Kleidung für den Abend erscheinen würde, also schloss ich den Laptop.

„Unsere Firma hat keine blütenreine Weste. Die hatte sie nie. Aber in letzter Zeit scheint das völlig neue Dimensionen anzunehmen."

Ich stand auf und begann, vor dem Fenster auf und ab zu gehen. Ich fühlte mich wie ein eingesperrter Tiger.

Es gab so vieles, was ich tun wollte. So vieles, was ich übernehmen wollte. Ich hatte meine Pläne ausformuliert und ich musste mich frei fühlen, um sie in die Tat umzusetzen, davon war ich allerdings meilenweit entfernt. Ich fühlte mich hilflos. Ich konnte aus meinem Gefängnis nicht all das tun, was ich wollte und zeitgleich musste ich einen Blick auf alles haben, um den Platz, den ich mir hart erarbeitet hatte, nicht zu verlieren.

„Du musst viel von deiner Mutter geerbt haben", stellte Grace, die ihr Buch ebenfalls zugeschlagen hatte, fest, während sie zu mir herüberkam. „Du bist überhaupt nicht wie dein Vater."

Ich wusste nicht, ob es der sanfte, beruhigende Tonfall von Graces Stimme war oder die Tatsache, dass sie über meine Mutter sprach, aber die dunkle Blase, in der ich zu ertrinken drohte, platzte und ich konnte nicht anders, als zu lächeln.

„Meine Mutter ist eine unglaubliche Frau. Du würdest sie mögen und ich weiß, dass sie dich mögen würde. Sie ist so warmherzig, gibt einem so viel und sie hat ihr Bestes gegeben, mich zu einem guten Mann zu erziehen."

„Du *bist* ein guter Mann.", betonte Grace, die meine Hand ergriffen hatte, damit ich aufhörte, auf und ab zu gehen.

Ich atmete tief durch, um mich zu entspannen. „Ich

versuche es. Es ist nicht immer einfach, aber ich versuche
es. Ich wollte immer der Beste sein. Wahrscheinlich kann
man mich einen Überflieger nennen. Der beste in der
Schule, beim Sport, bei der Arbeit, im Leben. Irgendwie
scheint es allerdings, dass ich, egal was ich tue, immer von
den Fesseln der Kingstons zurückgehalten werde. Die
Abstammung von blauem Blut ist manchmal einfach zu
viel."

Ich deutete um mich herum. „All das hier wird
einfach zu viel. Ich hätte niemals eine Frau behandelt, wie
ich dich behandelt habe, wären wir nicht hier in Oleander
Manor. Auch, wenn ich quasi dafür gezüchtet worden bin,
hätte ich es nie getan. Meine Mutter würde mich erschla-
gen, falls ich das tun würde", erklärte ich ihr mit einem
kleinen Lächeln, welches schnell wieder verschwand. „Ich
habe das Gefühl, einen Teil von mir zu verlieren, während
wir hier sind."

Grace entgegnete nichts, sondern drückte nur meine
Hand und nickte.

„Und ich bin mir sicher, dass du meinst, dass ich mich
anhöre, wie ein Arschloch, das mit goldenem Löffel im
Mund geboren worden ist und immer alles bekommt und
das jetzt trotzdem hier steht und sich darüber beschwert."

„Nein", sagte sie sanft. „Ich glaube, dass du gegen
einige Dämonen hast kämpfen müssen, die ich bisher
nicht gekannt habe oder selbst bekämpften musste.
Deine Geschichte ist anders als meine, aber das
bedeutet nicht, dass du nicht auch schwere Zeiten
durchlebt hast. Ich habe nie geglaubt, dass Geld zu
haben automatisch heißt, dass man glücklich ist." Sie
kicherte: „Aber trotzdem hätte ich gerne einen Teil des
Geldes."

Mrs. H klopfte an die Tür und trat daraufhin ungebeten ein. Sie sah noch immer müde aus, aber ich sagte nichts zur ihr. Es schien auch, als sei sie in Eile.

„Viel zu tun heute?", fragte ich sie.

„Wir machen die Einladungen für den nächsten Anwärter fertig. Sully ist an der Reihe und wir überprüfen die Frauen, die ausgesucht werden." Sie blickte hinüber zu Grace, dann wieder zu mir. „Ich nehme das extrem ernst. Ich möchte, dass für meine Jungen nur die besten Schönheiten ausgesucht werden."

Sie lächelte Grace an und überraschte mich mit ihrer nächsten Aussage. „Die anderen Schönheiten müssen mindestens so gut sein, wie diese." Dann verließ sie schnell den Raum, ohne mir oder Grace die Chance zu geben, etwas zu entgegnen.

Als die Tür ins Schloss fiel gingen wir beide hinüber zum Bett, um zu sehen, was wir anziehen würde. Als ich meine Schachtel öffnete, erwartete ich wieder einen Smoking, wie ich bereits zu allen anderen Events getragen hatte, aber zu meiner Überraschung befand sich darin ein Umhang, wie die Mitglieder des Ordens sie trugen. Ich ließ meine Finger über den Stoff gleiten und war zeitgleich aufgeregt und verängstigt.

Meine Tage hier waren gezählt und ich war fast ein Mitglied. Den Umhang zu sehen und ihn an diesem Abend tragen zu dürfen, ließ eine Welle von Gefühlen über mich hereinbrechen. Sowohl gute als auch schlechte. Ich war geboren worden, um das hier zu tun... aber trotzdem zerbrach meine Seele zeitgleich daran.

Grace zog ein blaues Kleid aus Satin mit dünnen Spaghetti-Trägern aus ihrer Schachtel. Es hatte die gleiche Farbe wie das Ballkleid, dass sie an ihrem ersten Abend getragen hatte, als ich sie aussuchte.

Sie holte weiterhin eine Perlenkette heraus und legte

diese an ihren Hals. „Hübsch." Dann lächelte sie mich an: „Wirst du diese auch abreißen und ruinieren?"

Ich zuckte mit den Schultern. „Ich habe keine Ahnung, was heute Abend ansteht. Wir sind deutlich hinter dem letzten Event, dem ich jemals beigewohnt habe. Ich habe also keine Ahnung von irgendwas, was ab jetzt passiert."

„Wir sind nah dran", sagte sie und hob das Kleid aus der Schachtel.

„Sehr."

„Was heißt, dass es wahrscheinlich nur noch schwieriger werden wird."

Ich nickte und sah ihr dabei zu, wie sie zum Bad hinüber ging, um sich umzuziehen. „Ich denke, da können wir uns sicher sein."

Als wir den weißen Ballsaal mit den Kerzenleuchtern, die ihn quasi umrahmten, betraten, sagte mir das Kerzenlicht alles, was ich wissen musste. Ich hatte einen silbernen Umhang an, so wie all die anderen Mitglieder, also wäre der heutige Abend eher ein Ritual, als eine Party. Grace war die Einzige im Raum, die Farbe trug.

Weißer Raum. Silberne Monster. Blaue Schönheit.

Als die Gehstöcke auf den Boden schlugen, um unsere Ankunft zu signalisieren, legte ich meine Hand beschützend auf Graces unteren Rücken, um sie etwas zu beruhigen. Ich sah ihr dabei zu, wie sie tief Luft holte und versuchte, ihre Schultern zu entspannen. Ihr Blick war stur geradeausgerichtet und meine unglaubliche Kriegerin war bereit für den Kampf.

Ein großer Teil von mir wollte sie einfach in die Arme nehmen, aus diesem Haus tragen und niemals wieder zurückblicken. Aber hier ging es nicht nur um mich. Ich musste im Gedächtnis behalten, dass auch

Grace Träume hatte. Es ging hier um ihre, genauso wie meine.

In der Mitte des Ballsaales war etwas aufgebaut und mit silbernem Stoff bedeckt worden. Ich wusste nicht, was es war, aber wahrscheinlich würde ich nicht lange auf die Erleuchtung warten müssen. Während die Stöcke auf den Boden schlugen, gingen einige der Ältesten auf das Gebilde zu und begannen damit, den Stoff zu entfernen.

In der Mitte des eleganten Ballsaals, der förmlich nach Reichtum, Klasse und elitärem Denken stank, stand ein wahrer Albtraum.

Ein Galgen.

Die Ältesten, die den Galgen aufgedeckt hatten, gingen dann auf uns zu und nahmen Grace mit. Sie führten sie hinüber zu dem Gerät, bevor ich überhaupt wusste, wie mir geschah.

Es gab keinen traditionellen Strick, der von dem Querbalken hing, sondern einen aus blauem Satin... dem gleichen Stoff, aus dem auch Graces Kleid geschneidert worden war.

Graces Augen waren geweitet und ihre Lippe zitterte, als sie umgedreht wurde, damit sie mich ansah.

Meine Füße fühlten sich an, als wären sie in Beton gegossen worden und es fiel mir schwer, Luft zu holen. Ich konnte mich nicht bewegen. Ich konnte nicht schreien. Ich konnte absolut nichts tun, als wie vor Angst zur Salzsäule erstarrt zu verweilen.

Was zur Hölle würden sie ihr antun?

Sie ließen ihr Kleid an, was mich überraschte. Ich hatte erwartet, dass sie sie als erstes ausziehen würden, damit alle sie sehen konnten. Einer der Ältesten nahm ihr die Perlenkette ab und reichte ihr diese.

„Wenn du die Perlen fallen lässt, ist das Aufnahmeritual vorbei. Wir werden dir die Schlinge abnehmen. Wenn du sie allerdings fallen lässt, bevor die Zeit um ist, ist alles vorbei und du wirst Oleander Manor verlassen. Es ist deine Entscheidung", erklärte er ihr.

Grace ergriff die Perlen mit ihrer zitternden Hand, sah dann zu mir herüber und nickte dann unauffällig. Unsere Verbindung hatte einen Punkt erreicht, an dem wir uns auch ohne Worte verstanden. Ich konnte förmlich hören, wie sie mir sagte, dass ich nicht aufgaben oder das Ritual beenden sollte.

Sie würde alles tun. Sie würde das hier tun... was auch immer *das* war.

„Montgomery Kingston, dieses Ritual ist auch für dich und es wird nicht einfach sein", sagte der Älteste.

Die Ältesten legten die Schlinge aus Satin um Graces Hals und ich hätte mich fast übergeben. Sie würden sie nicht umbringen... niemals würden sie... aber trotzdem...

„Zehn Minuten und neun Sekunden. Solange muss dieses Ritual andauern, damit ihr es bestanden habt. Zehn Minuten und neun Sekunden, in denen ihr beide über eure Grenzen gehen müsst. Zehn Minuten und neun Sekunden, in denen wir nicht nur versuchen werden, die Schönheit zu brechen, sondern auch dich.", fuhr der Älteste fort. „109 Tage der Aufnahme, aber die nächsten zehn Minuten und neun Sekunden werden vielleicht mehr sein, als ihr beide aushalten könnt."

Zwei Älteste gingen auf mich zu und schlugen bei jedem Schritt mit den Gehstöcken auf den Marmor. Einen von ihnen erkannte ich. Es war mein Vater. Sie ergriffen meine Arme und führten mich hinüber zum Galgen, direkt vor die Luke im Boden, die sich jeden Moment öffnen konnte, sodass Grace, mit der Schlinge um den Hals, fiel.

Oh, Gott, bitte erhängt sie nicht. Bitte. Das geht zu weit.

Dann sprach mein Vater: „Diese Schönheit wird für zehn Minuten und neun Sekunden hängen. Wenn du möchtest, kannst du sie halten. Du kannst ihr Atem schenken, aber es wird dich kosten. Wenn du sie hältst, werden dich die Ältesten mit ihren Stöcken schlagen. *Dein* Wohlbefinden oder *ihres*. Wie weit würdest du gehen, um deine Schönheit zu beschützten? Wie viel wirst du opfern? Hast du die Stärke, das auszuhalten?"

Der Älteste auf der Plattform hielt Grace erneut an den Armen und die Luke öffnete sich. Sie hielten sie, erlaubten ihr nicht, zu fallen.

Ihre Beine hingen in der Luft und das einzige, was sie davon abhielt, in die Tiefe zu stürzen, waren die Männer.

Mein Vater schubste mich in Richtung des Galgens. „Ich schlage vor, du fängst sie besser auf."

Ohne Zögern rannte ich zur Öffnung und stand mit offenen Armen unter ihr, als die Ältesten, die sie bisher gehalten hatten, losließen. Wenn ich nicht da gewesen wäre, hätte die Schlinge aus Satin vielleicht ihr Genick gebrochen oder sie zumindest ernsthaft verletzt.

Stattdessen schaffte ich es aber, sie zu fangen. Ich war allerdings nicht groß genug, um sie komplett zu halten. Ich konnte meine Arme um ihre Unterschenkel schlingen und mein Bestes geben, sie so hoch zu halten, dass sie so wenig wie möglich stranguliert wurde.

Als ich zu ihr hinauf blickte sah ich ihre Hände an der Schlinge, die versuchten den Stoff von ihrem Hals wegzuhalten.

Die Perlenkette war um ihre Finger geschlungen und auch, wenn es offensichtlich war, dass sie Probleme mit dem Atmen hatte, wusste ich, dass sie ohnmächtig werden müsste, bevor sie die Kette losließ.

„Lass die Kette los, wenn du nicht mehr atmen kannst!", rief ich zu ihr hinauf. „Hörst du, Grace? Lass die verfickte Perlenkette fallen, wenn es nicht anders geht." Ich stand auf Zehenspitzen und hob sie noch höher, als ich hören konnte, dass sie um ihren Atem rang.

„Zehn Minuten und neun Sekunden", hörte ich meinen Vater sagen.

Die Ältesten umringten mich und der erste Schlag mit dem Stock traf meinen Rücken.

Vor Überraschung über den Schlag hätte ich fast Graces Beine losgelassen, aber ich verfestigte meinen Halt und hob sie noch höher.

Ein weiterer traf meinen Arsch, dann meinen Schenkel und wieder meinen Rücken. Schlag auf Schlag trafen die Gehstöcke auf meinen Körper. Es gab einen Rhythmus, der ihre Schläge bestimmte. Ein organisierter Angriff, der einen Takt hatte, wie ein morbides Orchester, dass eine Symphonie des Schmerzes aufführte.

Wenn ich Grace loslassen würde, würden die Schläge aufhören. Aber ich wusste auch, dass sie ohne meine Hilfe nicht würde atmen können. Selbst *mit* meiner Hilfe war es offensichtlich, dass es ihr schwerfiel.

Schweißperlen sammelten sich auf meiner Stirn und brannten mir in den Augen, während ich versuchte, mich weiter auf ihr Gesicht zu konzentrieren. Wenn ich nur das kleinste Anzeichen sehen würde, dass es ihr wirklich schlecht ging, würde ich sie lange genug loslassen, dass ich ihr die Perlenkette entreißen konnte.

Ich ignorierte die Schläge und konzentrierte mich nur auf Grace. Es ging um sie. Nur um sie. Ich würde mich deutlich länger als zehn Minuten und neun Sekunden schlagen lassen, wenn nötig. Ich würde alles tun, um diese Frau zu beschützen. Alles.

Tränen fielen auf ihre Wangen und sie klammerte sich so sehr sie konnte an den Satin, um den Druck auf ihren Hals so gering wie möglich zu halten, aber ich wusste, dass sie nicht wegen ihrer Lage oder aus Angst weinte. Sie war viel zu selbstlos, um wegen ihres eigenes Schmerzes zu weinen. Sie weinte um mich.

Ich sah, wie sie zusammenzuckte, wann immer ein Gehstock auf meinen Körper traf. Ich sah, wie ihr Griff um die Perlen immer lockerer wurde, wann immer man mich schlug.

„Schau nicht hin! Schließ die Augen. Alles wird gut", rief ich zu ihr hinauf, auch wenn mein Körper vor Schmerz zu brennen schien. „Wag es nicht, wegen mir die Perlenkette loszulassen. Ich kann das hier aushalten."

Ein besonders fester Schlag traf mein Schulterblatt und ich hätte Grace fast fallen gelassen. Die Bewegung reichte, dass Grace begann, an ihrem Hals zu kratzen, sich zu winden und unfreiwillig, um sich zu treten, während sie zu atmen versuchte. Ich musste sie höher halten – Jetzt!

Ich ignorierte die Schläge auf meine Unterschenkel, die versuchten, mich noch mehr aus der Balance zu bringen, während ich sie so hochhob, wie ich konnte. Sie schlugen mich, immer und immer wieder, aber ich gab nicht nach.

Ich würde diese Frau nicht loslassen. Niemals.

Die Ältesten müssten mich totschlagen, bevor ich ihnen erlaubte, mich oder meine Schönheit zu brechen.

Und dann endlich wandelten sich die Schläge, die meinen Körper malträtiert hatten, in Schläge auf den Boden. All die Gehstöcke, die meinen Körper getroffen hatten, waren nun perfekt synchron, als sie auf den weißen Marmor des Ballsaales trafen.

Das Ritual war beendet.

Zehn Minuten und neun Sekunden durchgestanden.

Mein Körper war übel zugerichtet, aber das war nichts, was ich nicht aushalten konnte.

Zwei der Ältesten gingen zur Schlinge und schnitten Grace los. Ihr Körper glitt auf meine Höhe und ich hielt sie fest, als ihre Füße wieder festen Boden unter sich hatten.

Ich riss die Schlinge von ihrem Hals, so als wäre das Material vergiftet worden und konnte sie nicht schnell genug von ihrer zarten Haut entfernen. Die Schlinge hatte rote Abdrücke an ihrem Hals hinterlassen, aber die Haut war intakt und dafür war ich unglaublich dankbar.

Sie begann mein Gesicht zu küssen.

„Bist du verletzt? Wie schlimm sind deine Schmerzen?", fragte sie zwischen den Küssen. Sie sorgte sich kein bisschen um sich, sondern ausschließlich um mich.

„Es geht mir gut. Alles in Ordnung." Ich lehnte mich weit genug zurück, sodass ich sie vollständig in Augenschein nehmen und sichergehen konnte, dass es ihr gutging und sie tat offensichtlich dasselbe mit mir.

Dann fiel mein Blick auf die Perlenkette, die sie noch immer fest umklammert hielt. Ich nahm sie und legte sie um ihren Hals, verschloss sie vorsichtig. Sie hatte die Perlen verdient und ich wollte, dass sie stolz war, sie zu tragen.

Um nicht länger den Blicken der Ältesten ausgesetzt zu sein und weil es mir inzwischen vollkommen egal war, was sie über mich dachten, hob ich Grace in meine Arme und rannte förmlich aus dem Ballsaal.

Das Ritual war beendet und ich hatte kein Verlangen, weiterhin dieselbe vergiftete Luft wie diese kranken Wichser zu atmen.

„Bekommst du genug Luft?", fragte ich sie, als sie den Griff um meinen Nacken verstärkte.

„Es geht mir gut", erwiderte sie leise. „Du hast mich die ganze Zeit über gehalten und ich konnte atmen... nicht gut, aber gut genug."

Ja, ich hatte sie getragen. Ich würde sie immer tragen.

Während ich heute Abend immer wieder geschlagen worden war, war mir etwas klar geworden. Diese Frau, die ich da hielt, war ihr ganzes Leben lang erniedrigt worden.

Deutlich länger als zehn Minuten und neun Sekunden.

Das würde niemals wieder passieren. Nicht, solange ich noch einen Atemzug in mir hatte.

„Danke!", flüsterte sie, als sie ihren Kopf auf meiner Schulter ablegte.

Überrascht sah ich zu ihr herunter. Welchen Grund hatte diese Frau, mir zu danken? Ich sollte sie um Vergebung anflehen. Ich sollte auf Händen und Füßen vor ihr hocken und darum betteln, dass sie mich nicht hasste, nach allem, was diese arme Frau hatte durchmachen müssen. „Wieso dankst du mir?"

Unsere Blicke trafen sich. „Du hast mich nicht fallengelassen."

18

GRACE

IN DIESER WOCHE schlief ich viel. Weder Montgomery noch ich wollten es zugeben, aber die Rituale hinterließen langsam Spuren. Sein Körper war schwarz und blau gewesen und auch wenn er mir immer wieder versicherte, dass es ihm gut ging, wusste ich, dass sein Körper ausgelaugt war und Zeit brauchte, um sich zu regenerieren.

Eines Morgens fand ich Montgomery mit mir im Bett, wie er mich einfach hielt. Als ich aufwachte, hatte er einen seiner Arme um mich gelegt und redete sanft mit mir, sagte, ich solle weiterschlafen. Auf seiner anderen Seite stand sein Laptop und er hatte mit einer Hand darauf getippt, als ich aufwachte.

„Du hattest einen Albtraum", sagte er nur und strich mir die Haare aus dem Gesicht. „Schlaf noch ein bisschen weiter."

Ja, genau, dachte ich. Es fühlte sich gut an, ihm so nahe zu sein. Ich würde niemals wieder einschlafen können. Er tippte weiter rhythmisch und ging offenbar davon aus, dass ich wieder einschlafen würde.

Aber jetzt war ich wach. Und das Gefühl seiner warmen, festen Schenkel an meinen und sein starker, männlicher Arm um mich herum... Ich schluckte schwer und kniff dann die Augen zusammen.

Mal abgesehen von der ersten Nacht, der die Ältesten als Voyeure beigewohnt hatten und dem einen Mal in der Dusche hatten wir nie... Es hatte den magischen Morgen gegeben, nachdem wir am See gewesen waren, aber wir hatten nie...

Jedenfalls nicht in unserem eigenen Bett, ohne dass uns jemand zusah.

Ich erklärte mich dafür, dass ich so etwas überhaupt dachte, für verrückt. Ja, wir standen uns inzwischen nahe und die Art und Weise, wie er mich hielt, war einfühlsamer, als jemals ein Mann vor ihm...

Aber das war dumm von mir. Montgomery konnte in Momenten wie diesem sanft und lieb sein, aber er hatte niemals etwas gesagt, außer dass ich wunderschön und stark sei. Er bewunderte mich, aber war da mehr? Wollte ich, dass da mehr war? Hatten wir nicht beide zugestimmt, dass wir nur kurzzeitige Partner sein würden und ja, dass wir füreinander da sein würden, während unserer Zeit hier, aber was war danach?

Montgomery hatte niemals auch nur ein Wort über die Zukunft zu mir gesagt. Ich hatte das schreckliche Gefühl, dass er mir absichtlich keine Versprechen machte, die über die nächsten paar Wochen hinausgingen.

Ich war diejenige mit dem Problem. Ich war die, die ihren mädchenhaften Fantasien freuen Lauf ließ.

„Shh, schlaf weiter", flüsterte Montgomery und wischte mir erneut sanft ein paar Haare aus dem Gesicht.

Sein blaugrauen Augen waren weich, als er zu mir hinab-blickte. Unsere Blicke trafen sich und im nächsten Augen-blick schlug ich seinen Laptop zu und legte meine Arme um seinen Hals.

Als ich ihn auf die Matratze hinab zog, zögerte er nicht eine Sekunde. Er schob seinen Laptop vom Bett und posi-tionierte seinen schweren Körper dann so, dass dieser über mir schwebte und rutschte zwischen meine gespreizten Beine.

„Scheiße, du bist so unglaublich schön am Morgen, wenn du gerade aufwachst." Sein Kopf senkte sich und er küsste mich, während er noch mit leisem Knurren sprach, was dazu führte, dass meine Innereien sich zu verflüs-sigen schienen.

Sein Mund fand den Weg zu meinem Ohr und er zog mit den Zähnen daran. Aber es waren seine Worte, die mich dazu brachten, aufzugeben und mehr Berührungen zu verlangen.

„Du quälst mich jede Nacht, weil ich weiß, dass dieser geschmeidige, feste Körper hier ist, so nah und doch so weit weg."

Ich schüttelte den Kopf, während ich seinen Kopf wieder zu meinem zog. „Gerade bin ich nicht weit weg."

Er schien mir zuzustimmen, denn er verlagerte sein Gewicht, sodass ich seinen riesigen Steifen fühlen konnte, der sich gegen meine seidige Unterwäsche rieb, während er mich noch inniger küsste, als jemals zuvor. Eines meiner Beine hatte sich in der Decke verfangen, aber das andere wickelte ich um seine Taille und drückte mich hoch, sodass wir die Reibung hatten, nach der wir uns beide sehnten.

Lust durchfuhr mich. So heiß, dass Gefühl der Elektri-zität an der Verbindung seiner Zunge, während er meine damit liebkoste, die sich direkt in meinen Intimbereich auszubreiten schien.

Der Laut des Verlangens, der mir entfuhr, war wenig feminin. Ich fühlte mich wie ausgehungert, wollte ihn auf eine Art, die ich noch nie zuvor erlebt hatte. Ich versuchte den unteren Teil seines weißen Unterhemds zu greifen, denn ich wollte seine Haut auf meiner spüren. Offenbar hatte er einen ähnlichen Gedanken, denn er zog es hoch und riss es sich vom Leib. Sekunden später war er wieder auf mir.

Ich legte meine Arme noch fester um seinen Hals und zog an seinem Kopf, während seine Lippen den Weg zu meinen Brüsten suchten. Er kniff und schnipste einen meiner Nippel, während er den anderen mit seinen suchenden Lippen eroberte. Oh mein Gott, ja.

„Mehr. Fester." Ich wand mich unruhig unter ihm, rieb mich schamlos an ihm. Und ich war schon so geil, wollte so sehr, dass er mich anfasste: „Oh Gott, Montgomery."

Meine Nägel gruben sich in seine Kopfhaut, als mein Orgasmus mein innerstes Ergriff und sich den Weg nach außen suchte, was mich zu Tode erschreckte. Ich war noch nie so schnell und vor allem so leicht gekommen. War zur Hölle?

Aber Montgomery dachte gar nicht daran aufzuhören oder es langsamer angehen zu lassen. „Gut, das war dein erster. Lass uns herausfinden, wie viele ich dir schenken kann."

Ich wand mich unter ihm und brauchte schon jetzt mehr. „Wag es nicht, mit mir zu spielen. Ich will deinen Schwanz. Bitte, lass mich nicht warten."

Er knurrte und ließ die Hand zwischen unsere Körper

gleiten. „Du kleine Nymphe. Ich möchte, dass wir es langsam angehen lassen."

Ich schüttelte den Kopf, küsste noch immer jede Stelle, die ich erreichen konnte, sehnsüchtig. „Später langsam. Jetzt ficken."

Als er allerdings in mich eindrang nahm er meine beiden Hände, die verzweifelt nach ihm griffen, an den Handgelenken und fixierte sie über meinem Kopf. Auf der Stelle begann ich mich zu winden. Ich brauchte ihn. Verstand er das nicht? Ich brauchte das Echte zwischen uns. Etwas was ich greifen konnte. Etwa, das mehr war, als die Farce, die wir für andere aufführten. Wenn er mich hart nahm, dann fühlte ich es. Ich fühlte mich, als wäre ich für ein paar Minuten in diesem unendlichen Universum seine ganze Welt.

Aber Montgomery steckte stets voller Überraschungen und ich konnte ihm nicht vorschreiben, was er zu tun hatte, genauso wenig, wie ich der Erde vorschreiben konnte, sich andersherum zu drehen.

Denn während ich es schnell und hart wollte, war Montgomery offenbar fest entschlossen, es langsam angehen zu lassen. Ich versuchte meine Handgelenke aus seinem Griff zu befreien, aber er lächelte einfach nur zu mir hinab. Und dann, mit noch immer genauso festem Griff, lehnte er sich gerade so weit vor, dass er mit der Spitze seiner Zunge meine Nippel erreichen konnte.

Das war zeitgleich die schlimmste Qual und das Großartigste, was ich je gefühlt hatte. Zumindest bis ich die Spitze seines Schwanzes an mein Loch stoßen fühlte. Ich versuchte, den Winkel meiner Hüften zu verändern, mich näher an ihn heranzuschieben, aber wich jedes Mal zurück, wenn ich das tat, enthielt mir meinen großen Wunsch, es auf meine Art zu machen. Ohne ein Wort erinnerte er mich daran, dass er die Kontrolle hatte, wenn wir zusammen waren, egal ob wir es mit Publikum machten oder nur wir beide anwesend waren.

Die Erkenntnis beruhigte mich. Ich vertraute Montgomery während der schwersten und herausforderndsten Situationen und jetzt bat er still darum, dass ich ihm nun vertraute – in der intimsten Situation, in der es nur uns beide gab.

Eine Sekunde lang konnte ich ihm nicht in die Augen schauen. Wieso war das so schwer? Dann ließ er allerdings meine Handgelenke los und ergriff sanft mein Kinn, drückte meinen Kopf nach hinten, sodass ich ihn ansehen musste.

„Wohin bist du verschwunden?", fragte er. Ich ließ meine Handgelenke genau dort, wo er sie platziert hatte, über meinem Kopf. Der Rausch des nächsten Orgasmus hatte mich ergriffen, aber ich blieb am Rand, denn dort hielt er mich. Eine Träne rollte meine Wange hinunter.

Montgomery war auf der Stelle beunruhigt und begann, sich zurückzuziehen, aber ich ergriff ihn, nur kurz, um ihn wissen zu lassen, dass ich nicht wollte, dass er ging. Dann legte ich die Hände wieder gehorsam über meinen Kopf.

„Ich will dich so sehr", flüsterte ich, während ich tief in seine blau gepunkteten Augen schaute. Konnte er verstehen, was ich ihm sagen wollte? Dass ich ihn länger wollte, als für dieses kleine Stelldichein. Länger, als für die nächsten paar Wochen, die wir zusammen verbringen würden. Ich wollte ihn mehr, als ich jemals irgendetwas in meinem Leben gewollt hatte und das machte mir Angst. „Du bist so viel mehr als ich... Mehr als ich jemals..."

Seine Augen wurden sanfter, als er meine Worte hörte. „Grace, du bist das Wertvollste, das ich je in den

Händen hielt. Ich werde zusehen, dass du sicher bist. Ich verspreche es."

Interpretierte ich etwas in die Situation hinein? War das Montgomerys Version davon, mir seine Gefühle zu gestehen? Oh, Gott, bitte, ich wollte, dass er nur halb so viel fühlte, wie ich. Nur ein kleines bisschen meiner Gefühle wäre ausreichend.

Aber ich hatte zu viel Angst, nachzufragen oder um mehr zu bitten.

Stattdessen gab ich mich ihm hin und zum ersten Mal trieben wir es nicht miteinander, nein, wir liebten uns.

DAS IST ZWEI TAGE HER. Als ich heute Morgen aufwachte, war Montgomery nirgendwo zu sehen.

Ich gähnte und reckte mich, kniff die Augen gegen das helle Licht des... ich blinzelte und suchte dann nach einer Uhr. Wie spät *war* es? Es war deutlich zu hell draußen, als dass es noch Morgen sein konnte.

In dem Moment öffnete sich die Tür und Montgomery kam mit einem Tablett voll Essen rein. Er lächelte, als er sah, dass ich wach war. „Guten Morgen, Dornröschen. Oder sollte ich besser sagen: Guten Nachmittag."

Er kam zu mir herüber und stellte das Tablett mit dem Essen ans Ende des Bettes.

Ich setzte mich auf und mein Magen knurrte. „Ohhh, Frühstück im Bett. So leben also die besser Betuchten."

Montgomery verdrehte die Augen. „Nicht wirklich. Gewöhnlich esse ich morgens einfach Haferflocken, die ich in der Mikrowelle warmmache. Junggeselle und so..."

Ich tat so, als sei ich entsetzt und lehnte mich zu ihm hinüber, um ihm den Mund zuzuhalten. „Lass das bloß nicht Mrs. Hawthorne hören oder sie zieht bei dir ein, damit sie dir täglich drei ausgewogene Mahlzeiten kredenzen kann."

Montgomery allerdings zog einfach an meiner Hand, bis sie in seinem Schoß landete. „Was ist mit *dir*? Würdest *du* etwas gegen meine Junggesellenangewohnheiten unternehmen, wenn du könntest?"

Ich wusste, dass seine hellen Augen und sein intensiver Blick nach mehr fragten, als meiner Meinung zu seinen Essgewohnheiten. Könnte er... aber ich meine, zwischen uns könnte es nie funktionieren, weil er... und ich...

Ich wandte den Blick ab und schaute auf das Tablett. Als ich sah, dass dort eine kleine weiße Tüte mit silbernem Packpapier neben dem Essen lag, als wäre es ein Geschenk, verzog ich das Gesicht.

„Was ist das? Ist das für mich?" Ich griff nach der Tüte und Montgomery machte große Augen.

„Das ist für nach dem Frühstück", erklärte er, aber ich war zu schnell. Ich ergriff die Tüte und tanzte damit auf die andere Seite des Zimmers.

„Versuchst du mir ein Geschenk vorzuenthalten?", kicherte ich, während ich hineingriff. Meine Hände umfassten ein Objekt, das unter dem Papier versteckt war und ich verzog erneut das Gesicht, denn ich wusste nicht, was ich davon halten sollte? Ich zog es heraus, hielt es in die Luft und lachte. „Was *ist* das?"

Als ich allerdings wieder zu Montgomery hinübersah, war er knallrot und hatte eine Hand im Nacken.

Ich blickte wieder hinab auf den Gegenstand in meiner Hand. Es sah aus wie ein schmales, silbernes Ei, dass auf einem mit Juwelen besetzten Ständer ruhte, nur, dass das Ei oben eine leichte Spitze hatte. Ich drehte es in meiner Hand. Das Ende war mit Juwelen besetzt, die sicherlich nicht echt gewesen wären, wenn wir uns nicht in dieser Villa befunden hätten. Aber so wie die Dinge standen, war ich ziemlich sicher, dass es sich wahrscheinlich um eingefasste Diamanten und Rubine handelte.

„Ist das ein antikes Stück oder so? Ich verstehe es nicht."

Montgomery hustete ein wenig, als hätte er sich verschluckt und kam dann zu mir herüber. Vorsichtig nahm er das silberne Ei aus meiner Hand.

„Ja, ich schätzte irgendwie ist es antik. Aber es ist sterilisiert worden. Aber ähm, es ist für... es ist... ähm..."

Seine Hand legte sich wieder in seinen Nacken.

„Was?", fragte ich und lachte, weil er sich so schämte.

Bei seinen nächsten Worten war ich allerdings plötzlich erleichtert, dass er es hielt, denn wahrscheinlich hätte ich es vor Überraschung fallen gelassen. „Es ist ein Butt-Plug."

„Ein *was*?"

Jetzt grinste er und genoss, dass ich mich so unwohl fühlte. „Ein Butt-Plug. Nun, wirklich zum Üben. Ich bat Mrs. H ihn für uns zu besorgen, weil..."

„Du hast Mrs. Hawthorne um einen Butt-Plug gebeten!?" Oh mein Gott, ich würde vor Scham sterben. Die standhafte, solide, Mrs. Hawthorne, die Traditionen so sehr schätzte, hatte mir einen Butt-Plug organisiert. Ich vergrub das Gesicht in meinen Händen.

„Das ist etwas Gutes. Du wirst dich drüber freuen."

Ich sah zu Montgomery hinauf, als hätte er den Verstand verloren. „Darüber freuen?" Meine Stimme war locker eine Oktave höher als sonst.

Er kam mir näher, schien intuitiv zu wissen, dass ich

kurz davor war, auszurasten. „Wir haben zum Frühstück eine Einladung bekommen."

Er holte ein schwarzes Halsband hinter seinem Rücken hervor und meine Anspannung fiel auf der Stelle von mir ab. Ich hatte gewusst, dass wir jederzeit eine neue Einladung bekommen würden, denn das letzte Event war schon eine Woche her... aber wenn es ein Abend mit schwarzem Halsband war, hieß das, dass niemand außer Montgomery mich würde anfassen dürfen. Gott sei Dank.

„Aber sie werden eine Show erwarten. Ich werde heute Abend also deinen Arsch nehmen."

Er sagte das ganz trocken. Ich schluckte und nickte. Ich wusste, dass ich nicht darum herumkommen würde, auch wenn die Vorstellung mich nicht gerade beflügelte, beruhigte mich die Tatsache, dass es Montgomery sein würde und niemand anderes... nun, nur so war ich überhaupt bereit, es zu versuchen.

Seine Stimme wurde weicher. „Aber ich kann den Gedanken nicht ertragen, dass ich dir wehtun könnte. Deshalb werden wir den Tag über trainieren, damit du mich heute Abend nehmen kannst." Dabei hob er erneut das Ei in die Höhe.

Meine Augen wurden auf der Stelle groß. Als ich den Gegenstand nur mit Neugierde betrachtet hatte, war es etwas anderes gewesen. Jetzt, wo er davon sprach das ganze Ding in meinen...

Ich machte einen unfreiwilligen Schritt nach hinten. „Ähm..."

Er zog eine Augenbraue hoch und folgte mir. „Grace", sagte er mit einer Stimme, die eine seichte Warnung enthielt. „Das hier wird passieren, selbst wenn ich dich dafür fixieren muss."

Ich hielt inne. Nun, das hörte sich irgendwie geil an. Ich warf ihm ein freches Grinsen zu. „Versprochen?"

Das Feuer in seinen Augen entzündete ich. „Ich schwöre."

Und dann machte er einen Satz in meine Richtung, wobei er das Ei fest in der Hand hielt. Ich kreischte und versuchte über das Bett zu springen, aber er erwischte mich an den Hüften und landete auf mir.

Ich kicherte und wehrte mich, aber er legte sich einfach komplett auf mich drauf und fixierte mich ohne Probleme. Und Gott, fühlte sich das gut an. Besonders als ich spürte, wie ein gewisser Teil von ihm hart wurde. Ich wackelte extra ein bisschen mit dem Hintern, bis er stöhnte und sich an mir rieb.

Das hier war neu. So spielten wir sonst nicht. Aber ich liebte es.

Ich drückte meinen Arsch gegen seinen Steifen. „Glaubst du, du kannst mich fangen? Glaubst du, du kannst mich zähmen?"

Seine Stimme war tief und kehlig, als er die Hand senkte und eine meiner Arschbacken ergriff und drückte.

„Ich glaube, du gehörst mir schon", erklärte er, während er mein Nachthemd hochzog, das Fleisch meines Hinterns ergriff und es mit seinen großen Händen massierte.

Das erweckte meine Libido komplett. Seit dem gestrigen Morgen hatten wir einander nicht mehr angefasst und ich war kurz davor gewesen, verrückt zu werden.

Eines der Kissen lag in der Mitte des Bettes, weil ich es mochte, es beim Schlafen zwischen meine Beine zu legen und gerade war es perfekt unter meinem Schambein positioniert. Schamlos rieb ich mich daran, verzweifelt auf der

Suche nach Reibung, während Montgomery meinen Tanga herunterzog und meinen Hintern weiter massierte.

Und seine Daumen... oh Gott, seine Daumen... Bei jeder Runde seiner Massage, fanden sie den Weg näher an den verbotenen Ort, bis er mich weiter spreizte als jemals ein Mann vor ihm es gewagt hatte.

Ich vergrub das Gesicht im Kissen. Es war mir peinlich und zeitgleich war ich aufgeregt wegen dieser intimen Handlung, die er da an mir vornahm. Er schien sich allerdings nicht zu schämen, also tat ich es auch nicht. Es fühlte sich dreckig und verboten an und... es machte mich feuchter, als ich mir jemals hätte vorstellen können.

Er hielt einen Moment inne, wobei eine Hand weiter zwischen meinen Backen vergraben blieb und einen Augenblick später konnte ich etwas Nasses, Kühles an meinem Hintern spüren. Gleitgel. Dann drangen seine Finger noch weiter vor.

Oh Gott, oh Gott, er würde...

Ich konnte nichts gegen den Schrei tun, der mir entwich und meine Hüften drückten sich in das Kissen, als seine Finger schließlich in mein Loch eindrangen.

„Oh Fuck", entfuhr es ihm. Er hörte sich an, als hätte ihn die Lust ergriffen, jetzt wo sein Finger in meinem Arsch war. „Ich möchte dich so sehr ficken, Schöne. Ich will diesen Hintern mehr, als ich jemals etwas anderes auf diesem Planeten gewollt habe."

Der wohlerzogene Gentleman der Südstaaten hatte das Haus verlassen. Das hier war ein Mann, der gerne schmutzige Dinge sagte.

Das machte mich mutiger. Ich blickte über die Schulter zu ihm hinüber und zog die Muskeln um seine

Finger zusammen. „Das tut mir leid, Liebster. Du kannst mich erst heute Abend haben."

Wenn ich gedacht hatte, dass er vorhin bereits vor Lust berauscht war, war das Feuer und der erstaunte Ausdruck des Verlangens in diesem Moment... er war fast genug, dass ich meine Meinung ändern wollte. Denn wenn er mich hier und jetzt hätte nehmen wollen, hätte ich niemals nein sagen können. Mein Körper war schon für ihn bereit.

Ich ließ die Hüften kreisen und wusste, dass ich ihm einen großartigen Ausblick ermöglichte... Hintern in der Luft, offen und bereit für ihn.

Einen Moment lang, waren wir wie erstarrt und ich war mir sicher, dass er sagen einfach anfangen würde mich zu nehmen...

In der nächsten Sekunde konnte ich allerdings spüren, wie seine warmen, starken Finger sich aus meinem Hintern zogen und er grinste, als ich wimmerte, weil er sich mir entzog.

„Du hast recht. Was lange währt, wird endlich gut.", flüsterte er.

Und dann, bevor ich mich orientieren oder einen Einwand einwerfen konnte, hatte ein kaltes Stück Metall seine Finger ersetzt. Er hatte Gleitgel aufgetragen, das war mir klar, denn das Ei glitt ohne Probleme in mich hinein und wieder hinaus.

Aber während es das tat und sein Umfang immer größer wurde, wurden meine Augen groß wie Mühlräder.

Montgomery war da und sprach mir Mut zu. „Du machst das gut", murmelte er, die Augen ganz auf meinen Hintern gerichtet. „Du hast es fast geschafft. Wir haben es *faaassst* geschafft."

Oh Gott, das kleine Ei fühlte sich plötzlich wie ein Elefant an, der in meinen Hintern manövriert wurde!

„Nein, bleib locker, wir haben es fast." Er begann wieder damit, meinen Hintern zu massieren. „Entspann dich für mich."

Ich atmete aus und versuchte, seiner Anweisung zu folgen. Entspannen. Entspann dich.

Und dann, mit einem Geräusch, als gäbe es Unterdruck, rutschte das Ei ganz in mich hinein und wurde nur von dem mit Juwelen besetzten Ende aufgehalten.

„Da haben wir's!", verkündete Montgomery mit einem festen Schlag auf meinen Arsch, der durch den Raum hallte. „Du bist mein Mädchen!"

Ich versteckte den Kopf in den Kissen und stellte erst jetzt fest, dass sich Schweiß auf meiner Stirn gesammelt hatte.

Montgomery verschwand im Bad, wahrscheinlich um sich die Hände zu waschen und ich blieb, wo ich war.

Der Butt-Plug fühlte sich... komisch an. Nicht schlecht. Aber wie sollte ich den ganzen Tag mit ihm in meinem Hintern herumlaufen? Oh, mein Gott.

Jedes Mal, wenn Montgomery mich ansah, würde er wissen, dass er da war.

Ich biss mir auf die Lippe. Zugegeben, das war irgendwie geil.

Als Montgomery zurückkam sah er ruhig, cool und gefasst aus, wie sonst auch. Ich setzte mich auf, verzog das Gesicht, als das Ei sich in mir bewegte – *in mir!!!* – und Montgomery kam direkt zu mir herüber. „Geht es dir gut?"

Ich streckte die Hand aus und ließ die Finger über die Juwelen des Endes gleiten, bevor ich meine Unterwäsche wieder anzog. „Ähm. Ja. Dafür, dass ich ein Ei in meinem Arsch habe, geht es mir gut. Und dir?"

Seine Augen wurden dunkler: „Wahrscheinlich werde ich heute nichts für die Arbeit erledigen können, wenn du weiter so zuckst."

Ich blinzelte unschuldig zu ihm hinauf und wackelte mit meinem Hintern, der inzwischen auf dem Bett platziert war. Ich hatte mein Nachthemd noch nicht wieder heruntergezogen, also waren meine langen Schenkel und das kleine Dreieck meines Tangas sichtbar. „So?"

Er beugte sich vor und ergriff mein Gesicht, gab mir einen langen, innigen Kuss. Wenn mich die Lust eben nicht vollständig ergriffen hatte, dann tat sie es jetzt.

Als er mich losließ, streckte ich die Hände nach ihm aus, aber er lachte einfach und winkte mit dem Finger in meinem Gesicht.

„Nein, nein, nein!", wies er mich zurecht. „Erst heute Abend."

Und dann hatte er tatsächlich den Mumm, an den Schreibtisch in der Ecke zurückzukehren und mit der Arbeit zu beginnen. Ich war rasend vor Lust und hatte nichts weiter, als meine Bücher, um mich abzulenken und den Butt-Plug in meinem Hintern, der mich daran erinnerte, was mich am Abend erwarten würde.

19

Montgomery

Die Schachtel mit den farbigen Halsbändern stand wieder auf dem Bett und ich musste nicht lange nachdenken, bevor ich das schwarze ergriff und es um Graces Hals legte, ehe ich die Leine einhakte.

„Glaubst du, sie werden wütend darüber sein, dass du mir weiterhin das schwarze gibst?", fragte Grace.

„Das ist mir egal. Es ist meine Wahl." Ich deutete auf das Bad: „Mach dich fertig, wir müssen langsam los."

Sie zog sich direkt vor mir aus und lächelte:" Was genau muss ich machen, um fertig zu sein?"

Sie drehte sich im Kreis, so als würde sie mir ihr nicht-existierendes Outfit vorführen. Dann blickte sie über die Schulter hinunter zu dem Butt-Plug in ihrem Hintern. „Wie genau soll ich das rausholen?"

„Das tust du nicht", erklärte ich mit einem Grinsen. „Ich weiß, dass die meisten Männer nicht glücklich darüber sein werden, dich erneut mit einem schwarzen

Halsband zu sehen, aber ich denke, dass dieser kleine Juwel, der in dir steckt, sie davon ablenken wird."

Sie verdrehte die Augen, diskutierte allerdings nicht mit mir darüber.

„Immerhin siehst du gut aus.", stellte sie fest, während sie meine Fliege zurechtrückte.

„Ich habe keine Lust mehr, Smoking zu tragen." Ich hielt inne, als mir klar wurde, dass ich kein Recht hatte, mich zu beschweren, schließlich stand sie nackt, nur mit einem Halsband, einer Leine und einem Butt-Plug vor mir. „Aber Danke.", fügte ich hinzu, als ich mich vorbeugte und ihr einen sanften Kuss auf die Lippen gab. „Das hier ist alles bald vorbei."

Ich musste Grace nicht mal sagen, dass sie auf alle Viere gehen sollte, als wir den Ballsaal erreichten. Dieses ganze Szenario schien sich langsam in uns beiden zu manifestieren und ich fragte mich plötzlich, ob wir nach diesen 109 Tagen noch dieselben sein würden, wie zuvor. Konnten wir normal aus der Villa kommen und nicht den Rest unseres Lebens einen Schaden davontragen? Vielleicht war es das hier, was meinen Vater zu einem solchen Idioten gemacht hat. Vielleicht hatte Oleander ihn gebrochen.

Aber es würde mich nicht brechen.

Und ich würde nicht zulassen, dass es Grace brach.

Mr. St. Claires Gesicht war das erste, das ich sah, als wir den Raum betraten. Er blickte zu Grace hinüber, dann zu mir und schenkte mir ein kleines Lächeln, bevor er seine Aufmerksamkeit auf ein anderes Mitglied des Ordens lenkte. Es war schön zu sehen, dass ihm das schwarze Halsband nichts zu machen schien, auch wenn ich wusste, dass das bei meinem Vater anders sein würde.

Die Party war schon in Schwung.

Schwänze wurden geblasen, Muschis gefickt und Ärsche gespreizt. Und ja, wir könnten uns hinstellen und zusehen, was einige von ihnen trieben, aber ich wollte auch nicht, dass wir zur Zielscheibe wurden. Ich wollte, dass es erschien, als wären wir Teilnehmer, sodass niemand sich gezwungen fühlte, uns zum Mitmachen zu zwingen.

„Ich dachte ich hätte meinem Sohn beigebracht, seine Spielzeuge zu teilen", hörte ich meinen Vater hinter mir. „Aber die Ältesten haben das Recht, deine Entscheidung zu revidieren, wenn wir das wollen."

Er beugte sich so weit herunter, dass er Grace einen Klaps auf den Hintern geben konnte. „Wobei ich den Schmuck, den du ihr gegeben hast, mag. War da etwa jemand ungezogen?"

Grace verzog das Gesicht und ich wusste, dass sie das aus Ekel tat, statt wegen Schmerzes durch den Klaps. Ich bewunderte sie dafür, wie schnell sie die Kontrolle zurückerlangte und fähig war, nicht weiter auf ihn zu reagieren. Ich wäre nicht dazu in der Lage gewesen, auch nur halb so stark zu sein, wie sie. Er wäre ein toter Mann, wenn wir die Rollen tauschen würden.

„Entschuldige mich bitte", sagte ich und zog an der Leine, sodass Grace näher an meinem Bein verweilte. „Mein Haustier und ich haben noch etwas miteinander auszumachen, wegen ihrer Attitüde und fehlendem Respekt." Ich hatte das Gefühl, dass die anderen Mitglieder uns in Ruhe lassen würden, wenn ich sie behandelte, als wäre sie heute nur meine, weil ich sie für etwas bestrafen musste.

Ich wusste, dass dieses dominante Verhalten von den Männern des Ordens respektiert werden würde.

Mein Vater deutete auf eine erhöhte Plattform... eine

von vielen im Raum... und verkündete: „Gerne doch. Erfülle deine Pflicht."

Ich hätte wissen müssen, dass er versuchen würde, mich bloßzustellen, aber dieses Mal waren auch andere Mitglieder in unserer Nähe, also hatte ich keine andere Wahl, als das zu tun, was mein Vater verlangte. Mein Bauchgefühl sagte mir, dass einer von ihnen Grace nehmen würde, wenn ich es nicht tat, schwarzes Halsband hin oder her. Und ich hatte auch das Gefühl, dass ich ihnen eine Show bieten musste, wenn ich verhindern wollte, dass ein anderer sie für sich beanspruchte.

Ich versuchte mich nicht in meinen Gedanken zu verlieren, zog Grace die Plattform hinauf und betete, dass diese Frau mir meine Sünden vergeben würde, wenn wir fertig waren.

Auch wenn es einige Plattformen gab, die von Haustieren und ihren Herren genutzt wurden, kamen alle freien Ältesten zu uns herüber, um zuzusehen.

Es gab kein Zurück.

Ich versuchte den Raum voller kleiner, dunkler Rattenaugen, die auf mich gerichtet waren, zu ignorieren, während ich meinen Gürtel öffnete und ihn durch die Schlaufen meiner Hose zog.

„Du warst ein böses, böses Mädchen.", sagte ich, eher für die Zuschauer, als um Graces Willen. Und dann faltete ich den Gürtel und schlug ihn auf meine Hand.

Grace sagte nichts, aber ich sah, wie sie die Finger spreizte, um sich mehr Halt zu verschaffen.

Ich verlor keine Zeit und ließ das Leder auf ihren blanken Hintern prallen. Ich schlug fest genug, um einen roten Striemen zu hinterlassen, aber nicht so fest, dass sie blaue Flecken davontragen würde... zumindest hoffte ich das.

Sie schrie auf und ich war nicht sicher, ob sie das für die Show tat oder weil sie es nicht verhindern konnte. Ich fuhr trotzdem damit fort, sie auszupeitschen. Immer und immer wieder traf mein Gürtel auf ihre Haut und berührte ihr Fleisch, das langsam knallrot wurde. Sie blieb in Position, aber ich sah ihre Beine zittern und erkannte den genauen Zeitpunkt, zu dem sie keinen weiteren Schlag meines Gürtels aushalten würde.

Aber ich konnte die Show hier noch nicht enden lassen. Sie würden mehr wollen. Und verdammt... *ich* wollte mehr.

Ich griff in meine Tasche und holte das Gleitgel hinaus, an das ich für das heutige Event gedacht hatte. Ich öffnete meinen Reißverschluss und zog meinen Schwanz heraus, der geschwollen war, nur weil sich Graces nackter Arsch vor meinen Augen befand.

Ich niete mich hinter sie, zog den Butt-Plug aus ihrem engen, kleinen Loch und trug mehr Gleitgel auf. Ich weigerte mich, mich im Raum umzusehen. Ich war alleine auf Graces Hintern und meinen pochenden Schwanz fokussiert.

Ich sollte wirklich nicht ihren Hintern erobern wollen, während alle mir zusahen, aber mein Schwanz war da anderer Meinung. Mein Körper war ausgehungert und ich war mir nicht sicher, ob ich aufhören könnte, selbst wenn es keine Konsequenzen hatte.

Ich wollte sie.

Ich wollte sie jetzt.

„Ich werde deinen Arsch ficken.", sagte ich, während ich meine Schwanzspitze an ihren Anus legte. „Und wieso werde ich dieses enge Loch von dir nehmen?"

Als sie nicht gleich antwortete, schlug ich ihr fest auf ihren bereits bestraften Hintern, um sie zu warnen, dass ich ihre komplette Untergebenheit hören wollen würde. Der Orden musste es ebenfalls hören.

„Antworte mir, Haustier. Wieso werde ich deinen Hintern nehmen?"

„Weil ich dir gehöre", kam es von ihr. Sie öffnete ihre Schenkel etwas weiter, als stilles Zeichen dafür, dass sie es zulassen würde. „Mein Körper gehört dir und du kannst mit ihm machen, was immer du willst."

„Braves Mädchen", knurrte ich, als ich mir langsam meinen Weg durch ihren engen Eingang bahnte. Sie stöhne, als ihr Fleisch sich um mich herum weitete, aber ich gab nicht nach. Sie würde mich ganz nehmen müssen.

„Du gehörst mir", zischte ich, während ich meinen Schwanz Zentimeter für Zentimeter tiefer in sie schob.

Sie schrie auf und ich fühlte, wie sich ihre Muskeln um mich herum verkrampften. Ich wusste, dass sie das hier nur genießen können würde, wenn ich es schaffte, dass sie sich entspannte. Ich griff um sie herum und fand ihren Kitzler. Zunächst baute ich ein wenig Druck auf und begann dann zu kreisen. Ich pausierte meine Expedition in diese unbekannten Tiefen, damit sie sich an meinen Umfang gewöhnen konnte. Als ihr Körper sich ein wenig zu entspannen schien, machte ich weiter.

„Du bist zu groß", kreischte sie, während sie versuchte, von mir fort zu krabbeln.

Ich ergriff ihre Hüfte mit beiden Händen und stieß bis zu den Eiern in sie hinein. Sie gab nach und wurde steif.

„Wem gehört dieser Arsch?", fragte ich, während ich immer wieder in sie stieß. Als sie nicht antwortete, stieß ich noch tiefer.

„Dir!"

Als ich wusste, dass sie nicht erneut die Flucht ergreifen würde, drückte ich ihre Schultern in Richtung

Boden, sodass ihr Arsch noch besser zu sehen war und weil ich so noch tiefer in sie stoßen konnte.

„Montgomery, bitte..."

„Nimm mich ganz", verlangte ich von ihr. Und auch wenn ich wusste, dass ich mit diesem Arschfick klar an ihre Schmerzgrenze gegangen war, wusste ich auch, dass der Butt-Plug, den sie den ganzen Tag über getragen hatte, sie darauf vorbereitet hatte. „Spürst du, wie sehr ich dich weite?"

Ich vernahm keine Antwort, also streckte ich die Hand aus, ergriff ihre Haare und zog ihren Kopf nach hinten.

„Ja, ich kann es fühlen", entgegnete sie gehorsam, außer Atem.

„Wem gehörst du?"

„Dir!"

Ich stieß noch ein paar Mal in sie hinein und wusste, dass die Enge ihres Hinters mich schnell zum Höhepunkt bringen konnte. Und, auch wenn ich wollte, dass dieses Gefühl für immer anhielt, war mein Bedürfnis nach einem Orgasmus größer.

Ich fand erneut ihre Klitoris. Sie verdiente es, selbst Lust zu empfinden und ich würde alles tun, damit das geschah.

„Komm für mich, Grace. Komm jetzt."

Ihr Körper versteifte sich und mit jedem Stoß meines Schwanzes wurde ihr Stöhnen lauter. Ich spielte noch ein bisschen mit ihrem Kitzler, bis ich ihren bevorstehenden Orgasmus hören und fühlen konnte.

„Montgomery!"

Ihr pulsierendes Arschloch massierte eine erotische Explosion aus mir hinaus, wie ich sie noch nie zuvor erlebt hatte.

Ich stöhnte mit einem letzten Stoß, schloss die Augen und genoss den Augenblick für mich alleine.

Tat, als wäre ich alleine.

Ich wollte die Gesichter meiner Zuschauer nicht sehen. Ich wollte nicht sehen, wie sie ihre Körper anders positionieren, um ihre eigenen Erektionen zu verstecken. Ich wollte die Lust in ihren Augen nicht sehen. Ich wollte nichts als Dunkelheit. Nur die Dunkelheit.

Die Dunkelheit, in welcher meine Existenz zuhause zu sein schien.

Ich griff nach Grace und zog sie an mich. Meine Arme wickelten sich um ihren zitternden Körper, während sie sich eng an mich kuschelte und wir beide nach Luft schnappten und wieder zu uns fanden. Meine Augen waren noch immer geschlossen, aber Grace war mit mir in der Dunkelheit und beruhigte mich in dieser kranken Situation, in der wir uns befanden.

Nur wir.

Für den Augenblick...

Bald würde ich die Augen öffnen und der Realität entgegentreten müssen. Genauso, wie Grace und ich einer neuen Realität begegnen würden, wenn wir Oleander Manor verlassen würden. Eine, in der wir nicht mehr gezwungen waren, zusammen zu sein.

Für den Moment allerdings, mit Grace in meinen Armen, war das hier meine Realität.

Mit zusammengekniffenen Augen.

20

GRACE

IN DIESER NACHT hatte sich etwas zwischen mir und Montgomery verändert. Ich hatte Analverkehr immer als etwas Brutales und Böses gesehen. Etwas, was Männer antörnte, weil sie ihn immer wieder in Pornos gesehen hatten. Ich hatte niemals erwartet, dass er die Intimität zwischen zwei Menschen so sehr stärken könnte...

Vielleicht war es aber auch einfach die Tatsache, dass mich und Montgomery ein Geheimnis verband.... So als wären wir die einzig beiden, die die Wahrheit über das wussten, was zwischen uns geschah und dass wir für alle anderen nur eine Show abzogen.

Wir bewahrten stets das Gesicht, wenn wir vor den Angestellten waren, selbst vor Mrs. Hawthorne, aber hinter geschlossenen Türen machten wir Witze, kicherten und liebten uns.

Manchmal war es einfach, aber manchmal sah ich die Intensität in Montgomerys Augen, obwohl er sich kurz zuvor noch vollkommen auf die Arbeit konzentriert hatte und er kam zu mir herüber und griff mich quasi dort, wo ich auf dem Bett lag, an.

Und oooookay, vielleicht hatte es damit zu tun, dass ich aufgehört hatte, mir die Mühe zu machen, mich anzuziehen und die meiste Zeit Unterwäsche oder ein Bikinitop und Hotpants trug, wenn wir im Zimmer oder am See waren. Aber ehrlich gesagt tat ich das nur, weil ich den Zusammenhang zwischen der Menge an Kleidung, die ich trug und Montgomerys Fähigkeit, die Finger von mir zu lassen, erkannt hatte.

Und, man sagt ja, in der Liebe und im Krieg ist alles erlaubt.

Nur... Das hier war kein Krieg und es konnte keine Liebe sein. Das *konnte* es nicht sein.

Ich verzog das Gesicht, legte das Buch auf den Rand des Bettes und starrte zu Montgomery herüber, der in seinen Laptop vertieft in der Ecke des Zimmers vor dem offenen Fenster verweilte.

Ich hatte angefangen mit ihm zu arbeiten. All die Businesskurse, die ich absolviert hatte? Nun, es stellte sich heraus, dass sie tatsächlich nützlich waren. Es machte Spaß, mein Gelerntes im echten Leben anzuwenden. Ich hatte ihm geholfen, eine kreative Lösung für ein Problem in seiner Lieferkette zu finden. Und dann hatte ich ein Diagramm erstellt, von dem er sagte, dass es ihm und seinem Team sehr geholfen hatte, die neue Produktionskette zu visualisieren und zu optimieren.

Ich glaube nicht, dass er das nur gesagt hatte, weil er nett sein wollte, denn ich sah, dass er im Laufe der Woche immer wieder darauf zurückgriff. Es fühlte sich toll an, als mehr als „eine hinterwäldlerische Kellnerin in Hotpants" gesehen zu werden.

Er übertrug mir immer mehr Aufgaben in seiner Firma. Er fragte mich nach meiner Meinung und unsere Unterhaltungen wurden immer vertraulicher und ehrlicher. Wir sprachen viel über seinen Vater und darüber, wie wir die Situation angehen oder sogar verbessern konnten, die durch diesen habgierigen Narzissten verursacht wurde. Montgomery war klug... wirklich verdammt klug. Aber er hatte mir auch mehrfach gesagt, dass ich das war. Ich fühlte mich wertgeschätzt, gewürdigt und es schien, als hätte Montgomery durch das, was ich zu bieten hatte, auch einen Vorteil.

Andersherum gab Montgomery mir immer das Gefühl, mehr als meine Vergangenheit zu sein.

Während ich ihn betrachtete fiel die Sonne auf seinen blonden Struwwelkopf. Dafür war ich persönlich verantwortlich... weil ich meine Finger immer wieder durch sie geschoben und seine Kopfhaut gekratzt hatte, während er am Morgen in mich stieß und ich zusammen mit dem Chor der Singvögel schrie, weil ich kam.

Ein unerwartetes Klopfen an der Tür erschreckte uns beide. Ich sah hinüber zur Uhr über der Tür. Es war erst zwei Uhr nachmittags. Wir hatten schon das Mittagessen in unserem Zimmer genossen und gewöhnlicher Weise bekamen wir zu dieser Zeit nie Besuch. Niemals vor dem Abendessen.

Montgomerys Blick traf meinen und er stand elegant von seinem Stuhl auf. „Ja? Herein."

Mrs. Hawthorne steckte den Kopf durch die Tür. „Freundchen, dein Vater ist hier, um dich zu sprechen." Ihre Augen blickten zwischen Montgomery und mir hin und her. „Alleine."

Ich hob die Hände, um zu zeigen, dass ich bleiben

würde, wo ich war. Montgomerys Gesichtszüge versteiften sich, aber er nickte kurz. „Wo wartet er auf mich?"

„Im Esszimmer im Südflügel."

„Danke, Mrs. H. Sagen Sie ihm, dass ich sofort komme."

Sie nickte und zog sich genauso schnell zurück, wie sie gekommen war, wobei sie die Tür hinter sich schloss.

„Ist alles in Ordnung?", fragte ich.

Montgomery wirkte abwesend und starrte aus dem Fenster. „Was? Ja, ich bin mir sicher, alles ist in Ordnung."

Ich war wie versteinert. Zum ersten Mal seit Wochen hatte Montgomery mich angelogen. Ich wurde von Sorge erfasst, obwohl ich mich noch vor wenigen Augenblicken so leicht gefühlt hatte.

Bevor ich ihm allerdings sagen konnte, was ich fühlte, stand er am Schrank und holte ein gestärktes, weißes Hemd hervor. Klar, denn er könnte ja niemals im T-Shirt mit seinem Vater sprechen, wahrscheinlich würde das das Ende der Welt bedeuten.

Ich wollte weiter stochern, aber selbst mit meiner beschränkten Erfahrung, was Beziehungen anging, wusste ich, dass Männer es hassten, wenn sie klammernde Freundinnen hatten, die sich einmischten. Und was wäre, wenn ich fragte und er mich weiterhin anlügen würde?

Und auf einmal kam mir ein Gedanke: *Oh, Gott, was war, wenn Montgomery die ganze Zeit mit mir spielte?* War ich so verzweifelt, dass ich einfach alles glaubte, weil ich ihn mochte und glauben wollte, was er mir erzählte? Hatte meine Beziehung zu Kyle mir nicht bewiesen, dass Männer so lange blieben, wie sie das bekamen, was sie wollten und sobald eine bessere Alternative des Weges kam, die Biege machten?

Nein. Montgomery war nicht so...

Das war genau das, was ein naives Mädchen, dem das Wasser bis zum Hals stand, in einem solchen Augenblick sagen würde, um sich zu verteidigen. Verdammt, ich wusste nicht, was ich glauben sollte. Ich hatte immer all die dummen Mädchen verachtet, die Warnzeichen, dass etwas nicht stimmte, ignorierten und er hatte mir gerade direkt ins *Gesicht* gelogen.

Ich musste nicht viel Abstand gewinnen, um zu sehen, dass ich gerade einfach zu haben war. Aber was war, wenn die Aufnahme vorüber war? Was dann? Montgomery und ich hatten es vermieden, darüber zu sprechen.

„Ich bin so schnell zurück, wie ich kann", sagte Montgomery, der sich zu mir umdrehte und einen Kuss auf meiner Stirn platzierte.

Dann, verließ er das Zimmer ohne ein weiteres Wort und schloss die Tür fest hinter sich. Er war so elegant. Direkt von Anfang an war ich davon ausgegangen, dass er zu hübsch war, um ein warmes Herz zu haben. Und wenn man sich seinen *Vater* ansah... Was wäre, wenn der Apfel nicht so weit vom Stamm gefallen war, wie ich dachte?

Fünf Sekunden lang stand ich sprachlos ganz alleine im Zimmer.

Und dann entschloss ich, dass das Schwachsinn war.

Ich war es leid, dass unsichtbare Mächte mein Leben bestimmten. Ich hoffte so sehr, dass Montgomery ein guter Mann war, aber was war schlimm daran, einen Beweis dafür zu suchen?

Ich warf ein weiches Yoga-Shirt über, machte mir allerdings nicht die Mühe auch noch Schuhe anzuziehen. Barfuß war wahrscheinlich sowieso besser für das, was ich vorhatte.

Mit halb geschlossenen Augen betätigte ich die Klinke

und betete, dass ich nicht eingeschlossen worden war. Normalerweise war diese Tür nie verschlossen, aber andersherum ließ man uns ja gewöhnlich auch in Ruhe.

Die Tür ließ sich einfach öffnen. Wenn Montgomery sie hätte abschließen wollen, dann hatte er es entweder vergessen oder hatte nicht erwartet, dass ich in seiner Abwesenheit gehen würde. Dummer Mann. Er sollte inzwischen wissen, dass er mich nicht unterschätzen durfte.

Das Esszimmer im Südflügel. In Ordnung. Ich biss mir auf die Lippen, während ich den Flur entlangschlich. Die Haupttreppe zu nehmen wäre ein Risiko, aber das Treppenhaus der Bediensteten würde mit Sicherheit zur Folge haben, dass ich Mrs. Hawthorne in die Arme lief.

Wenn nicht gerade ein Event stattfand, war die Villa ziemlich leer.

Ich würde das Risiko eingehen.

Auf Zehenspitzen, um möglichst leise zu sein, rannte ich den Flur entlang und die Haupttreppe hinunter, sodass mich jeder vom Eingang und dem bekannten weißen Ballsaal hätte sehen können. Es war niemand in Sicht.

Ich wusste das Montgomery und ich in einem Schlafzimmer im Norden des Gebäudes untergebracht waren, also eilte ich in die andere Richtung, nachdem ich das Erdgeschoss erreicht hatte.

Stimmen sorgten dafür, dass meine Füße auf dem kühlen Holzboden verweilten.

Ich schlich weiter in die Richtung, aus der sie kamen, immer nach jemandem Ausschau haltend, der mich erwischen konnte. Die Luft war noch immer rein.

„... bin beeindruckt mit deinem Fortschritt hier in der Villa. Ich war mir nicht sicher, ob du es in dir haben würdest, aber deine Vorstellung bei der letzten Einladung war bestärkend."

Ich ging die letzten Schritte und drückte das Ohr gegen die Tür aus Mahagoni, von der ich vermutete, dass sie zum Esszimmer des Südflügels gehörte.

Als ich das allerdings tat, bewegte sich die ganze Tür ein bisschen und ich bemerkte, dass sie nur angelehnt worden war. Wahrscheinlich war das der Grund gewesen, wieso ich die Stimme so deutlich vernommen hatte, obwohl der Raum eine so massive Tür hatte. Ich erstarrte zur Salzsäule und hielt die Tür so ruhig wie möglich.

„Ich war immer auf deiner Seite, Dad. Ich weiß, dass ich nicht immer alles genauso handhabe, wie du es dir wünschst, aber das heißt nicht, dass wir nicht dasselbe wollen. Alles, was ich je wollte, war, dass du mir Anerkennung schenkst. Ich wollte an deiner Seite arbeiten und beweisen, dass meine Vision für die Zukunft unserer Firma gefestigt ist."

Ich hörte, wie sich ein Stuhl bewegte. „Ich möchte auf dem, an dem du dein ganzes Leben gearbeitet hast, aufbauen. Geht es beim Orden nicht genau darum? Familie und das Erbe? Ich habe mein ganzes Leben daran gearbeitet, ein Sohn zu sein, auf den du stolz sein kannst."

„Das bedeutet mir viel, Montgomery. Das tut es wirklich. Ich habe mir ehrlich Sorgen um dich gemacht. Ich ging davon aus, dass deine Mutter dich verhätschelt hat."

„Du hast selbst gesehen, dass ich nicht verhätschelt bin."

„Warum nimmst du dann immer das schwarze Halsband?", wollte sein Vater wissen. „Sie ist ein Nichts. Ein Gegenstand, welchen du entsorgst, wenn du mit ihr fertig bist. Es gibt einen Grund, warum wir Schlampen wie sie aussuchen. Sie sind niemand. Wenn wir ein bisschen über die Stränge schlagen und sie brechen, wird niemandem auffallen, dass sie nicht wiederauftauchen. Du bist vielleicht nicht verhätschelt, aber ich bin mir nicht sicher, ob du skrupellos genug bist, das Geschäft, das ich aufgebaut habe, zu führen."

Niemandem wird auffallen, dass sie nicht wiederauftauchen.

Da hatte ich es, schwarz auf weiß. Die Wahrheit. Nicht jeder Frau verließ diese Hallen mit ihrem Happy End. Was passierte mit ihnen? Die, die sie zu hart rannahmen? Wurden sie ermordet? In Anstalten gesteckt? Ich hatte keinen Zweifel daran, dass der Orden mächtig genug war, das zu tun und eine Person einfach verschwinden lassen konnte.

Oh Gott, was zur Hölle tat ich hier? Hatte ich den Kopf in den Sand gesteckt und so getan, als wären Montgomery und ich ein glückliches Paar? Wieso stellte ich mir vor, dass ich in ihn *verliebt* war, wenn das alles hier offensichtlich nur ein Spiel für sie war? Ein riesiges, krankes Spiel.

Montgomerys nächste Worte bestätigten meine Ängste nur noch.

„Ich muss alles gegeneinander ausspielen", sagte Montgomery. „Ich muss mehr als drei Monate mit ihr verbringen. Das ist der Teil, den du nicht verstehst, Dad. Manchmal sind es eben die Kleinigkeiten, die eine Rolle spielen."

Seine Stimme wurde leiser und vertraulicher. Ich musste mich anstrengen, um ihn zu hören, aber ich konnte ihn verstehen... Ich konnte jedes Wort hören. „Ich mag Frauen nicht, wenn sie schreien und kämpfen. Ich mag es, die Macht über sie zu haben und dass sie nach meinem Schwanz betteln. Ich werde mich nicht dafür entschuldigen, was ich vorziehe."

Ich hatte Steine im Magen.

Ja, Montgomery war klug... wirklich verdammt klug.

Montgomerys Stimme war entspannt, aber bedacht, so als wäre das hier ein Meeting, auf das er sich vorbereitet hatte. „Deshalb bin ich der perfekte Partner für dein Geschäft. Du brauchst jemanden mit seiner sauberen Weste, wenn du diese neuen Geschäfte wirklich abwickeln möchtest. Und daneben brauchst viele echte Deals und Geschäfte, die das verstecken können, was du hinter geschlossenen Türen treibst."

Erneut scharrte ein Stuhl.

„Verstehst du es nicht?", fügte Montgomery hinzu. „Das bin ich und das ist, was ich mitbringe. Offiziell wirst du mir die Geschäfte übertragen, aber du bleibst dabei und tust genau das, was du jetzt machst. Du beschützt die Firma und wir werden nicht so genau beobachtet werden. Wieso willst du aufhören, König zu sein? Zusammen können wir mehr Geld scheffeln, als Gott selbst."

Einer meiner Arme drückte sich gegen meinen Bauch, während die andere Hand meinen Mund bedeckte. Dieser doppelzüngige, überzeugende Lügner war an diesem Morgen noch zwischen meinen Schenkeln gewesen. Er hatte mich von einem Orgasmus in den nächsten getragen.

Er hatte süße Dinge in mein Ohr geflüstert. Wir hatten Pläne geschmiedet.

Ich hatte ihm geglaubt. Haken, Leine, Treffer.

Denn ich war noch immer eine genauso große Idiotin, was Männer anging.

Das einzige, was mich zu einer noch größeren Idiotin machen würde, wäre, wenn ich jetzt erwischt würde. Also drehte ich mich so leise ich konnte auf dem Absatz um und rannte die Treppe hinauf zurück in mein Zimmer.

Ha. Nicht mein Zimmer. Meine Gefängniszelle.

Und keine fünf Minuten später kehrte mein hübscher Wärter zurück.

Montgomery sah mich abschätzend an, als er hereinkam. Ich blickte auf mein Buch, war aber nicht imstande, es zu lesen.

Er hielt inne als er hereinkam und wartete offensichtlich darauf, dass ich ihn bezüglich seines Aufenthaltsortes einem Verhör unterzog. Verhalte dich normal. In einer Schlangengruppe musste ich lernen, genauso durchtrieben zu sein, wie jede andere der Giftschlagen.

„Worum ging es?", fragte ich so freundlich, wie ich konnte.

Ein Teil von mir... ein kleiner, dummer Teil... hoffte, dass Montgomery die Wahrheit über das Gespräch mit seinem Vater sagen würde. Dass er erklären würde, dass er ihm eine falsche Spur gelegt hatte und dass er noch immer daran arbeiten wollte, seinen Vater in die Knie zu zwingen.

„Nichts", sagte Montgomery stattdessen leichtfertig, während er zurück zu seinem Schreibtisch ging und sich setzte. „Er wollte mich wissen lassen, dass er unglücklich darüber war, dass ich stets das schwarze Halsband wähle. Bei der nächsten Einladung werden wir etwas anderes machen müssen."

Besorgt setzte ich mich auf. „Was soll das heißen? Du willst mich tatsächlich teilen?"

Montgomery warf mir einen Blick zu. „Was? Nein. Niemals. Wir müssen uns etwas anderes ausdenken."

Ich sah ihn eindringlich an. Er schien so aufrichtig. Andererseits hatte er sich eben auch beim Gespräch mit seinem Vater aufrichtig angehört. Er war ein viel zu guter Lügner. Es war offensichtlich, dass er diese Fähigkeit sein ganzes Leben lang kultiviert hatte. Bei einem Vater wie seinem war das wahrscheinlich auch kein Wunder.

Aber wo zur Hölle stand ich nun?

Ich hatte Gefühle... zu diesem Zeitpunkt war es unnötig, mir selbst etwas anderes vormachen zu wollen, ich *hatte* Gefühle, starke... für einen Mann, der vielleicht, aber vielleicht auch nicht, nur spielte.

Und ich musste irgendwie noch zwei weitere Wochen überstehen.

21

Montgomery

„GUT, dich noch immer hier stehen zu sehen", sagte Emmet Washington, als er mir ein Glas Scotch reichte.

„Hast du etwas anderes erwartet?", fragte ich, während ich als Attraktion inmitten der anderen Anwärter stand. Es war einige Wochen her, seit ich sie das letzte Mal gesehen hatte... auch wenn ich so langsam jegliches Zeitgefühl verlor.... Und ich war ziemlich sicher, dass sie alle tausend Fragen an mich hatten, um sich selbst auf ihr Aufnahmeritual vorzubereiten.

„Es ist nicht einfach, oder?", fragte Beau Radcliffe.

Ich nahm einen Schluck aus meinem Glas und hielt die Augen auf die Ältesten gerichtet, während ich mich fragte, was sie für den heutigen Abend geplant hatten. Grace war von Mrs. H früher am Tag in einem wunderschönen Seidenkleid in der Farbe des Himmels aus dem Zimmer geführt worden und auch wenn ich eine ziemlich gute Vorstellung von dem hatte, was passieren könnte, war ich mir trotzdem noch immer nicht sicher. Ich hatte versucht, Grace so gut ich konnte vorzubereiten, aber wir hatten keine Ahnung, was uns erwartete.

„Wo ist sie? Grace, richtig?", fragte Rafe Jackson, während er die Augen durch den Raum, in dem bisher keine einzige Frau zu sehen war, gleiten ließ.

Ich zuckte mit den Schultern. „Sie haben sie vom Zimmer abgeholt. Ich habe keine Ahnung."

Walker St. Claire kam mit einem Glas in der Hand auf uns zu. „Mein Vater sagt, dass sie es euch wirklich schwer gemacht haben und dass euch heute Abend eine weitere Herausforderung bevorsteht. Er sagt, er kann sich nicht daran erinnern, dass es ihm so schwer gemacht worden wäre, aber er ist beeindruckt davon, wie du das alles meisterst."

„Habe ich eine Wahl?", entgegnete ich ein.

„Hat irgendeiner von uns verdammt nochmal die Wahl?", warf Sully ein, der wie gewohnt wütend aussah.

„Ich konzentriere mich auf das Ziel. Das steht fest", erklärte ich, während ich immer ungeduldiger wurde, weil ich wissen wollte, wo Grace war. Ich mochte es nicht, so lange von ihr getrennt zu sein, ohne zu wissen, was mit ihr angestellt wurde. „Jeden Tag frage ich mich, ob ich noch bei Trost bin und wie ich das alles aushalte." Ich sah jeden meiner Freunde an, bevor ich hinzufügte: „Wieso wir das überhaupt tun."

„Tradition", sagte Emmett einfach.

„Ja, nun, wenn du an der Reihe bist, bin ich gespannt zu hören, wie *traditionell* es sich für dich anfühlt."

Ich konnte nicht aufhören, mich um Grace zu sorgen. Ich sollte an ihrer Seite sein. Wir waren ein Team und auch wenn ich wusste, dass ich stark war, schlug mein Herz doch schneller, weil ich nichts wusste.

Wo war sie? Brauchte sie mich? Erwartete sie, dass ich diesem Spielchen ein Ende bereitete und ihr Traumprinz, ihr Retter war? Oder wollte sie, dass ich stark blieb, genau wie sie es vorhatte? Ich fragte mich häufig, ob ich zu viel erwartete und sorgte mich, sie zu sehr zu drängen, bis zu dem Punkt, an dem ein Umkehren unmöglich wurde... für uns beide.

Ich wollte wissen, wo zur Hölle sie war.

Die gute Nachricht war, dass die Ältesten und alle Mitglieder im Ballsaal waren, also fand wenigstens nicht irgendwo ein geheimes Ritual mit ihr als einzigem Gast statt, auch wenn ich ihnen so etwas durchaus zutrauen würde.

„109 Tage sind eine wirklich lange Zeit", stellte Walker fest. „Ich weiß wirklich nicht, wie ich es aushalten soll, so lange von der Gesellschaft entfernt zu sein. Ihr müsst verrückt werden."

Ich nickte, als ich einen weiteren Schluck nahm und mich auf das Brennen des Scotchs in meinem Hals konzentrierte, anstatt auf die Steine in meinem Magen und die Warnglocken in meinem Kopf.

Beau sah Sully an. „Du bist der nächste, mein Freund. Bist du bereit?"

Sully warf einen bösen Blick in Beaus Richtung und nahm einen Schluck aus seinem fast leeren Glas, anstatt zu antworten.

Ich sah zu, wie die Ältesten sich in einer Reihe an einem Ende des weißen Raumes aufstellten. Das Licht ging aus und eine gruselig Stille fiel über uns alle.

Komplette Dunkelheit.

Ein lautes Stakkato der Anarchie, gemischt mit bösen Absichten.

„Es geht los", hörte ich Sully rechts von mir flüstern.
„Der Stoff aus dem Albträume sind."

Gott, er hatte ja keine Ahnung.

Während die Gehstöcke auf den Boden schlugen, zündeten die Mitglieder des Ordens die Kerzen auf den Ständern an und ermöglichten die Sicht auf eine Reihe Frauen vor uns. Genau wie an dem ersten Abend, an dem wir die Schönheiten ausgesucht hatten, stand Grace in der Reihe und ihr Blick wanderte durch den Raum, bis er meinen traf.

Ihre grünen Augen und meine blauen würden bis zum Ende gegen die schwarzen ankämpfen. Unsere Augen würden genauso wenig brechen, wie unsere Körper und unser Geist und unsere Seelen würden intakt bleiben.

Bleib stark, Grace.

Bleib stark.

„Gentlemen des Ordens des Silbernen Geistes", verkündete einer der Ältesten, während er einen Schritt nach vorne trat. „Heute Abend werden die Schönheiten versteigert."

Alle Ältesten schlugen mit ihren Gehstöcken auf den Boden, um seine Aussage zu unterstreichen.

„Nur die Mitglieder des Ordens dürfen auf die Schönheiten bieten", erklärte der Älteste. „Einen Abend lang. Eine Schönheit. Das höchste Gebot. Wenn die Uhr zwölf schlägt, gehört euch die Schönheit nicht mehr. Lasst uns beginnen."

Nein... nein... verdammt, nein!

Ich fühlte mich, als würden mir meine Innereien herausgerissen und ich konnte die Säure, die in mir aufstieg, spüren. Ich hatte das Gefühl, dass die Versteigerung das

Event des heutigen Abends sein würde, als wir die Einladung bekamen. Sie hatte noch nicht stattgefunden und die Versteigerung war eines der beliebtesten Events dieser Gruppe.

Ich hatte versucht, mich darauf vorzubereiten. Ich hatte sogar versucht, Grace auf die Möglichkeit vorzubereiten, als wir uns für den Abend fertigmachten.

Aber tatsächlich die Worte zu hören. Hier zu stehen und zuzusehen und nicht auf das bieten zu können, was mir gehörte... mir... verdammt, nein.

„Oh, Mist. Heißt das, wir können heute keine steifen Arschlöcher sein, eine Schönheit kaufen und sie ficken, bevor wir uns um zwölf in Kürbisse verwandeln?", murmelte Sully. Sein Sarkasmus entging mir nicht.

Es klingelte in meinen Ohren und der Raum schien sich zu drehen, während die Schönheiten, die vor Grace standen, versteigert wurden und dann in Gästezimmer oder auf Plattformen gebracht wurden, wo jeder zugucken konnte, wie sie als Preis bestiegen wurden. Als Grace an der Reihe war, versteigert zu werden, war ich im Begriff vorzustürmen und sie einfach mitzureißen und all den Wichsern zu sagen, dass sie mich mal am Arsch lecken konnten.

Aber wir hatten einen Plan. Ein Ziel.

Wir konnten es jetzt nicht mehr versauen, wo wir so kurz davorstanden. All unsere harte Arbeit wäre umsonst gewesen. All diese Zeit wäre einfach verloren. Ich musste mich daran erinnern, wieso ich all das hier überhaupt angefangen hatte.

Konzentriere dich auf den Plan. Konzentriere dich, konzentriere dich.

Ich war wenig überrascht, als mein Vater der erste war, der ein Gebot für Grace abgab. Natürlich würde der Wichser das tun. Aber ich war auch glücklich zu sehen, dass Mr. St. Claire meinen Vater jedes Mal überbot. Ein Bieterstreit hatte begonnen.

„Gott", flüsterte Walker. „Wieso zur Hölle versucht mein Vater so sehr, Grace zu bekommen? Das ist echt krank." Er machte einen Schritt näher zu mir und flüsterte mir ins Ohr: „Das tut mir so leid, Mann. Ich weiß nicht, warum mein Vater das tut."

„Besser er, als mein eigener Vater", entgegnete ich, ohne den Blickkontakt mit Grace zu unterbrechen. Sie bewegte sich nicht. Sie zitterte nicht. Sie zeigte kein bisschen Angst.

Braves Mädchen, Grace. Zeig diesen Wichsern, dass sie dir nichts anhaben können.

Die Ältesten lieferten sich einen Kampf, als wäre Geld kein Problem. Jetzt ging es nur noch darum, wer sie mehr wollte. Ich weigerte mich, meinen Vater anzusehen, während er versuchte sich das Recht zu erkämpfen, Grace zu nehmen, wie immer er wollte. Ich hatte Angst, dass ich ihn vor der Augen des gesamten Ordens mit bloßen Händen würgen würde, wenn ich das Böse in seinen Augen und die krankhaften Pläne in seinem Gesicht sah.

Wenn mein Vater die Auktion gewann...

Dann hätte ich Blut an meinen Händen. Ich hatte keine andere Wahl, als die Versteigerung weiter auszublenden und zu versuchen, mich auf Grace zu konzentrieren, nur auf Grace. Wenn ich es nicht schaffte, alles andere auszublenden... würde ich alles ruinieren.

„Und der Gewinner der Schönheit ist der Älteste St. Claire", verkündete der andere Älteste endlich.

Ich wusste nicht, ob ich vor Erleichterung, dass mein Vater verloren hatte, in die Knie gehen sollte oder ob ich verlangen sollte, dass all dem auf der Stelle in Ende gesetzt würde.

Es war Grace, die für mich entschied. Mit einem sanften Kopfnicken und noch aufrechter als vorher, sprach sie ohne Worte. Sie hatte das hier unter Kontrolle, auch wenn ich im Begriff war, meine Kontrolle zu verlieren. Sie würde tun, was nötig war. Der Plan. Das Ziel. Bis zum Ende...

Walker flüsterte: „Es tut mir leid. Ich wünschte, er hätte das nicht getan. Es tut mir leid."

„Das ist wirklich alles mehr als krank", sagte Sully, der zusah, wie Walkers Dad Grace in eine Ecke des Raumes brachte, die mit einem silbernen Laken verhängt war. Hinter dem Vorhang konnte ich nur blasse Schatten erkennen, nicht mehr. Es war eindeutig, dass St. Claire Privatsphäre wünschte, aber nur so viel, dass er ganze Orden mitbekam, dass er die Schönheit hatte und sie ihm gehörte.

Grace gehörte ihm. Mir war trotz all meiner bösen Machenschaften schlecht.

„Möchtest du, dass ich versuche, ihn aufzuhalten? Ich kann von ihm verlangen, dass er sie in Ruhe lässt. Es liegt an dir. Was soll ich machen?", fragte Walker. „Das hier ist nicht mein Aufnahmeritual. Was können sie mir schon anhaben?"

"Das würde es nur schlimmer machen", entgegnete ich, während ich das silberne Laken betrachtete und mich selbst dafür hasste, dass es mir unmöglich war, den Blick abzuwenden.

Mein Vater kam mit einem Cocktail für sich und einem für mich in der Hand auf uns zu und überreichte ihn mir. Er sah zu Walker hinüber. „Dein Vater wollte eindeutig dieses Stück Hintern haben. Das hat ihn ganz schön viel gekostet. Ich hatte gehofft, sie selbst haben zu können, aber naja." Er zuckte die Achseln und nahm einen großen Schluck. „Eine willige Hure gibt's in der Oleander Manor auch für den Sparpreis."

Als er bemerkte, dass ich nicht aus meinem Glas trank, sondern komplett auf den silbernen Vorhang, der Grace verdeckte, konzentriert war, stieß er mich an. „Lass das Mädchen nicht zu nah an dich heran. Nur, weil du sie gefickt hast, heißt das nicht, dass ihr irgendwie miteinander verbunden seid. Du weißt genauso gut, wie ich, dass Mädchen wie sie zwar gut im Bett sind, man sie aber nicht heiraten kann."

Dann wendete er sich den anderen Männern um mich herum zu: „Die erste Lektion, die ihr von eurer Aufnahme mitnehmen müsst, ist, dass eure kleine Schönheit euch am Ende nichts bedeuten wird. Sie macht es für das Geld, genauso wie ihr es zu eurem eigenen Vorteil macht. Es hat mit Habsucht zu tun. Nichts weiter."

Er nahm einen weiteren Schluck und schien sich in der Rolle des selbstzufriedenen Nachhilfelehrers zu gefallen. „Sie geben euch das Gefühl, dass sie euren Schwanz lieben, aber tatsächlich mögen sie nur eure Geldbörse und eure Macht. Was sie von der Frau, die ihr letztlich heiraten werdet, unterscheidet, ist, dass sie euch anbeten, wenn ihr ihnen nur ein kleines bisschen von beidem gebt."

„Eure Ehefrauen allerdings", dabei schwenkte er sein Glas, sodass Flüssigkeit über den Rand schwappte. „Wird aus einer Familie mit Geld und Ansehen kommen. Sie wird sich nicht von eurem Reichtum blenden lassen, hat aber die Fähigkeit, es noch mehr zu strahlen zu bringen. Erlaubt es niemals, dass eine Frau euren Wert mindert. Die Schönheiten würden nichts weiter machen, als das Strahlen des Diamanten, das euer Imperium ist, zu dimmen. Vergesst das nicht, Jungs. Das ist mein Tipp des Tages für euch."

Sully schnaubte: „Wie auch immer."

Mein Vater beobachtete mich, wie ich auf den silbernen Vorhang starrte. Sah ich dort eine Bewegung? „Es ist eine Schande, dass der gierige Bastard St. Claire all den Spaß für sich alleine will. Das Mindeste, das er tun könnte, wo er mich schon beim Bieten geschlagen hat, ist mir zu zeigen, was ich verpasse. Mein Sohn? Möchtest du ein bisschen näher mit mir herangehen, sodass wir vielleicht wenigstens ihr Stöhnen hören können?"

„Nein, das ist schon okay." Ich musste mich wirklich zusammenreißen, um meinem Vater, dem Arschloch, nicht ins Gesicht zu schlagen. Er genoss das hier viel zu sehr und zu sehen, wie schlecht es mir damit ging, brachte ihm Freude, was wiederum dazu führte, dass ich ihn umbringen wollte. Wie er nur zu seinem eigenen Fleisch und Blut so grausam sein konnte, war für mich unerklärlich.

„Ich hab gesehen, wie du sie angesehen hast. Sie beschützt hast", sagte mein Vater. „Und ich wusste, dass du ihr zu nahe gekommen bist. Egal, ob du es zugeben willst oder nicht."

Er deutete hinüber zu dem Laken, das St. Claire und Grace noch immer verdeckte. „Das hier sollte dir eine Lehre sein. Sie hätte nein sagen können. Sie hätte dich um Hilfe anflehen können und zweifelsohne hättest du sie ihr nicht verwehrt. Sie hätte sich wehren können oder schreien oder ihr Safeword benutzen können."

Er stand nun direkt vor mir und ich konnte den Alkohol in seinem Atem riechen. „Aber das tat sie nicht. Sie ist freiwillig mit St. Claire mitgegangen und fickt ihn für einen Scheck. Und weißt du wieso?"

Da ich nicht antwortete, fuhr er fort. Ein männliches Stöhnen der Befriedigung ertönte hinter dem Laken und ich wollte das gesamte Haus zerstören. Vor meinem Vater allerdings würde ich es mir nicht erlauben, auch nur das kleinste Anzeichen meiner Wut zu zeigen.

„Weil Geld alles ist, was sie interessiert. Du bist ihr vollkommen egal. Geld ist alles, was jemals eine Frau interessieren wird. Das ist der Fluch des Geldes. Du kannst kein Märchenprinz sein und auch noch deine Prinzessin bekommen. Du wirst dein ganzes Leben lang benutzt werden und das einzige Gegenmittel ist, sie zuerst zu benutzen, damit es dir egal ist. So funktioniert diese Welt, Jungs. Fickt, bevor ihr gefickt werdet."

Entweder war er von der Unterhaltung gelangweilt oder wütend, dass er in mir nichts als einen emotionslosen Roboter vor sich hatte, der nichts tat, als geradeaus zu schauen. Jedenfalls wendete mein Vater sich ab, um ein unterhaltsameres Publikum zu finden.

„Ignoriere ihn einfach", sagte Walker. „Er versucht dich einfach nur noch wütender zu machen."

„Irgendwie hat er aber recht", warf Sully ein. „Die Frau ist nur wegen des Geldes hier." Er sah mich an und ich konnte seinen abschätzenden Blick spüren. „Ist sie dir wirklich wichtig, wie dein Vater behauptet? Wenn ja, dann tut es mir leid, Mann. Das ist echt krank."

Ich zuckte erneut die Achseln und nahm einen großen Schluck. Den Blick vom silbernen Laken abgewandt, richtete ich meine Aufmerksamkeit wieder auf meine Freunde. „Sie hat ihre Anweisungen und ich habe meine. Wir müssen tun, was wir tun müssen, um das Aufnahmeritual zu bestehen."

„Du bist ein wirklich schlechter Lügner", verkündete Beau, während er meinen Rücken tätschelte. „Aber ich schätzte, wir alle sind an der Reihe, uns den Dämonen zu stellen, die hier auf uns warten."

Beau hatte recht.

Ich war ein schlechter Lügner.

Innerlich starb ich tausend Tode.

Aber Grace und ich waren auf einer Mission. Wir hatten die Waffe geladen und gefeuert und es gab keine Möglichkeit, die Kugel mitten im Flug aufzuhalten.

22

Montgomery

DAS KLOPFEN an der Tür führte dazu, dass ich förmlich aus dem Bett sprang. Grace bewegte sich, war aber noch nicht ganz wach. Ich hatte mich dank der Bilder von Grace bei der Versteigerung die ganze Nacht über hin und her gewälzt, deshalb war es wahrscheinlich nicht schwer gewesen, mich aus meinem Halbschlaf aufzuwecken. Wir waren ins Bett gegangen, ohne wirklich miteinander gesprochen zu haben.

Was gab es schon zu sagen?

Wir taten, was wir tun mussten. Sie musste tun, was sie tun musste und dasselbe galt für mich.

Aber wären wir dieselben, wenn all das hier vorbei war? Würden wir in eine Welt der Dunkelheit abrutschen? Jetzt, wo wir der Ziellinie so nah kamen, schien es plötzlich, als fiele mir die Decke auf den Kopf und ich hatte das Gefühl, dass es langsam den Punkt erreichte, wo es zu viel wurde.

„Montgomery?", flüsterte Mrs. H, die mit Bademantel und Hausschuhen bekleidet den Raum betrat. Sie streckte die Hand aus und reichte mir ein Handy. „Da gehst du besser ran."

Dann schlich sie wieder aus dem Zimmer, während ich das Handy an mein Ohr hielt.

„Hier ist Montgomery Kingston", sagte ich nervös, denn was konnte ein Anruf zu dieser Uhrzeit wohl bedeuten? Ich blickte auf den Nachttisch und stellte fest, dass es drei Uhr morgens war.

Gott, bitte lass es nichts mit Mutter zu tun haben. Bitte...

„Dein Vater nimmt in einer Stunde eine Lieferung an einem eurer Lager entgegen. Die Ermittler wissen, was es ist und wollen die Aktion hochgehen lassen", sagte eine Männerstimme, die mir bekannt vorkam, allerdings konnte ich sie nicht zu ordnen.

„Wer ist da?"

„Ein Freund."

„Woher weißt du von der Lieferung? Wer bist du und woher weißt du, dass die Ermittler kommen?" In meinem Klopf schrillten die Alarmglocken.

„Mach mit dieser Information, was du für richtig hältst, aber in einer Stunde werden dein Vater und alle anderen Männer, die dort sind, festgenommen werden."

Dann klickte es und es herrschte Stille.

„Hallo? Hallo?"

Ich legte das Handy zur Seite und starrte in den leeren Raum, während ich versuchte, die Informationen des Anrufs zu verarbeiten. Wie konnte irgendjemand von der Lieferung wissen? Ich wusste, dass sie kam und ich wusste auch, dass mein Vater dort viele Dinge für den Schwarzmarkt erwartete, die eindeutig auf üble Machenschaften hinwiesen. Es gab nichts, was ich tun konnte, um meinen

Vater aufzuhalten, während ich hier in Oleander Manor war und auch, wenn ich hasste, was passierte, war ich machtlos.

Aber wenn die Ermittler Bescheid wussten... dann war mein Vater nachlässig gewesen.

Wie würden hochgenommen werden...

Ich ließ eine Hand durch meine Haare gleiten, atmete tief ein, um meine Nerven zu beruhigen und formulierte einen Schlachtplan in meinem Kopf. Das Ego meines Vaters und seine Gier nach Macht würden noch alles kaputt machen.

Ich versuchte auf der Stelle, ihn anzurufen, aber er ging nicht ran. Ich überlegte, meine Mutter anzurufen, aber was wäre der Sinn darin, sie aufzuwecken und ihr Angst einzujagen, wenn auch sie nichts tun können würde, um ihn aufzuhalten. Wenn die Lieferung in einer Stunde erwartet wurde, dann wäre er nicht mehr im Haus und sowieso schon unterwegs zum Lager.

Es gab nur eine Sache, die ich tun konnte. Ich würde selbst zum Lager fahren und ihn aufhalten müssen.

Ich ging ans andere Ende des Zimmers, um mich anzuziehen. Grace schlief noch immer und sah im Mondlicht, das durch das Fenster fiel, wunderschön aus.

So leise wie ich konnte, schlich ich hinüber zur Kommode und holte Jeans und ein schwarzes Baumwollshirt heraus.

Ein Teil von mir wollte sich wecken und alles erklären. Aber was sollte ich sagen? Das ich alles, was wir bereits getan hatten, aufs Spiel setzte, um meinen Arschlochvater zu retten?

Ich hatte einen Plan. Ich hatte versucht, mit ihm Frieden zu schließen, so zu tun, als würde ich seine Spielchen spielen, um Insiderwissen über das Geschäft zu erlangen, sodass ich die Möglichkeit hatte, all seine illegalen Machenschaften zu beenden, bevor es soweit kam.

Aber es war offensichtlich zu spät. Er war zu weit gegangen und wenn ich nicht jetzt etwas tat...

Ich versuchte erneut, ihn anzurufen, aber mein Versuch führte mich erneut direkt zur Mailbox.

Verdammt!

Denn erst da wurde mir wirklich klar, was ich würde tun müssen und was das bedeutete.

Eine der Grundregeln des Aufnahmerituals war, dass man während der 109 Tage, die es dauerte, das Grundstück nicht verlassen durfte. Niemals. Es zu tun, könnte bedeuten, dass man verbannt wurde, egal wie kurz vorm Ende man stand.

Und Grace und ich waren einen Tag von der Freiheit und der Erfüllung unserer Träume entfernt. Die Abschlusszeremonie würde am Abend stattfinden. Nach allem, was wir durchgemacht hatten, nach allem, was wir geopfert hatten, Grace sogar noch mehr als ich... Was wäre, wenn sie mich dann hasste?

Ich erstarrte zur Salzsäule, während ich darüber nachdachte, was ich riskierte.

Nein... ich durfte nicht gehen... aber ich musste oder mein Vater würde für lange Zeit hinter Gittern sein. Ihn auf diese peinliche Art zu verlieren, würde meine Mutter umbringen. Der Name der Kingstons und alles, für das sie so hart gearbeitet hatten, wäre für immer beschmutzt, was sowohl das Geschäft als auch das Private beeinflussen würde.

Und dabei ging es auch um das Geschäft, dass ich mit so viel Schweiß aufgebaut hatte und übernehmen wollte. Alles stand auf dem Spiel.

Wenn ich nicht ging...

Ich starrte Grace einen Moment lang an, verinner-
lichte ihre Schönheit, wie perfekt sie war.

Dann ging ich hinüber zum Schreibtisch und
schrieb ihr einen Zettel, auf dem stand, dass ich rechtzeitig zurück sein würde. Ich nahm meine Schuhe und
rannte förmlich das Treppenhaus der Bediensteten
hinab.

DIE SCHWÜLE LUFT und der Stress, meinen Vater rechtzeitig erreichen zu müssen, bevor die Ermittler es taten,
führten dazu, dass ich schwitzte, wie ein Schwein. Ich war
froh, als ich seinen schwarzen Escalade vor dem Lager
geparkt sah und erleichtert darüber, dass er noch nicht
von blinkenden Lichtern und bewaffneten Ermittlern
umstellt war.

Ich war mir des Risikos, von den Ermittlern gefilmt zu
werden oder zumindest von einem Beobachtungsposten
erblickt zu werden, bewusst, weshalb ich betont
entspannt ins Lager ging, so als wäre das hier ein ganz
normaler Tag. Wir hatten noch über eine halbe Stunde,
bevor die Lieferung erwartete wurde und ich musste
meinen Vater davon überzeugen, dass die Informationen,
die ich vorhin erhalten hatte, akkurat waren.

Als ich den großen Raum betrat, erblickten mein Vater
und seine Männer mich auf der Stelle. Die Augen meines
Vaters weiteten sich, während er sich auf dem Absatz
umdrehte, um mir entgegenzutreten. Einer seiner Sicher-
heitsleute hatte vor Überraschung sogar seine Waffe
gezogen.

„Was machst du hier?", fragte mein Vater, während er
dem Wachmann bedeutete, seine Waffe zu senken.

„Wir müssen hier weg. Die Ermittler stellen dir eine Falle, sie wissen, was in der Lieferung ist."

„Wovon sprichst du?"

Ich ging auf die arbeitenden Männer zu und bereitete mich darauf vor, meinen Vater aus der Lagerhalle zu ziehen, wenn das nötig wäre. „Ich habe einen Anruf mit einer Warnung darüber bekommen, was hier passieren wird. Wir müssen verdammt nochmal von hier verschwinden und dürfen die Lieferung nicht annehmen. Wir müssen so tun, als hätten wir nichts mit dem zu tun, was geliefert wird. Sagen, dass es nicht uns gehört. Wir hatten keine Ahnung, was kommt. Wir müssen sagen, was wir sagen müssen, aber wir dürfen definitiv nicht hier sein, wenn es ankommt."

Ich lehnte mich zu ihm herüber. „Wir können uns dann Gedanken machen, was auf uns zukommt, aber erstmal müssen wir hier weg, bevor wir festgenommen werden. Zweifelsohne sind die Ermittler unterwegs, wenn wir nicht bereits umstellt sind." Ich warf einen Blick über meine Schulter und war ein wenig paranoid, weil ich das Gefühl hatte, dass sie jeden Augenblick mit dem Zugriff beginnen würden.

„Das ist unmöglich. Sie können das nicht wissen", sagte mein Vater hochnäsig, während er die Arme vor der Brust verschränkte.

„Und was ist, wenn doch? Bist du wirklich bereit, diesen Bluff zu machen? Was ist, wenn du ins Gefängnis gehst? Ich will das definitiv nicht", erklärte ich und hatte das Gefühl, dass der Timer der Bombe langsam die letzten Sekunden erreichte.

„Wieso solltest du den anonymen Anruf bekommen und nicht ich?", fragte mein Vater.

Ich gab mein Bestes, nicht die Augen zu verdrehen

und den Mann für seien Dummheit zu verfluchen. „Woher soll ich das verdammt nochmal wissen? Wir verschwenden Zeit, wenn wir hier so rumstehen."

Mein Vater sah hinüber zu den Männern, so als kannte einer von ihnen die Antwort. „Wie konnte das passieren?" Sein Blick fiel wieder auf mich. „Wie sicher bist du, dass die Informationen, die du bekommen hast, der Wahrheit entsprechen?"

„Sicher genug, dass ich jetzt hier bin, um deinen Hintern zu retten."

Einer der Männer meines Vaters lief hinüber zum Fenster und sah hinaus. „Es ist zu dunkel da draußen, um zu sehen, ob wir beobachtet werden oder umstellt wurden."

Ein anderer Mann erhob das Wort: „Sir, ich denke, das Risiko ist zu groß. Wenn Montgomery recht hat und die Polizei dort draußen ist, können sie uns nicht festnehmen, denn noch haben wir nichts Falsches getan. Ich schlage vor, wir gehen, gruppieren uns neu und schalten die Anwälte sein."

Mein Vater nickte, aber er sah wütend aus und starrte mich an, als sei das meine Schuld. „Gut, lasst uns verschwinden."

Er bedeutete den Männern, ihm zu folgen, hielt allerdings inne, als er direkt vor mir stand. Er pikste mir mit dem Finger auf die Brust. „Das stimmt besser, mein Freund. Du kostest mich einen Haufen Schotter, wenn das nicht stimmt."

„Gern geschehen!", sagte ich durch zusammengebissene Zähne, als ich auf dem Absatz kehrt machte und aus dem Lagerhaus lief, fest entschlossen, niemals wieder in die Nähe eines seiner schmutzigen Geschäfte zu kommen.

23

Montgomery

Es war, als wären die Uhren zurückgedreht worden. Ich stand wieder im Ballsaal, im Gleichen Smoking, den ich in der ersten Nacht getragen hatte. Neben mir stand Grace in ihrem blauen Ballkleid und mit ihrer Perlenkette. Wir waren alleine, aber ich wusste, dass das nicht lange der Fall sein würde.

Heute war die letzte Zeremonie. Wir hatten das Ziel erreicht.

Ich hatte es gerade rechtzeitig zurückgeschafft. Ich konnte es nicht glauben, aber ich hatte es geschafft. Als ich vom Hafen weggefahren war, hatte ich im Rückspiegel die Lichter der Einsatzkräfte gesehen.

In dem Moment, in dem ich die Lagerhasse verlassen hatte, war ich unsicher gewesen, ob die Ermittler meinen Vater und seine Männer unbehelligt gehen lassen würden. Ich hatte nichts von ihm gehört und hoffte, dass es kein böses Nachspiel gegeben hatte. Nicht, dass irgendwas davon noch von Bedeutung war.

Jetzt stand ich hier mit Grace. Alles wäre bald vorbei.

„Kannst du mein Herz schlagen hören? Ich schwöre, es ist so laut, dass man es hören kann, wenn man es versucht", sagte Grace mit gesenkter Stimme. Sie hatte mich überrascht, als ich zurückgekehrt war. Sie war nicht wütend gewesen, besonders nicht, nachdem ich ihr alles erklärt hatte. Sie hatte mich unterstützt und fragte nur, wie es gelaufen war und war besorgt darüber, wie es mir ging.

Das war komisch. So viele in meinem Kreis würden einen Blick auf ihre Herkunft werfen und davon ausgehen, dass sie nicht gut genug für mich war, aber ich hatte im Laufe der Zeit erkannt, dass das genaue Gegenteil der Fall war. Ich würde hart arbeiten müssen, um jemals gut genug für sie zu sein.

„Alles wird okay. Bleib einfach ruhig", beruhigte ich sie.

„Wird es das? Kann es wirklich jemals wieder okay sein?"

Ich antwortete nicht, denn ich hatte keine Antwort auf die Frage.

„Montgomery?", fragte sie mit schwacher Stimme. „Wenn du all das hier nochmal machen müsstest, mit dem Wissen, das du jetzt hast, hättest du mich gewählt?"

„Nein", antwortete ich automatisch. „Ich hätte dich niemals all das hier durchmachen lassen, egal, was dich am Ende erwartet." Ich hielt inne und fragte dann: „Mit dem Wissen, das du jetzt hast, würdest du nochmal zustimmen eine Schönheit hier zu sein, wenn du die Zeit zurückdrehen könntest?"

„Ja." Zuerst war ihre Stimme leise, aber dann sprach

sie mit mehr Überzeugung: „Ansonsten hätte ich dich niemals kennengelernt. Ich glaube nicht, dass unsere Welten sich ansonsten jemals begegnet wären."

Ich schnaufte: „Ja, willkommen in meiner Welt. Einem verfickten Netz aus Täuschung, Korruption und einer kranken Sicht auf die Realität. Ich würde das hier niemandem wünschen und ich kann nicht abwarten, dass du hier rauskommst und sicher bist."

„Selbst wenn das nicht das ist, was ich will?"

„Ich glaube nicht, dass du meine Welt wirklich verstehst.", sagte ich traurig. „Ich glaube, selbst ich verstehe sie inzwischen nicht mehr."

„Aber du bist nicht wie sie."

„Woher willst du das wissen? Du hast den Mann nicht gekannt, der ich war, bevor wir die Villa betreten haben."

Ich deutete auf den Saal, in dem wir standen. „Das hier ist meine Herkunft. Ich wurde dafür gezüchtet. Ich bin als Baby schon auf diesen Böden gekrabbelt. Das blaue Blut in meinen Adern ist so dick, dass ich nicht weiß, was ich sonst bin. Und sieh mich an."

Als sie mir nicht ins Gesicht sah, erhob ich die Stimme und verlangte: „Sieh mich an! Ich bin mein Vater. Er hat dieses Ritual absolvieren müssen, genau wie ich. Wieso tun wir was? Wieso? Ich sage dir wieso. Weil wir alle kranke Bastarde sind."

„Das glaube ich nicht", sagte sie ruhig. „Du bist nicht dein Vater."

„Doch, das bin ich. Und genau wie mein Vater werden ich meinem Sohn eines Tages abverlangen, dass er diese Scheiße macht, um ein Geschäft zu übernehmen, was ihm gehören sollte. Die Geschichte wiederholt sich. Eines Tages werde ich einer der Ältesten sein. Ich werde über irgendeine arme Seele bestimmen und versuchen, sie zu brechen, genau, wie sie es mit mir gemacht haben. Ich habe so sehr versucht, zu widerstehen. Und du hast mir dabei geholfen, nicht alles Gute in mir zu verlieren, aber ich bin müde. Ich bin verdammt nochmal erschöpft."

So, als hätten die Ältesten uns sprechen gehört und wollten bei ihrem Stichwort erscheinen, betraten sie, einer nach dem anderen, den Ballsaal. An einem Ende des Saales stand ein langer Tisch und jeder von ihnen nahm vor uns Platz.

Auch wenn ihre Gesichter von den silbernen Kapuzen der Umhänge, die sie trugen, verdeckt wurden, konnte ich trotzdem jeden einzelnen von ihnen erkennen. Ich war erleichtert, als ich das Gesicht meines Vaters fand. Er hatte doch auf mich gehört und es rechtzeitig geschafft. Das Geschäft war gerettet.

„Montgomery Kingston. Grace Morgen. Ihr beide habt es zur letzten Zeremonie geschafft. 109 Tage sind ins Land gegangen und ihr habt jede Herausforderung des Aufnahmerituals erfolgreich gemeistert", erklärte einer der Ältesten, während er aufstand und seinen Gehstock hart auf den Boden schlug, als Signal dafür, dass die Zeremonie begonnen hatte.

Der Älteste, der ganz rechts am Tisch saß, fragte: „Montgomery Kingston, bitte teile uns mit, was du dir wünschst, jetzt, wo du die Aufnahme hinter dir hast."

Endlich. Es war fast vorbei.

„Ich möchte das Geschäft der Familie als Geschäftsführer und Hauptaktionär übernehmen. Ich möchte außerdem vollwertiges Mitglied des Ordens des Silbernen Geistes sein. Ich möchte außerdem darum bitten, dass Miss Morgen bekommt, was immer sie sich wünscht. Auch sie hat das Ritual erfolgreich absolviert."

Der Älteste, der zuerst gesprochen hatte, sagte: „Gibt

es einen Einwand der Ältesten, wieso Montgomery Kingston seinen Wunsch nicht erfüllt bekommen sollte?"

„Ich habe einen", erklärte mein Vater und stand von seinem Stuhl auf. „Mr. Kingston hat eine der Regeln der Aufnahme gebrochen, was ihn disqualifiziert. Er hat an seinem letzten Tag versagt."

Was? Wenn es möglich war, aus der Ferne in die Magengrube geschlagen zu werden, dann war genau das soeben geschehen. Ich konnte kaum atmen, während der Schmerz durch meine Wirbelsäule schoss.

Mein Vater... mein eigener Vater...

Der körperliche Schmerz des Verrats brachte mich fast in die Knie. Ich hatte alles aufs Spiel gesetzt, um hinaus zu den Docks zu gelangen und ihn zu retten. Wie konnte er mir das antun? Wie?

„Er hat Oleander Manor gegen halb vier morgens verlassen. Es steht eindeutig im Regelwerk, dass ein Rekrut, der das Aufnahmeritual absolviert, die Villa verlassen darf, egal zu welchem Zweck. Aufgrund dieses Bruchs kann er seinen Anteil am Geschäft nicht mehr verlangen oder dem Orden beitreten."

„Du Arschloch", schrie Grace. „Er ist gegangen, um deinen verdammten Arsch zu retten. Wenn er das nicht getan hätte, wärest du jetzt im Gefängnis. Du stehst für immer in seiner Schuld, du Stück Scheiße!"

Ich streckte die Hand nach ihr aus, um sie zu beruhigen, aber sie schlug sie vor Wut einfach weg.

„Was für ein Vater bist du? Verrätst deinen eigenen Sohn? Nach allem, was er für dich getan hat?"

Mein Vater schien sich von ihren Worten nicht beeindrucken zu lassen. „Egal, was er getan hat oder warum: Mein Sohn hat den Regeln des Ordens nicht Folge geleistet. Man muss ein Mann mit stärkerer Willenskraft sein, um das Aufnahmeritual zu bestehen und ich wusste, dass Montgomery früher oder später brechen würde." Die Ablehnung, mit der mein Vater über mich sprach, ekelte mich an.

„Regeln sind Regeln. Tut mir leid, Sohn", fuhr er fort, ohne sich auch nur im Geringsten so anzuhören, als täte es ihm leid. „Aber du wusstest, was von dir erwartet wurde, als du den Regeln der Aufnahme zugestimmt hast. Du hast die Regeln gebrochen und deshalb werde ich das Geschäft behalten und der Geschäftsführer bleiben und alle Entscheidungen treffen."

„Das Geschäft gehört mir", entgegnete ich forsch. „Es gehört seit Jahren mir. Ich bin der einzige, der alles gibt, damit das legale Geschäft unserer Vorfahren weiterbesteht. Die wären sicherlich stolz auf dich. Du hast nichts weiter getan, als ihren Namen zu beschmutzen, um dich selbst zu bereichern."

„Reichtum gibt uns unsere Macht, Sohn. Es tut mir leid, dass du zu schwach bist, um das zu erkennen." Er sah zu den anderen Ältesten herüber, lachte dümmlich, als würde er erwarten, dass sie alle ihm zustimmen würden, bevor er wieder zu mir herübersah.

„Ich hatte gehofft, dass du stark genug wärest, mir zu zeigen, dass du tatsächlich ein Mann bist und das Aufnahmeritual bestehen kannst, aber meine Ängste haben sich bewahrheitet. Du bist nicht aus dem richtigen Holz geschnitzt. Du warst schon immer weicher als ich. Und ich kann dich nicht weiter beschützten. Du hast die Entscheidung gefällt zu gehen und die kostet dich jetzt alles."

Aber jemand hatte mir heute Morgen den Hinweis gegeben. Die Lage meines Vaters war prekärer, als er sich bewusst war. Ich weigerte mich, jetzt aufzugeben. Ich sagte das Folgende deshalb eher zu dem gesamten Raum, als zu dem vergeudeten Platz, den mein Vater einnahm.

„Dein Geld ist schmutzig. Du bist schmutzig. Ich bin heute früh gegangen, weil ich an Loyalität glaube. Ich glaube an Familie, auch wenn du das nicht verdienst. Du kannst zur Hölle fahren. Und wenn es beim Orden um genau das geht, dann hast du bei einer Sache recht: Ich bin nicht dafür gemacht, Mitglied zu werden."

Mr. St. Claire schlug seinen Stock auf den Boden, um den Streit zu beenden. „Beim Orden geht es nicht um kriminelle Machenschaften. Auch wenn unsere Prinzipien vielleicht archaisch, ja, gar barbarisch erscheinen, mit Sünden behaftet und von Ritualen bestimmt sind, ist die Absicht dahinter, dass wir uns klar werden, dass wir besser sind. Wir sind die Könige und lassen Träume wahrwerden. Wir sind keine Bettler oder Diebe. Nur die erfolgreichsten und mächtigsten Männer bekommen einen Platz im Orden. Unser Blut verdient Respekt, bedeutet Prestige und Wohlstand, keinesfalls geheime Absprachen mit irgendwelchen Gangstern in Hinterhöfen. Man könnte es elitär nennen... nenn es, wie du willst."

Mein Vater dreht sich um und warf dem Mann böse Blicke zu. „St. Claire, bei allem Respekt..."

„Ja, ich verdiene Respekt", unterbracht St. Claire ihn. „Also setz dich doch netterweise hin und hör dir an, was ich zu sagen habe. Ich spreche im Namen der Ältesten."

Mein Vater ließ den Blick über die Ältesten schweifen und schien nach einer Antwort zu suchen, aber die Gesichter der Männer blieben emotionslos. Auch ich konnte aus ihnen ebenso wenig lesen, wie mein Vater.

St. Claire fuhr fort: „Ich war derjenige, der Montgomery angerufen und ihn über das Bevorstehende informiert hat. Und ja, die Regeln sagen klar, dass niemand während der Aufnahme das Grundstück verlassen darf. Die Ältesten und ich waren allerdings der Meinung, dass wir eine Ausnahme machen sollten, um einen der anderen Ältesten zu beschützen.

„Wir wollten nicht, dass du untergehst und diese Aufgaben sind genau das... der Test der Zeit... wir wollten sehen, was für ein Mann Montgomery ist, bevor wir ihn in unsere Reihen berufen. Ein egoistischer Mann, dem nur er selbst am Herzen liegt, hätte nichts aufs Spiel gesetzt. Ein solcher Mann hätte zugesehen, wie du festgenommen wirst und sein Erbe durch den Orden gesichert, denn deine idiotischen Handlungen hätten mit Sicherheit dazu geführt, dass du im Gefängnis landest."

St. Claire sah böse auf meinen Vater hinab. „Was Montgomery uns stattdessen gezeigt hat, ist, dass er ein besonnener, loyaler, weiser Mann ist, der das Richtige für die Gemeinschaft tut. Er hat das Schicksal von jemand anderem – von dir – als wichtiger gesehen, als sein eigenes. Genau das ist die Art Mann, die wir hier im Orden brauchen. Wenn es diesen Rekruten nicht gegeben hätte, hätten wir einen Ältesten verloren, was weder akzeptabel noch gut für unsere Organisation ist. Und anstatt einen Bruder deines Ordens zu verraten – der auch noch dein eigen Fleisch und Blut ist – wieso dankst du dem Mann vor dir nicht stattdessen?"

Mein Vater sagte nichts, schob stattdessen die Unterlippe vor und verschränkte die Arme, weshalb St. Claire seine Aufmerksamkeit wieder auf mich richtete.

„Der Orden des Silbernen Geistes glaubt, dass du nicht nur das Aufnahmeritual erfolgreich überstanden hast, Montgomery Kingston, sondern noch deutlich weiter gegangen bist, um deine Loyalität zum Orden zu beweisen. Aus diesem Grund wird dir der Wunsch, die

Firma als Geschäftsführer zu übernehmen und die Aufnahme in den Orden gewährt."

Dann sah er hinüber zu Grace. „Was ist dein Wunsch, jetzt wo du das Aufnahmeritual erfolgreich absolviert hast, Grace Morgan?"

Grace sah zu den Ältesten hinüber, dann zu mir, dann wieder zu den Ältesten. Es fühlte sich an, als würde eine Ewigkeit vergehen, ohne, dass sie etwas sagte und die Stille verwirrte mich.

Sie hatte es geschafft. *Wir* hatten es geschafft.

Wieso nannte sie nicht einen unglaublichen Geldbetrag? Wieso ergriff sie nicht die Chance, ihr Konto mit einem Betrag zu füllen, der ihr Leben für immer verändern würde? Ihre Träume würden wahr werden. Was hielt sie zurück? Ich wusste, dass sie bereits genaue Vorstellungen hatte, wie viel Geld sie für ihre Ausbildung an einer Ivy-League-Universität brauchte und wie viel sie brauchte, um ihr Restaurant zu eröffnen und zwei Jahre ohne finanzielle Sorgen zu überstehen. Wieso sagte sie es nicht?

„Ich habe gedacht, ich wüsste, was ich will", sagte sie schließlich mit gesenktem Blick und leiser Stimme, die langsam am Kraft gewann, je länger sie sprach. „Als ich in diese Villa kam, hatte ich ein Ziel und das war, genug Geld zu bekommen, um mir mein eigenes Geschäft aufzubauen. Es ging tatsächlich um das Geld."

Sie drehte sich um, sodass sie mich ansehen konnte. "Aber ich weiß, wenn ich das Geld nehme und durch diese Tür gehe, riskiere ich, dass ich dich niemals wiedersehe. Du hast es selbst gesagt... unsere Welten sind verschieden."

Sie atmete tief ein, hob das Kinn und stellte sich

aufrechter hin. „Ich weiß, was ich nicht will und das ist, dich verlieren."

Sie drehte sich ein wenig, sodass sie sich wieder den Ältesten zuwenden konnte. „Ich habe mir anders überlegt, was ich verlange. Was mein Traum ist."

Sie sah mich wieder an, diesmal waren Tränen in ihren Augen.

„Ich habe eine Entscheidung getroffen. Ich möchte Teil *deiner* Welt sein. Ich möchte dir weiter mit dem Geschäft helfen. Alles, was ich will, bist *du*, Montgomery Kingston. Sonst nichts. Ich will dich."

24

GRACE

MONTGOMERY NAHM MEINE SCHULTERN, sah tief in meine Augen, verzog die Mundwinkel nach unten und schüttelte leicht den Kopf: „Das ist nicht, was wir besprochen haben."

Ich hielt den Atem an. Scheiße. Ich machte alles falsch. Oder noch schlimmer, was wäre, wenn er mich gar nicht wollte? Was, wenn er uns die ganze Zeit nur als Partner gesehen hatte, die einander halfen... und ja, ab und an miteinander schliefen. Aber vielleicht hatte das nur *mir* etwas bedeutet.

Er war einfach ein Kerl. Welcher Kerl sagte schon nein, wenn er eine Frau haben konnte? Er hatte niemals etwas über die Zeit danach gesagt.

Und hatte ich nicht gehört, was sein schrecklicher Vater gesagt hatte, während ich mit dem Ältesten St. Claire hinter dem furchtbaren silbernen Vorhang gewesen war...

Meine Gedanken überschlugen sich, doch ich hatte keine Zeit zu einem Schluss zu kommen, denn Montgomery hatte meinen Ellenbogen ergriffen und zog mich aus dem weißen Ballsaal, in das Foyer und dann durch die Eingangstür der Villa.

Das war das erste Mal, dass ich durch diese getreten war.

Es war dunkel und ein scharfer Wind wehte über den Rasen, während der Mond hinter einer dunklen Wolke über uns verschwand.

„Was tust du?", blaffte Montgomery mich an. „Wenn du da drin nicht vorsichtig bist, dann verlierst du alles. Sie nehmen dich beim Wort. Sie geben dir nur, worum du bittest und nicht einen Cent mehr."

Die ersten kalten Regentropfen trafen sein spitzes, definiertes Kinn und sein hübsches Gesicht wurde durch einen Blitz noch besser in Szene gesetzt.

Ich weiß nicht, ob es der Stress der letzten drei Monate war oder ob ich so sehr auf dem Zahnfleisch ging, jetzt, wo alles vorbei war... aber ich konnte die Fassade nicht mehr aufrechthalten.

Er zog die Augenbrauen zusammen. „Seit wir uns begegnet sind, ist alles, woran du gedacht hast, das Restaurant zu eröffnen und einen Ort der Gemeinschaft für Menschen zu schaffen und..."

Es war jetzt oder nie. Ich war niemals ein mutiges Mädchen gewesen, wenn man von den letzten paar Monaten absah. Ich war ins kalte Wasser gesprungen und hatte mehr Gutes, als Schlechtes gefunden, auch wenn die schlechten Dinge, die mir widerfahren waren, manchmal wirklich angsteinflößend gewesen waren.

Aber ich war trotzdem mutig genug, noch einmal

hineinzuspringen. Ein letztes Mal. Montgomery war es wert.

„Das möchte ich immer noch. Aber ich möchte es *mit dir*." Ich streckte die Hand aus und ergriff seine Hände. „Die Wahrheit ist, dass ich mir keine Zukunft ohne dich vorstellen kann."

Er antwortete nicht. Sein Gesicht blieb verzerrt, verwirrt und seine Augen glitten hinter mir über die Landschaft. Es war, als würde er versuchen, einen Weg zu finden, es einfacher zu machen. Und plötzlich zerbarst die Blase der Hoffnung in meiner Brust und ich fühlte mich, als wäre ich innerlich mit schwarzem Schleim überzogen worden.

Ich riss meine Hände von ihm weg und war plötzlich unglaublich wütend darüber, dass er verwirrt war und nichts entgegnete.

Ich drehte ihm den Rücken zu, während der Schmerz meine Brust zu zerreißen drohte.

„Aber, wenn das nicht ist, was du willst, dann ist das natürlich in Ordnung. Ich dachte..." Ich schluckte schwer und musste husten. „Ich verstehe, dass es jetzt ums echte Leben geht und du wahrscheinlich irgendein Mädchen der feinen Gesellschaft hast, das auf dich wartet."

„Mach dich nicht lächerlich", entfuhr es Montgomery scharf. „Ich bin mir einfach nur sicher, dass du dir das nicht gut überlegt hast. Wir waren in wirklich außergewöhnlichen Umständen und..."

„Nein", versuchte ich zurück zu rudern. „Es ist in Ordnung. Ich werde einfach wieder rein gehen und um Geld bitten und..."

„Siehst du, was hab ich dir gesagt?", ertönte die Stimme von Montgomerys Vater plötzlich auf den Stufen der Treppe hinter uns. „Ihnen geht es immer nur ums Geld. Sie hat den Vater einer deiner besten Freunde gefickt, während du im selben Raum warst. Wenn das keine Hure ist, dann weiß ich auch nicht. Wenn wir sie niemals wiedersehen, ist das noch zu früh."

„Komm jetzt. Geh mit mir und wir sprechen darüber, wann du nächste Woche die Geschäfte übernimmst. Ich glaube, ich kann noch etwas von dem Geschäft am Dock retten, wenn wir nur..."

Montgomery warf seine massiven Schultern herum, holte aus und brachte seinen Vater mit nur einem Schlag zu Fall.

Sein Vater begann auf der Stelle, ihn zu verfluchen und schrie: „Weißt du, wer ich *bin*?"

Montgomery beugte sich über seinen Vater, der noch immer zusammengekauert am Boden lag. „Ich weiß ganz genau, wer du bist. *Du bist ein Niemand.* Ich werde deine Konten bis zum Ende des Tages leeren. Ich habe keine Lust mehr, deine Spielchen zu spielen, jetzt, wo ich es nicht mehr muss. Das Geschäft gehört jetzt mir. Alles gehört jetzt mir."

Seine Worte waren Balsam für meine Seele. Er *hatte* an dem Abend mit seinem Vater nur so getan, als ich sie belauscht hatte. Trotz meiner damaligen Zweifel hatte ich mich seither selbst überzeugt, dass ich den wahren Montgomery kannte. Ich kannte sein Herz. Es war schön, das bestätigt zu sehen.

Sein Vater richtete sich auf und spuckte: „Das kannst du nicht machen. All die Konten sind gemeinsame Konten mit deiner Mutter."

„Achja..."

Montgomery gab ein Zeichen mit der Hand und die Tür des Autos mit getönten Scheiben, das am Ende der

Auffahrt stand und mir bisher nicht aufgefallen war, öffnete sich.

Eine wunderschöne, große, herrschaftliche Frau mit nicht bestreitbarer Eleganz kam die Einfahrt hinauf. „Hallo Edward", sagte sie kühl.

„Edith", heulte Montgomerys Vater. „Ruf den Anwalt an. Ruf einen Krankenwagen. Ich glaube, meine Rippe ist gebrochen! Hilf mir ins Auto, Liebling." Dann warf er Montgomery einen wutendbrannten Blick zu. „Dafür wirst du bezahlen."

„Nein, das wirst du nicht", erklärte die Frau mit Namen Edith.

„Mama", sagte Montgomery. „Er ist es nicht wert."

Heilige Scheiße, das war Montgomery Mutter?

Aber Edith hob nur die Hand. „Du wirst meinem Sohn und mir niemals wieder etwas antun. Du hast viel zu lange schlechte Entscheidungen für das Geschäft getroffen und jeden Cent, den dein Vater dir vererbt hat, verloren. All das Geld, was wir gegenwärtig haben, ist meines. Nicht deines. Und jetzt, wo wir uns scheiden lassen, werde ich auf die Vereinbarungen unseres Ehevertrages zurückgreifen."

„Scheidung?", entwich es Montgomerys Vater mit einer Stimme, die deutlich höher war, als sonst. „Das kannst du nicht..."

„Doch, das kann ich", sagte Edith ruhig. „Du hast die Treueklausel, ach, nur etwa hundert Mal gebrochen. Wahrscheinlich noch öfter. Aber diesmal habe ich Aufnahmen davon und das ist alles, was wirklich wichtig ist, schätzte ich. Du kannst deinem Sohn dafür danken, dass er mir in seiner Anwesenheit hier genau das besorgt hat, was ich gebraucht habe." Sie warf einen Umschlag auf den Mann, der noch immer am Boden lag. „Du bekommst nichts. Denn, Liebling? Ich möchte die Scheidung!"

„Das Aufnahmeritual hat dazu geführt, dass Montgomery den Verstand verloren hat. Er denkt nicht klar und was immer er dir gegeben hat, ist aus dem Kontext gerissen. Ich meine, sieh ihn dir an... Er fällt keine klugen Entscheidungen und wählt dieses billige Assi-Mädchen. Sie ist eine Hure", schrie sein Vater, während er auf mich zeigte. „Lässt du wirklich zu, dass unser Sohn mit einer Hure zusammen ist? Sie hat St. Claire gefickt, während ich zugesehen habe. Wenn hier jemand ein Betrüger ist, dann ist es St. Claire. Meine Hände sind rein. Ich würde sie nicht einmal mit einem Stock anfassen."

Meine Wangen wurden rot. Er trug so viel Hass in sich. Mein Blick traf Ediths und ich schüttelte den Kopf.

„Ich hatte keinen Sex mit Mr. St. Claire. Das schwöre ich. Montgomery und ich hatten einen Plan. Wir haben mit Mr. St. Claire vorher darüber gesprochen, falls es zur Auktion kommen würde, denn Montgomery wollte nicht, dass ich mit irgendeinem anderen im Orden zusammenkomme. Er hat jeden anderen überboten... selbst Ihren Ehemann... um mich zu beschützen und Montgomery einen Gefallen zu tun. Ich bin einfach nur mit ihm hinter den Vorgang gegangen, aber wir haben nicht mehr getan, als den Vorhang ein paar Mal zu treten und ein paar Geräusche zu machen."

Ein Schauer durchlief mich, als ich an die Farce dachte, die wir hatten aufführen müssen.

Montgomerys Mutter allerdings lächelte mich einfach an und dann Montgomery. „Jack mochte es schon immer, deinem Vater eins auszuwischen." *Jack?* Ich hatte Mr. St. Claires Namen bisher nicht gekannt. „Er ist ein guter Mann. Anders als mein Ehemann."

Montgomery tat plötzlich einen Schritt nach vorne und legte einen Arm um meine Schulter. „Mama, es ist mir eine Ehre, dir Grace Morgan vorzustellen. Grace,“ Montgomery strahlte zu mir hinab. „Das ist meine Mutter.“

Ich konnte spüren, dass meine Wangen rot werden, aber ich erwiderte das Lächeln und reichte ihr die Hand.

Sie hätte keinen stärken Kontrast zu Montgomerys Vater bieten können und plötzlich war ich froh darüber, dass er wenigstens eine warmherzige Person in seinem Leben hatte. Wahrscheinlich sah ich gerade den Grund dafür, dass Montgomery kein außer Kontrolle geratenes, selbstgerechtes Arschloch war. Ich konnte nichts anders, die Gefühle in mir kochten so hoch, dass ich Edith an mich zog und sie umarmte.

Als ich einen Schritt zurücktat, konnte ich in ihren Augen sehen, dass diese Geste sie berührt hatte.

Montgomery legte auf der Stelle wieder den Arm um mich. „Grace und ich haben schon eine Weile Pläne geschmiedet. Ich hätte es nicht ohne ihren klugen Kopf und ihre Hingabe geschafft.“ Als ich in sein Gesicht sah, erkannte ich, dass all die Verwirrung von vorhin verschwunden war. Er grinste zu mir hinab, als wäre er stolz und sicher, was mich anging. Was jetzt wiederum mich verwirrte. Was hatte sich geändert?

Mein Herz schmerzte, so sehr wollte ich das hier. So sehr wollte ich *ihn*. Ich wollte die Frau sein, die er stolz seiner Mutter präsentierte.

Aber nicht, wenn das hier zeitlich begrenzt war.

Ein Herz konnte nur so viel überstehen.

Ja, wir hatten einander unter dem Baum am See ein Versprechen gemacht.

Das ging allerdings nur bis zum Ende des Aufnahme-rituals.

Wir hatten einander versprochen, uns niemals gegen-seitig zu verraten. Wir hatten versprochen bis zum Ende ehrlich zu sein. Er hatte mir gesagt, wie hasserfüllt sein Vater war und warnte mich über alles, was im Rahmen des Aufnahmerituals passieren könnte und wir hatten geplant, wie wir damit umgehen würden... wie bei der Versteigerung. Montgomery wusste, dass Mr. St. Claire die Verantwortungslosigkeiten und die Boshaftigkeiten seines Vaters nicht mehr sehen konnte und hatte sich mit ihm abgesprochen, dass er jeden anderen überbieten würde.

Wir hatten einander versprochen, uns gegenseitig zu beschützen und alles zu tun, um einander zu unterstüt-zen, damit wir beide es schafften. Wir würden ein Team sein und wir würden alles füreinander tun, alles.

Und dann hatte er mich einfach gehalten... er hatte mich gehalten, ohne mehr einzufordern... unter der großen Eiche am von der Sonne gesprenkelten Teich.

Das war der Augenblick gewesen, in dem ich ange-fangen hatte, mich in Montgomery Kingston zu verlieben. Trotz all meiner eigenen Warnungen, das nicht zu tun. Trotz der vielen Verleugnungen.

Ich drehte mich von Montgomery und dessen Mutter weg, um mir die Tränen aus den Augen zu wischen. Ich zwang mich ein Lächeln aufzusetzen, dass ich nicht fühlte, bevor ich mich ihnen wieder zuwendete.

„Nun", sagte ich, versuchte fröhlich zu sein und gab wahrscheinlich ein armseliges Bild ab. „Ich sollte gehen. Das hier war auf jeden Fall..."

Lebensverändernd. Erkenntnisreich. *Herzzerbrechend.*

„Jedenfalls", beendete ich. „Vielleicht bist später."

Und dann drehte ich mich um, um zu gehen.

Ich war keinen Meter weit gekommen, als sich Montgomerys Arme von hinten um mich schlangen.

„Ich konnte dir vorhin nicht die Ewigkeiten versprechen, weil mir das nicht zustand. Ich war nicht frei und ich war nicht sicher, ob ich jemals den Fängen meines Vaters entkommen würde. Ich wollte dich nicht in ein Leben verbannen, in dem er stets die Macht hat. Aber dank deiner Hilfe bin ich jetzt frei. Ich bin frei, mit dir zusammen zu sein."

Und dann, bevor ich überhaupt wusste, wie mir geschah, drehte Montgomery mich zu sich um und ging auf ein Knie. Im gleichen Moment zog er eine Schachtel aus der Tasche.

War das... Nein, das konnte nicht sein...

„Was machst du?", zischte ich.

Er grinste einfach zu mir hinauf. „Ich habe darauf gewartet, dass Mama mir den Ring bringt."

Meine Augen blickten wild umher. Seine Mutter war einige Schritte zurückgetreten, aber sie sah uns mit tränengefüllten Augen und einem Lächeln im Gesicht an.

„Willst du meine Frau werden, Grace Magnolia Morgan?"

„Was?", kreischte ich und machte ein paar Schritte zurück.

Ich konnte mich gerade rechtzeitig fangen, um den goldenen Ring zu sehen, der mit einer schimmernden, schwarzen Perle, die von Diamanten umrandet wurde, ausgestattet war. Das Licht der Veranda brachte die vielen Facetten der Steine zu Strahlen, während über uns Donner ertönte.

Er war perfekt. Er war genau das, was ich mir selbst ausgesucht hätte, auch wenn ich mich wahrscheinlich niemals in den so teuren Bereich eines Juweliergeschäfts verirrt hätte.

„Passiert das echt?", flüsterte ich.

Montgomerys Grinsen wurde breiter. „Wir haben es geschafft. Unser Happy End beginnt jetzt. Deine Träume sind meine Träume. Wir werden sie alle zusammen verwirklichen. Genau wie du gesagt hast. Letzte Nacht musste ich gehen, für meinen Vater, aber selbst, wenn wir beide verstoßen worden wären, hätte ich alle Hebel in Bewegung gesetzt, um deinen Traum zu erfüllen."

Ich grinste ihn an, konnte kaum glauben, was ich hörte. Ich hatte es auf der Stelle verstanden, als er es erklärt hatte, als er zurückgekommen war. Ich wusste, dass er nicht alles aufs Spiel gesetzt hätte, wenn es kein Notfall gewesen wäre, aber dass er selbst in einem solchen Moment der Krise an mich gedacht hatte...

Leichter Regen begann um uns herum zu fallen.

Ich hatte genug Zeit meines Lebens damit verbracht, Träumen hinterherzujagen, als dass ich sie jetzt nicht ergreifen wollen würde, wenn sie direkt vor mir waren.

„Ja!", kreischte ich, warf mich in Montgomerys Arme und küsste ihn auf den Mund, dann sein ganzes Gesicht, immer und immer und immer wieder. Um uns herum fiel der Regen, aber das war mir egal. „Alles, was ich will, bist du."

Ein ganzes Leben in Montgomerys Armen wäre trotzdem niemals genug.

EPILOG

SULLY VanDoren

IMMERHIN HATTE dieser kranke Albtraum etwas Gutes zur Folge.

Das Glücklichsein stand Montgomery gut. Er hatte es mehr verdient, als die meisten anderen. Sein ganzes Leben lang hatte dieser Mann hart für alles, was er hatte, gearbeitet und endlich hatte er die Ergebnisse, die er verdient hatte.

Er war der König seines eigenen Imperiums.

Mit einer Königin an seiner Seite, die ihm beim Regieren half.

„Ich bin überrascht dich hier zu treffen", sagte Beau, als er zu mir herüberkam und mir ein Glas Champagner reichte. „Ich dachte nicht, dass Verlobungsfeiern dein Ding wären. Besonders, wenn man bedenkt, dass deine eigene Aufnahme kurz bevorsteht."

Ich nahm den Champagner, schließlich hielt jeder ein Glas in der Hand, weil wir in Kürze anstoßen würden.

„Es ist gut zu sehen, dass die beiden es heile da raus geschafft haben", sagte ich und stellte fest, dass mein Tonfall härter war, als ich beabsichtigt hatte. Ich wollte nicht den ganzen Abend über das wütende Arschloch sein und die Party eines Freundes ruinieren, also musste ich mich am Riemen reißen.

„Ich habe gehört, dass Grace das Geld abgelehnt hat", sagte Beau, während wir beide hinüber zum glücklichen Paar blickten, dass mit Champagnergläsern bewaffnet am anderen Ende des Raumes stand. „Das ist verrückt. Nach allem, was sie durchgemacht hat... Das ist wahrscheinlich, was man Liebe nennt."

Das war die Tatsache, die mich dazu gebracht hatte, hier zu stehen und meinen Mund zu halten. Ich hätte es schwer gefunden, diese Verlobung zu feiern, wenn ich gewusst hätte, dass sie von der Geldgier und dem Reichtum der Südstaaten getragen wurde.

Grace schien anders zu sein, als die Frauen, die ich hier kannte und ich war froh, dass Montgomery diesen seltenen Diamanten gefunden hatte.

Neben Grace stand eine junge Frau und klopfte an ihre Champagnerflöte. Das Klingen des Kristallglases erweckte die Aufmerksamkeit aller. Als sie wusste, dass alle Augen auf ihr ruhten, räusperte sie sich, bevor sie zu sprechen begann.

„Danke, dass ihr alle gekommen seid, um mit Grace und Montgomery deren Verlobung zu feiern. Für alle, die mich nicht kennen: Mein Name ist Delilah und ich bin Graces beste Freundin. Ich kenne sie schon lange und könnte nicht glücklicher darüber sein, dass sie endlich einen guten Mann gefunden hat. Als sie all das hier erst angefangen hat... oh, was für eine Reise..."

Delilah hielt kurz inne und grinste Grace an, die

zurücklächelte. „Ich schwöre ich... ich meine, ähm, ich glaube nicht, dass viele von uns davon ausgingen, dass sie mit einem Verlobten und einem neuen Job an seiner Seite an der Spitze eines großen Konzerns wiederkommen würde." Sie lachte: „Ich zumindest hatte nicht erwartet, eine Stelle zu bekommen und endlich nicht mehr kellnern zu müssen."

Sie grinste Montgomery an. „Aber ich hatte auch nicht erwartet, einen so aufrichtigen, ehrenhaften und guten Mann kennenzulernen. Die beiden gehören eindeutig zusammen. Also möchte ich euch alle bitten, eure Gläser zu erheben und ihnen ein glückliches Ende zu wünschen, während sie ihre Hochzeit planen und von der Zukunft träumen." Dann lehnte sie sich verschwörerisch in Richtung der Gäste. „Und wir alle wissen, dass wir früher oder später Grace bedrängen müssen, endlich Babys zu bekommen, denn seht euch die beiden an.", dabei deutete sie auf Grace und Montgomery: „Die beiden werden unglaublich *hübsche* Babys haben, nicht wahr?"

Die Menge bebte vor Lachen und Montgomerys Mutter legte tatsächlich ihre Finger zwischen die Lippen und pfiff. Graces Wangen waren knallrot und sie bedeutete ihrer Freundin, sich zu setzten. Montgomery lehnte sich einfach zurück und lächelte seine Verlobte an, so als wäre sie seine ganze Welt. Ich hatte den Bastard noch nie so ausgeglichen und glücklich gesehen.

Delilah grinste noch breiter und hob ihr Glas. „Auf Montgomery und Grace!"

Der Raum brach in Beifall aus und überall schlugen Gläser aneinander und selbst meine schlechte Laune schien sich ein wenig zu mäßigen. Es war nicht schwer, die Liebe und Freude in diesem Raum zu spüren.

Beau stieß sein Glas an meines und nahm einen

Schluck seines Champagners, bevor er fragte: „Also, bist du bereit für deine Aufnahme?"

„Wie könnte ich dafür bereit sein?", fragte ich und nahm selbst einen großen Schluck meines eigenen Getränkes, um den Knoten in meinem Hals aufzulösen.

„Wenn Montgomery es überstanden hat, dann können wir das alle."

Ich zuckte mit den Schultern. „Schätzungsweise." Ich atmete tief durch, bevor ich hinzufügte: „Lasst uns das Lügen beginnen."

„Nun, wenn deine Lügen nur halb so schön sind, wie Grace, dann wird es wohl nicht so schlimm werden.", erklärte Beau mit einem kichern.

Lügen waren Lügen, egal wie schön man sie verpackte. Aber klar... man konnte sie nennen, wie man wollte.

Schöne Lügen. Hässliche Lügen. Das erschien mir alles dasselbe. Aber da ich keine Wahl hatte, würde ich mitmachen müssen.

Lasst die *schönen Lügen* beginnen...

Hast du Lust auf eine Bonusszene mit einem Ritual zwischen Grace und Montgomery, dass dich wirklich schockieren wird? Für eine extra-heiße und dunkle Bonusszene, die so dreckig ist, dass sie es nicht einmal ins Buch geschafft hat, musst du jetzt nur hier KLICKEN...

EBENFALLS VON STASIA BLACK

Eine dunkle Stieffamilien-Liebesgeschichte

Daddys Süßes Mädchen

Dunkle Liebe im Geheimbund-Reihe

Elegante Fehltritte

Wunderschöne Lügen

Die Heirats-Verlosungen-Reihe

Von Ihnen Beschützt

Von Ihnen Vergnügt

Von Ihnen Geheiratet

Von Ihnen Angestachelt

Von Ihnen Freigekauft

Die Heirats-Verlosungen (Box-Set)

Die Ländliche Leidenschaft-Reihe

Die Jungfrau und das Biest

Hunter

Die Jungfrau von nebenan

Die Düstere Liebe-Reihe

Gefährliche Leidenschaft

Zerbrechliche Herzen

Düstere Liebe Box-Set

Wohliger Schmerz

EBENFALLS VON ALTA HENSLEY

Top Shelf Series

Bastarde & Whiskey

Verbrecher & Wodka

Schurken & Scotch

Teufel & Roggen

Bestier & Bourbon

Sünder & Gin

Captive Vow - Auf Ewig Dein

Die Wahrheit über Cinder

Naughty Girl

Dark Fantasy Series

Schneewittchen & Die Sieben Jäger

Rot Und Die Wölfe

Die Königin Und Die Männer Des Königs

ÜBER STASIA BLACK

STASIA BLACK ist in Texas aufgewachsen. Nach fünf kurzen frostigen Jahren in Minnesota und ist nun glücklich im sonnigen Kalifornien beheimatet, das sie niemals wieder verlassen wird.

Sie liebt es zu schreiben, zu lesen, sich Podcasts anzuhören und nach einer zwanzigjährigen Pause hat sie kürzlich wieder mit dem Radfahren angefangen (und hat die entsprechenden Beulen und blauen Flecken, die das beweisen). Sie lebt mit ihrem persönlichen Cheerleader, aka ihrem gutaussehenden Ehemann und ihrem Teenager zusammen. (Wow, jetzt fühlt sie sich alt.) Und über sich selbst in der dritten Person zu schreiben, lässt sie ein wenig wie eine Spinnerin aussehen. Aber gut, wo waren wir?

Stasia fühlt sich zu romantischen Geschichten hingezogen, die sich nicht für den leichten Weg entscheiden. Sie will hinter die Fassade der Menschen blicken und ihren dunkelsten Stellen herausfinden, ihre verdrehten Motive und tiefsten Bedürfnisse. Im Grunde will sie Charaktere erschaffen, die die Leser abwechselnd lachen und weinen lassen und sie am liebsten ihr Kindle quer durch den Raum werfen wollen, nur um dann bekanntzugeben, dass sie einen neuen BBF (Besten-Bücher-Freund) haben.

Newsletter: geni.us/SBA-nw-de-cont-w

Website: stasiablack.com
Facebook: facebook.com/StasiaBlackAuthor
Twitter: twitter.com/stasiawritesmut
Instagram: instagram.com/stasiablackauthor
Goodreads: goodreads.com/stasiablack
BookBub: bookbub.com/authors/stasia-black

ÜBER ALTA HENSLEY

Alta Hensley ist eine Bestsellerautorin für heiße, dunkle und schmutzige Romantikbücher. Sie ist auch eine Amazon Top 100 Bestseller-Autorin. Als mehrfach veröffentlichte Autorin im Genre Romantik ist Alta bekannt für ihre dunklen, groben Alpha-Helden, manchmal auch süßen Liebesgeschichten, tabuisierten Unterthemen und spannenden Geschichten über den ständigen Kampf zwischen Dominanz und Unterwerfung.

Alta liebt es auch über soziale Medien mit ihren Lesern in Kontakt zu sein. Sie lädt alle ein, sich ihrem Facebook-Raum namens Altas Hot, Dark & Dirty Romance-Raum anzuschließen.

Newsletter: readerlinks.com/l/727720/nl
Website: www.altahensley.com
Facebook: facebook.com/AltaHensleyAuthor
Twitter: twitter.com/AltaHensley
Instagram: instagram.com/altahensley
BookBub: bookbub.com/authors/alta-hensley